忠義長歌

——裴军强、裴抒悦剧作选

裴军强
裴抒悦 著

山西出版传媒集团
山西人民出版社

图书在版编目（CIP）数据

忠义长歌：裴军强、裴抒悦剧作选/裴军强，裴抒悦著.
—太原 ：山西人民出版社，2022.12
ISBN 978-7-203-12491-7

Ⅰ. ①忠… Ⅱ. ①裴… ②裴… Ⅲ. ①剧本—作品综
合集—中国—当代 Ⅳ. ①I230

中国版本图书馆CIP数据核字(2022)第219862号

忠义长歌：裴军强、裴抒悦剧作选

著　　者：裴军强　裴抒悦
责任编辑：翟丽娟
复　　审：刘小玲
终　　审：梁晋华
装帧设计：王聚金

出 版 者：山西出版传媒集团·山西人民出版社
地　　址：太原市建设南路 21 号
邮　　编：030012
发行营销：0351－4922220　4955996　4956039　4922127（传真）
天猫官网：https://sxrmcbs.tmall.com　电话：0351－4922159
E—mail ：sxskcb@163.com　发行部
　　　　　sxskcb@126.com　总编室
网　　址：www.sxskcb.com

经 销 者：山西出版传媒集团·山西人民出版社
承 印 厂：运城市凯达印刷包装有限公司

开　　本：787mm×1092mm　1/16
印　　张：25.25
字　　数：300 千字
版　　次：2022 年 12 月 第 1 版
印　　次：2022 年 12 月 第 1 次印刷
书　　号：ISBN 978-7-203-12491-7
定　　价：60.00 元

作者近照

为时代立传　为时代画像　为时代明德

一个剧作家应该保持精神上的清高，丰富的精神生活来自孤独的日常。

蒲剧《大爱无疆》剧照

导演 解广文
作曲 闫建平
主演 翟璞

运城市盐湖区蒲剧团演出

蒲剧《烽火翟家庄》剧照

导演　赵天成
作曲　闫建平
主演　李俊强　李晓燕　李海生

新绛县蒲剧团演出

蒲剧《红白喜事》剧照

导演 郭关明

作曲 程小亭

主演 赵振 闫海燕 赵高平 南征

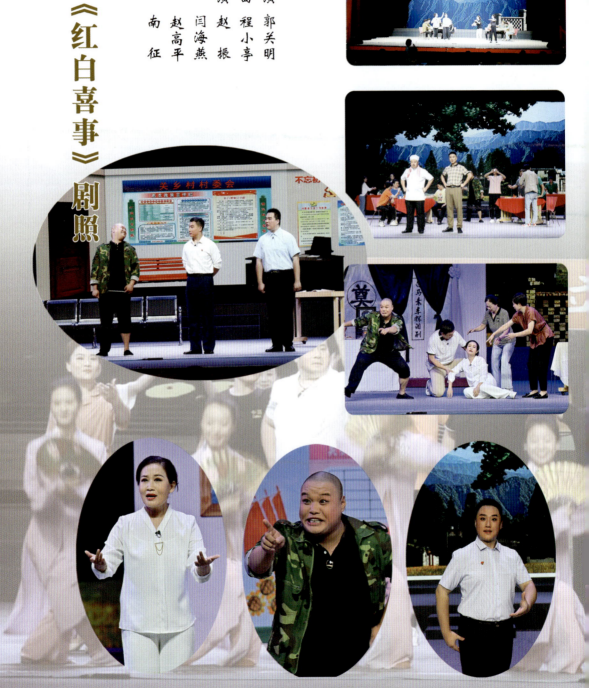

山西省蒲剧艺术院演出二团演出

蒲剧《西厢记》剧照

主演

任玲
南征
陈洋洁
孙薛青

山西省蒲剧艺术院演出二团演出

晋剧《全家福》剧照

导演　李惠琴

作曲　秦书瑞

主演　郭全秀　雷峻　郑芳芳

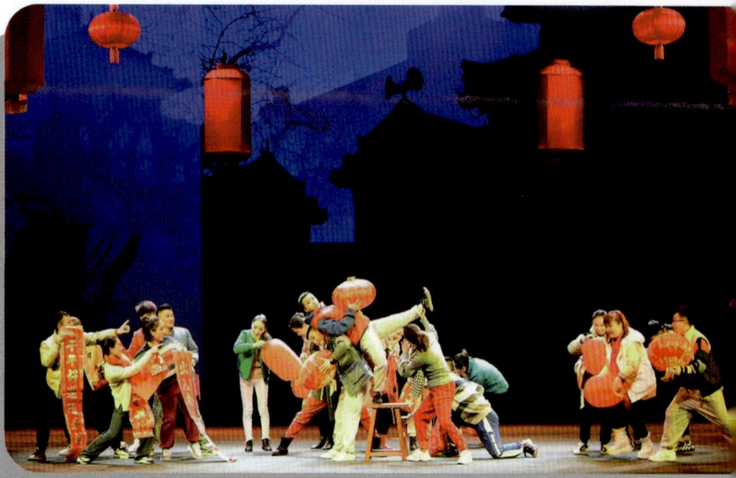

晋中市演艺有限公司演出

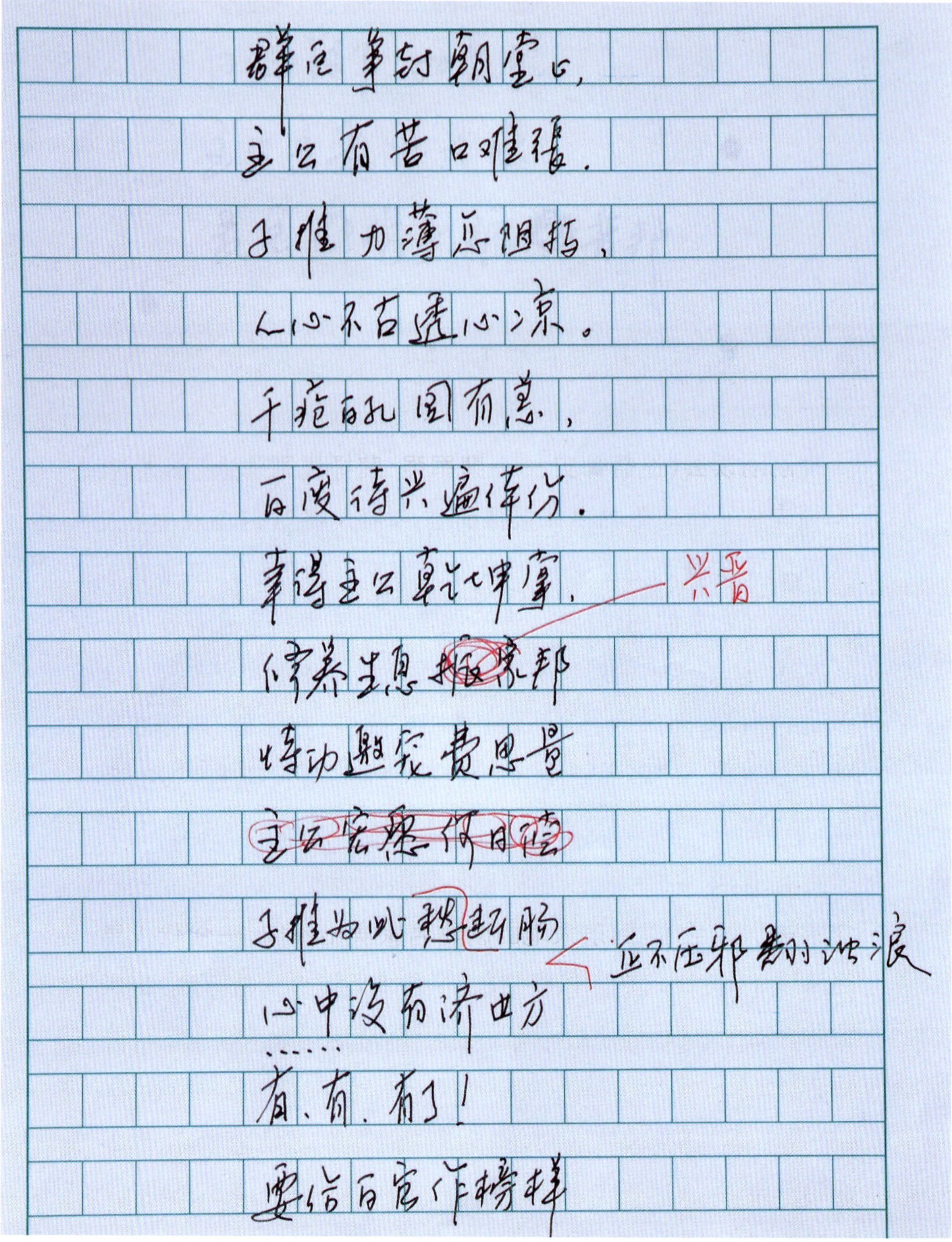
群臣争讨朝堂上，
主公有苦口难张。
子推力薄应阻挡，
人心不古透心凉。
千疮百孔国有恙，
百废待兴遍体伤。
幸得主公乾坤掌，
修养生息振兴邦
兴晋
特功邀宠费思量
~~主公容忍何日尝~~
子推为此愁断肠
正不压邪翻浊浪
心中没有济世方
……
有、有、有了！
要给百官作榜样

作者手稿

序

◎王　嘉

刚刚读罢《巡盐御史——裴军强、裴抒悦剧作选》不久，裴军强先生一份厚重的书稿接踵而至，6部大戏、9部小戏小品及表演唱剧本跃然书上，还有众多专家文客对他剧作的中肯点评。如此密集的创作成果，源于他常年的艺术积累和朝思夕计的艺术博思，源于他对优秀河东文化的深入挖掘和对现实生活的敏锐捕捉，源于他钟情剧作、砥砺深耕、孜孜不倦、笔耕不辍的呕心镂骨。绚丽的朝霞源自初升的太阳，锐利的飞矢发自拉满的弓弦。我想，裴军强的文化涵养和艺术沉淀已经积累到了一定容量，如今，到了他创作的黄金期、爆发期！从解州元代剧作家关汉卿至今，河东大地的剧作名家层出不穷，一代代人星光璀璨，一代代人辛勤耕耘，源源不断地滋润着河东戏剧，输送营养。如今，裴军强接过历史的接力棒，成为闪耀河东剧坛的创作者。

我们常说，剧本乃一剧之本。一部戏剧的成功，一切从剧本开始。当下，戏曲艺术创作疲软，首先是缺乏好的剧本，缺乏好的编剧。没有剧本就没有一切，决定一部戏命运的首先要从剧本谈起。编剧就是一个剧本、一部戏剧的原始创意人，是食桑吐丝蚕的劳动。裴军强以自己的艺术发现，撬开了故事大门的钥匙，带领我们走进了一个个生动的戏剧世界。

本中之本是人物。我早在2015年，于太原青年宫演艺中心观看裴军强创作的蒲剧《巡盐御史》演出，自那时与他笔下的人物心照神交，多个人物形象印象深刻。如书中裴孟东所写《军强笔下出角色》一文中写道，裴军强创作的十几个剧本中主配角"人上一百，形形色色，剧情不同，角色各异。要进入每一个角色，既入情入理，又引人入胜，没有几把刷子焉能办到"。裴军强的戏中，以戏树人，以人立戏，他塑造的人物以内心世界塑造人物形象，他塑造的人物形象也走进了观众的内心世界，各色各样的人物，不论历史名人还是现当代的党员干部、普通老百姓，都在他的戏中"活"了起来。

题材是戏剧创作的一张火车票，发现敲定题材，是剧本创作的前提和基础。裴军强创作的大多数剧本都被搬上舞台，一批剧本即将亮相舞台，不仅剧本写出来，还在舞台上演了起来，这同他对题材的敏锐捕捉分不开，这恰恰说明他的创作同当前戏剧舞台的剧目需求所贴合，同人民群众的精神向往所吻合，同时代发展的潮流所相向，是他的创作吻合生活规律、艺术规律、市场规律的体现。

"裴军强是我省编剧人才中的后起之秀，曾创作了多部表现当代和历史题材的戏曲作品，并由各剧种的院团搬上舞台，获得过全国和省、市文化部门领导的多次奖励和广大观众的一致好评。他虽说是业余创作起家，但已经在省内外戏剧界颇有名气。"这是省剧协原常务副主席、秘书长王笑林先生在书的评论中对裴军强的一段评价，尽管业余创作起家，但在省内外颇有名气，这看似转折对立的因果关系，细想起来却丝毫不相矛盾。这让我想起著名艺术家陈丹青关于专业、业余的一段描述，艺术从来不分什么专业和业余，不能以是否从事该职业、是否毕业于该专业去定义所有人的艺术创作活动，“喜欢画画是拦不住的，爱好抽烟，现在不让我抽烟，那我的爱好就被剥夺了”。裴军强对戏曲的热爱，是他从事剧本创作的最大动力，是他抵挡不住的艺术冲动与激情，正是这些激发了他的艺术潜能和辛勤劳动，创造出今天的艺术成果，这与他的专业无关，也与他的职业无关，戏剧文学创作就像他生命中上了瘾的“烟”与“酒”，是他不可或缺的生命品质。他的光彩绽放，在我看起来理所必然。

他热爱戏曲，热爱创作，我在与他相谈间，他吐露出的很多对戏曲当下发展的看法和观点让我尊重。裴军强对我说，他创作的剧本甚至可以无偿提供给剧团，“我不理解为什么现在排一部戏要花那么多钱，没有钱就排不成戏”？他更多地希望能够将有限的戏曲经费用于基层院团青年演员的工资待遇上，切实解决这些演员人才的基本生活、生存问题。裴军强对戏曲有着自己独特的思考，新上演的新编戏，他有欣赏过后的借鉴总结，也有自己的独特看法。他对戏曲有火热的爱，从这份火热的爱出发，他的判断和他的情感，形成了他的创作风格，表达于一部部文学剧本之中。

正如书中李养龙先生在《裴军强与他的〈贤相裴度〉》一文中写道：“剧作家裴军强是笔者的邻村老乡，也是朋友，他对戏曲的感情，是从小培养起来的。从幼年到现在，长期喜欢戏曲的经历对他来说十分重要。”

百尺高台起于垒土。欧洲的丹麦虽然国土疆域不广，因为有安徒生，一根火柴就照亮了整个世界，让丹麦成为童话的王国，可见文艺巨大的传播与影响力。如今，厚积薄发的裴军强又有新作,《忠义长歌》《烽火翟家庄》《蒲州彦子红》《介子推》《红白喜事》……这是他对河东文化的又一次挖掘与创造。他生于河东,长于河东,写于河东,讲述河东故事,彰显河东气韵,展示河东风采。裴军强作为本土剧作家,坚守河东沃土,激扬河东文化, 这些剧作的诞生是河东大地提升文化软实力强有力的力量,是裴军强投入深厚情感和辛勤劳动所产出的艺术果实。今天,就让我们随着本书一起,一同走进裴军强所创造的戏剧世界吧!

(作者系山西戏剧网执行董事、总编辑,中国文艺评论家协会新文艺群体委员会委员,太原市文艺评论家协会副主席)

目　录

剧　作

小戏　小品

剧作评述

后 记

剧作

【新编历史剧】

忠义长歌

时 间

东汉末年

地 点

河南许昌及中原一带、河北涿郡

人 物

关　羽	甘夫人	糜夫人	刘　备
张　飞	曹　操	张　辽	荀　彧
颜　良	宋　宪	魏　续	蔡　阳
徐　晃	韩　福	孟　坦	卞　喜
王　植	秦　琪	贾忠孝	轿　夫
兵　勇	老　军	马　童	

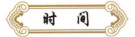

丫鬟若干

〔主题曲　报国结义扶炎汉，
热血不负解梁男。
忠义二字传千古，
《春秋》一部赋浩然。

〔主题曲中拉开序幕。

序幕　结义报国

〔河北涿郡。

〔桃花盛开，春意盎然。

〔香案上摆放香炉、果品。

刘　备　刘备！

关　羽　关羽！

张　飞　张飞！

刘　备　结义报国，祸福与共！

关　羽　同心协力，矢志扶汉！

张　飞　一在三在，一亡三亡！

刘关张　上报社稷，下安黎庶，皇天后土，日月共鉴。

〔三人叩首，祭拜天地。

〔三人携手亮相。

〔切光。

〔女声伴唱：群雄竞起天下乱，
一十六年转瞬间。

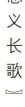

解民倒悬扶炎汉，
精忠贯日义参天。

第一场　土山三约

〔徐州下邳。

〔曹刘两军作战，刘军溃败。

〔关羽护二位皇嫂且战且退，曹兵将紧追不舍，关羽等人被困土山……

张　辽　（朝内）禀丞相，关羽被我军围困土山！

〔曹操内白：“哈……文远，你代本相前去劝降，切记休要伤了关将军，违令者斩！”

张　辽　遵命！

〔曹操大笑……

〔追光启，关羽横刀立马，马童侍立一旁，二位老军、二位皇嫂车仗随行。

关　羽　（唱）徐州下邳连沦陷，
大哥三弟皆失散。
曹军似潮连天涌，
杀出重围转瞬间。
怎奈是二位皇嫂需照管，
关云长插翅难以下土山。

想俺关云长，徐州一战兄弟失散，大哥生死不知，三弟音信不晓，某保二位皇嫂被困土山，这可如何是好？

〔呐喊声四起，张辽带兵将上，全场光启。

张　辽　云长仁兄受惊了！

关　羽　噢，文远贤弟，为兄虽身处险境，并无惊恐。只是生死关头，文远此来何意？

张　辽　念及仁兄白门楼救命之恩、同乡之谊。如今仁兄身处险境为弟岂能袖手旁观？

关　羽　有劳贤弟……

张　辽　仁兄有万夫不当之勇，杀出重围易如反掌。可若要保全二位皇嫂，这、这可就难了。

关　羽　文远贤弟所言甚是。

张　辽　如此仁兄作何打算？

关　羽　宁为玉碎，不为瓦全，当视死如归也……

张　辽　哈……云长兄讲出此话，徒惹世人笑谈。

关　羽　为兄仗忠义而死，世人笑我何来？

张　辽　仁兄试想！报国结义，对天盟誓，上报国家，下安黎民，一匡大乱。如今你逞匹夫之勇，上不能保国，下不能安民，焉能为忠？

关　羽　这个……

张　辽　兄受刘使君重托，护其家眷。你今一死，二位皇嫂若能全节而死，还则罢了；若遭失身之辱，不能全节而死，你便负却刘使君护眷之托，焉得为仁？

关　羽　啊……

张　辽　徐州一战，兄弟失散，音信全断，生死不知，你今欲鱼死网破，拼将一死，岂不废却桃园之誓，焉得为义？

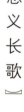

关　羽　这……

（唱）张文远情真切诤言相劝，

关云长心激荡思绪万千。
某也曾立下参天愿，
苦练武艺研圣贤。
《春秋》立言青史隽，
大义微言铭心间。
桃园盟誓为扶汉，
欲救苍生解倒悬。
腰中枉挂三尺剑，
壮志未酬困土山。
是生是死难决断，
回天无力心怆然！

张　辽　云长兄！如今满山遍野尽是丞相兵马，进退无路，料仁兄难出险境。拼死一战，匹夫之勇，非丈夫所为。何不暂投丞相麾下，以作权宜之计？

关　羽　关某岂能降曹？

张　辽　仁兄啊！

（唱）非是降曹是降汉，
仁兄再莫难释然。
一时意气终生憾，
权宜之计难两全。

关　羽　降汉不降曹？言之有理。

张　辽　仁兄真乃当今英雄，见识果然非同一般，仁兄，请——

关　羽　且慢。

张　辽　仁兄，还有……

关　羽　（沉吟）弟道三罪，兄约三事，曹公若允，当即解甲；如若不允，关某宁受三罪而死！

张　辽　愿闻其详。

关　羽　降汉不降曹乃为其一。

张　辽　这其二呢？

关　羽　要保二位皇嫂安生。

张　辽　这其三呢？

关　羽　关某但知兄长去向，当即辞曹前往。三者缺一，誓不归曹！

张　辽　仁兄稍待！（下）

关　羽　（唱）暂栖曹营将身保，
　　忍辱负重虑明朝。
　　一腔忠勇对天表，
　　大丈夫立世义为高！

曹　操　（内白）哈哈哈……

〔曹操与张辽、曹八将上。

曹　操　曹某素爱云长武艺人才，欲得之共谋天下。将军适才三约，曹某一概应允。

关　羽　唯愿丞相蹈仁履约！

曹　操　众将！列队恭迎关将军！

〔二皇嫂车仗进城。

曹　操　关将军请！

关　羽　丞相请！

〔曹八将列队迎接关羽。

〔曹操恭敬地。

〔关羽忧心忡忡地进城。

〔切光。

第二场　秉烛达旦

〔返许昌途中馆驿。

〔甘、糜二夫人上。

甘夫人　（唱）身居曹营心绪乱，
思念皇叔愁肠添。

糜夫人　（唱）徐州失散音信断，
不知何处受熬煎？

甘夫人　（唱）二弟本是英雄汉，
蛟龙如今困沙滩。

糜夫人　（唱）眼看日落天色晚，
不见二弟返回还。

甘夫人　（唱）曹贼奸诈太阴险，

糜夫人　（唱）怎不叫人把心担？
姐姐，这般时候不见二弟回还，莫非曹贼……

甘夫人　曹贼既允三事，料他不会将二弟怎样。

糜夫人　但愿如此！唉……

〔老军内白："二爷回府。"

甘、糜　快快有请。

关　羽　（唱）宴席上曹操频把殷勤献，
我这里想念桃园无心餐。
二皇嫂暂居馆舍未觐见，
参见二位嫂嫂。

甘、糜　二弟回来了。

（唱）曹阿瞒可曾将你来为难？

关　羽　倒也没有。

甘夫人　如此甚好。

糜夫人　曹贼奸诈阴险，还是小心为好。

关　羽　多谢二位嫂嫂牵挂，为弟小心便是。天色已晚，二位嫂嫂安歇了吧。老军——

〔老军内应："二爷——"上。

关　羽　吾在何处安歇？

老　军　这……适才荀彧荀侍中吩咐，二爷今晚就在这里安歇。

关　羽　噢。那你家二位主母在哪里安歇？

老　军　小人也曾这般问道，荀侍中言说，二爷与二位主母共处一室，便于护卫照料。

关　羽　（蔑视地）荀彧真乃小人也！

（唱）荀文若要乱我君臣之义，

　　辱关某欺皇嫂祸心暗埋。

　　欲将皇嫂名声坏，

　　世人面前头怎抬？

　　分明是将关某害，

　　从此与兄两分开！

甘夫人　（唱）不是荀彧非礼待，

糜夫人　（唱）定是曹贼有安排！

关　羽　（唱）撩袍离座把步迈——（欲走）

〔鼓打二更。

关　羽　且住，已是二更天了……也罢！

（唱）明日见曹问明白。

老军！

老　军　在！

关　羽　取来《春秋》，掌灯伺候！

老　军　是。（下）

关　羽　（回身）二位嫂嫂内室歇息，我在外室观书，自夜达旦，护卫嫂嫂。

甘、糜　这……

甘夫人　二弟鞍马劳顿，整日奔波，怎能通宵不歇？

糜夫人　姐姐所言极是，秉烛夜读，如何使得？

关　羽　请二位皇嫂安心歇息。

甘、糜　这……

关　羽　请。

甘、糜　唉。（无奈地下）

〔老军秉烛捧书上。把烛台放置桌上，将书递与关羽。关羽展卷而读。

（伴唱）夜深人静灯如豆，
心无旁骛读《春秋》。
神交先贤云出岫，
春风化雨暖心头。

关　羽　（唱）观《春秋》晓大义以史为鉴，
关云长行大道誓效圣贤。
介子推割股奉君忠心可鉴，
申包胥秦庭痛哭竭尽寸丹。
齐太史秉笔直书乱臣丧胆，
郑子产安内攘外政声斐然。
先贤们忠义仁勇作典范，
每日间慎思笃行心如磐。

事国以忠国祚显，
待人以义天地宽。
处事以仁人间暖，
作战以勇社稷安。

〔鼓打三更。

谯鼓阵阵夜过半，
长夜漫漫不觉寒。
掩卷太息泪溢眼，
生于忧患叹时艰。
见多少窃国贼朝纲祸乱，
见多少名利客欲壑难填。
见多少食禄辈横征暴敛，
见多少鼠雀徒苟且偷安。
关云长胸怀天下志高远，
扶汉室拯救万民水火间。
九死一生志不变，
委身事曹念桃园。
此心如磐天地鉴，
拨乱反正道义担。

大哥，如今二弟委身曹营，你可知为弟的一片苦心。

〔刘备在另一表演区。

刘 备 二弟，大哥明白，你这是权宜之计，都是大哥连累了你，如不是甘、糜二位夫人，你早就杀出重围。

关 羽 大哥……

刘 备 二弟你受累了。

关 羽 多谢大哥恩宽，如今二弟委身曹营，不得已而为之。流

长蜚短，世人白眼，这些为弟都能忍受，就怕大哥、三弟怪罪于我。

刘　备　二弟多虑了。咱们兄弟，结义桃园，救黎民于水火，扶大厦于将倾，志在扶汉，心系天下，岂是常人所能企及？只要咱们兄弟同心，初心不改，还有什么可怕的？

关　羽　大哥——

（唱）只望大哥胸无怨，
　　二弟再难也心甘。

刘　备　（唱）胸怀天下志高远，
　　莫将琐事放心间。

关　羽　（唱）牢记桃园盟誓愿，
　　心系苍生志更坚。

刘　备　（唱）汉室颓倾贼势焰，
　　诸侯蜂起民倒悬。

关　羽　（唱）你我兄弟为民念，
　　同心扶汉结桃园。

刘　备　（唱）事国济民多艰险，
　　星星之火要燎原。

关　羽　大哥，二弟明白。

刘　备　兄弟，委屈你了！（隐）

关　羽　大哥——（望着手中的书回到现实）大哥！你到底在哪里啊！

〔鼓打五更。

荀　彧　（内白）丞相驾临。

关　羽　（唱）听说曹操要来到，
　　不由心中起波涛。

唉！

回头想起二皇嫂，

站人檐下难直腰。

释卷开门面带笑，

不与阿瞒论低高。

〔荀彧引曹操上。

曹　操　关将军在哪里？关将军……

关　羽　（不卑不亢）参见丞相。

曹　操　甫才闻听关将军秉烛于外室，观书达旦，莫非手下人等安排不周？

关　羽　某夜读《春秋》，秉烛达旦，已是寻常之事了。

荀　彧　二将军真乃文武兼备。

曹　操　关将军，二位嫂嫂安置可也满意？

关　羽　这……（望荀看曹）倒也满意。

曹　操　安歇何处？

关　羽　就在内室。

曹　操　怎么怎么？就在内室？这、这如何使得？荀侍中，本相要你善待关将军及二位皇嫂，你怎么……唉！气煞我也！

荀　彧　属下知罪。我这就去安置。

曹　操　还不快去！

荀　彧　是（下）。

曹　操　曹某安排失当，当面赔罪。（背躬）云长夜读《春秋》，秉烛达旦，毫无倦色，真丈夫也！

（唱）关云长读春秋通宵达旦，

守孝悌敬嫂嫂可对苍天。

行大道立世间止于至善，
似这样真君子堪比圣贤。
曹孟德在心里细细盘算，
留关羽图大业以定江山。

闻听人说云长兼通经史，尤是熟读《春秋》，深晓大义，令人敬佩！

关　羽　丞相过誉！《春秋》者，上明三王之道，下辨人事之纪，别嫌疑，明是非…… 孟子曰：“孔子成《春秋》，而乱臣……”

曹　操　（尴尬地）啊！哈哈哈……

张　辽　（急上）禀丞相，大事不好！

曹　操　何事惊慌？

张　辽　袁绍帐下大将颜良统兵十万，直奔白马坡而来。

曹　操　啊？即刻升帐！

〔切光。

第三场　白马解围

〔白马坡。

〔曹操立于高台，张辽等众将侍立两厢。

〔战鼓雷鸣。

〔报子喊“报”上。

报　子　启禀丞相，颜良讨战！

曹　操　再探再报！

报　子　得令！（下）

宋　宪、魏　绩　丞相！我等请战，力斩颜良！

曹　操　二位将军多加小心！

宋　宪、魏　绩　得令！

颜　良　（上）来将通名！

宋　宪　宋宪！

魏　绩　魏绩！

颜　良　无名小卒，白白送死！

宋　宪　看枪！

〔鼓声起。宋宪、魏绩与颜良开打，三两回合被斩杀。

颜　良　哈哈哈……

徐　晃　丞相！末将不才，愿立斩颜良！

曹　操　公明出马，须小心才是。

徐　晃　得令！

〔鼓声再起。徐晃与颜良开打，五六个回合被颜良砍伤，狼狈逃下。颜良追下。

曹　操　喂呀！颜良如此骁勇，无人能敌，如何是好？（看众将）唉！

张　辽　丞相！末将举荐一人，定斩颜良！

曹　操　举荐何人？

张　辽　关云长！

曹　操　（略思，暗喜）速请云长来战！

张　辽　遵命！（下）

曹　操　（唱）请云长迎战愁云散，

一箭双雕计连环。

刘备他投靠袁绍苟延喘，

关云长刀劈颜良起祸端。

袁本初怨恨玄德将他斩，
曹孟德借刀杀人谈笑间。
刘备他命丧无常鸟兽散，
关云长无枝可栖奈何天。
想到此不由人笑容满面，
天助我曹孟德破浪扬帆。

〔颜良上。

颜　良　（唱）连斩二将不足道，
徐晃弃甲狼狈逃。
颜良阵前哈哈笑，
曹营众将尽草包！

关　羽　（内白）颜良！休得猖狂，关云长来也！

颜　良　（大惊）啊！

〔鼓声三起。关羽骑马持刀上。

关　羽　（唱）赤兔追风似电闪，
青龙偃月刀光寒。

〔关羽与颜良开打，两个回合刀劈颜良。

曹　操　云长真乃神勇也！

〔关羽横刀立马。

曹　操　关云长刀斩颜良，袁绍必定诛杀刘备。如此说来，关云长就成无源之水，无本之木，必为某所用！哈哈哈……

〔收光。

第四场　勇夺古城

〔古城县衙。

贾忠孝　（念）老夫执掌古城县，

人称百姓父母官。

本县坐不更名，行不改名，名叫忠孝。（侧耳）你说啥？贵姓？免贵姓……这、这、这，一时半会还不知道今天该姓啥！甭笑！此乃本官生存之道，今天姓乔，明天姓曹，上午姓姚，下午姓毛，到底姓啥我也不知道。不然的话，古城百姓咋都叫我“百姓”父母官呢？本官原名叫贾忠孝，皆因张角作乱来到，扬言要将本官杀掉，情急之下对他言道，贾忠孝已被咱家杀掉，我乃张忠孝，是张角元帅的老表，骗过了那伙强盗，侥幸捡了小命一条。自那以后，咱摸到了窍。到底姓啥？紧跟权臣来跑。近日袁绍曹操交替骚扰，今天姓袁还是姓曹，真还不知道！唉！

（念）官不聊生啥世道，

姓袁姓曹天知道。

当官自有当官窍，

生财有道乐逍遥。

适才衙役来报，有人来到，本官心里暗笑，这生意来了！

〔张飞便装带四随从上。

张　飞　（唱）桃园兄弟徐州散，

两位兄长到哪边？

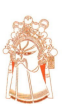

如今音信全不见，
想起此事心中烦。
张翼德振臂一呼山岳撼，
芒砀山屯兵已经有五千。
为筹粮草四下转，
百姓无粮生计艰。
五千兄弟要吃饭，
两手空空心不甘。
无奈来到古城县，
县衙借粮解眉燃。

你们在此稍待，让三爷我前去衙门借粮。门上哪个在？

衙　役　来了！（上）何事？

张　飞　找你家老爷，有事相商。

衙　役　请！（背白）他这不是自寻倒霉吗？（白）老爷！老爷！有人求见。

贾忠孝　何人求见？

张　飞　燕人张翼德。

贾忠孝　（上下打量，问衙役）他就这么空手而来？

衙　役　空手而来。

贾忠孝　可有随同？

衙　役　倒有四个随同，也都两手空空！

贾忠孝　可有随行礼品？

衙　役　没见。

贾忠孝　这……他来到这里干嘛？

衙　役　不知道。

贾忠孝　你且下去，老爷自有办法。

衙　役　这几个倒霉蛋要挨家伙呀！（下）

贾忠孝　不知这位仁兄前来所为何事？

张　飞　借点粮草！

贾忠孝　（差点从椅子上掉了下去）什么？

张　飞　借点粮草。

贾忠孝　借点粮草？（仔细看了看张飞）这人总没毛病吧？（问张飞）你知这是啥地方？

张　飞　古城县衙。

贾忠孝　你是干什么的？

张　飞　一介草民。

贾忠孝　这就好办啦！你知我是干什么的吗？

张　飞　你是……

贾忠孝　（打断张飞的话，厉声说道）老爷我是专门管你们这些草民的！来人，把这个刁民拉下去，重责四十，关进南监！

〔四衙役上，抓住张飞。

张　飞　官爷，你这是何意？

贾忠孝　何意？来到本县，没有什么孝敬也就罢了，还要借粮？你当这是荒草野坡？

张　飞　官爷，你听我说，有粮可借，尽管借来。无粮可借，也就罢了！你这二话不说，就要抓人，是何道理？

贾忠孝　要听道理是吧？且听老爷讲来，先将你打上四十大板，然后关进南监，让你家人出银百两前来赎你，还有你那几个同伙一样待遇，就是这个道理！听明白了没有？

张　飞　喳……气死你家三爷爷了。兄弟们与我打，打死这个狗官！

〔四随从上，开打。贾忠孝与众衙役被纷纷打倒在地，连滚带爬地逃走。

一随从 三将军，衙役被我们打得落荒而逃。现在衙门就剩我们几个了。

张　飞 就剩我们几个了？

随　从 就剩我们几个了。

张　飞 好！（一跃坐在桌上）伙计们，打开官仓赈济百姓，剩余粮草悉数运往芒砀山！

随　从 是。（欲下）

张　飞 慢……（四处张望）三爷我瞧这里比咱们芒砀山好多了，不如将兄弟们拉下山来。

随　从 好啊！将兄弟们领进城来！你就是县太爷，这古城县就成咱们的了。

张　飞 我就是县太爷了！古城县就成咱们的了！对！来日二位兄长相会，也有个落脚之处。就是这个主意！

随　从 噢——

张　飞 哦——

众　人 噢、哦、噢、哦、哈……

〔切光。

第五场　忍辱负重

〔许昌关羽馆舍。

〔甘、糜二夫人上。

甘夫人 （唱）困曹营心惆怅满腹愤怨，

居深宅意烦乱度日如年。

糜夫人 （唱）念皇叔终日里不思茶饭，

鱼雁杳音信绝恨地怨天。

甘夫人 （唱）曹贼他对二弟施恩设宴，

上马金下马银酒宴连连。

糜夫人 （唱）恐二弟重情义对曹感念。

甘夫人 （唱）恋新交忘旧情背弃桃园。

糜夫人 老军何在？

老　军 （上）不知二位主母驾到，望乞恕罪！

甘夫人 罢了。你家二爷哪里去了？

老　军 我家二爷前日斩颜良，解了白马之围，今日在延津又诛文丑，连斩袁绍两员大将。

甘夫人 又诛文丑？

老　军 对！曹丞相亲自设宴，众将官作陪，现在曹营赴宴。

甘夫人 他为曹操如此卖力，想必早已忘却桃园之义！

糜夫人 哎呀！姐姐，二弟也许是出于无奈吧！

〔内喊：二爷回府。

关　羽 （内唱）离相府回馆舍忙把嫂见，

〔关羽上。

（接唱）思大哥念三弟心在桃园。

任曹瞒施恩德我志不变，

栖曹营心系汉虚与周旋。

关　羽 参见二位嫂嫂。

甘、糜 （冷冷地）少礼，一旁坐了。

关　羽 二位嫂嫂，面带怒色，不知为何？

甘、糜 哼！（侧身转脸）

关　羽　嫂嫂！若是为弟何处不周，还请嫂嫂明示。

甘夫人　有一事须当面问清。

关　羽　嫂嫂请讲！

甘夫人　云长事曹忠心不贰，曹待云长情深义厚……

关　羽　此话差矣！不过逢场作戏而已。

甘夫人　你如今一心事曹，早已忘却桃园。

关　羽　（急）不不不，小弟从未忘怀！

甘夫人　（怒）哼！事已至此，还说什么从未忘怀！

（唱）曹孟德心叵测显而易见，

对二弟施厚恩其中藏奸。

赠赤兔赐锦袍伎俩不断，

斩颜良你也曾恩报恩还。

今日里诛文丑大功又建，

分明是感曹恩忘却桃园。

关　羽　嫂嫂！

（唱）一句话说得弟诚惶诚恐，

关云长怎敢忘桃园之情？

金银难把弟心动，

美女珠玉似蒿蓬。

树正何惧风弄影，

春秋大义日月明。

甘夫人　（唱）既然不为金银动，

为何待曹敬而恭？

关　羽　（唱）人前不过虚应景，

怎能忘却桃园盟？

甘夫人　（唱）既然心中铭大义，

何不辞曹去寻兄？

关　羽　（唱）只待兄长有准信，
寻兄护嫂离曹营。

甘夫人　（唱）倘若是十年八载无音讯，
难道说让嫂嫂老死曹营中？

〔关羽欲待解释。

〔内白：“大汉皇帝诏曰：关云长忠勇体国，功勋显赫，加封汉寿亭侯。”

〔甘夫人听闻一惊，似有所悟，恨恨地，愤然而下。糜夫人无奈跟下。

张　辽　（上）恭喜云长兄受封汉寿亭侯。此乃曹丞相特意为兄上表请封。

关　羽　这……（一怔）唉！纵然授爵封侯，仍栖身曹营，寄人篱下，皇叔生死未卜，关某忧心如焚哪！

张　辽　这……云长兄，丞相待你如何？

关　羽　恩宠有加！

张　辽　与皇叔相比怎样？

关　羽　丞相对某，情也。皇叔于我，义也。丞相之情日后必报，皇叔之义定不辜负。

张　辽　若得皇叔音讯？

关　羽　立即辞曹寻兄！

张　辽　云长兄好迂腐也！大丈夫立世，不过功名二字。如今丞相待你甚厚，仁兄投桃报李，斩颜良，诛文丑，已建旷世功业，足以安身立命，何必固执己见？

关　羽　依文远之见？

张　辽　不如就此归顺丞相，干一番事业，也可名垂青史。

关　羽　个人显名者，利也；匡扶大汉者，义也。关羽岂是见利忘义之人？

张　辽　这……仁兄还是好做思量吧！文远告辞！

关　羽　恕不远送。

张　辽　（背白）解梁云长真乃忠义之士，可敬可佩！（下）

〔甘、糜二夫人上。

甘夫人　方才与文远之言，嫂嫂听得明白。二弟受封汉寿亭侯，无须再为桃园受累。

关　羽　嫂嫂……

糜夫人　姐姐！

甘夫人　噢！想是我姐妹有碍于你，何不绑了嫂嫂献与曹贼。

关　羽　嫂嫂！

甘夫人　说什么桃园结义，同生共死，看起来你也是个背信弃义的伪君子！哼！

〔二皇嫂拂袖而去。关羽见状感慨万千，一时不知如何是好，手拿《春秋》欲读又放了下来。

（独唱）身栖曹营实无奈，
　　　万般委屈接踵来。
　　　风雨如晦志不改，
　　　春秋大义绕心怀。

关　羽　（唱）眼观《春秋》思绪涌，
　　　万般感慨现眼前。
　　　自幼儿私塾发蒙把书念，
　　　读圣贤春秋大义种心田。
　　　勤于笃行作世范，
　　　发愤忘食夜不眠。

手捧诗书推磨转，
不觉天明更漏残。
尧台舜坪拜圣贤，
虞坂古道恤民艰。
锤铁炉前百炼钢，
条山习武傲暑寒。
盐池畔救民女侠肝义胆，
解梁城杀吕熊赤手空拳。
无奈何抛亲别故桑梓远，
走天涯乱世难寻尧舜天。
颠沛流离苦为伴，
夙愿难遂萦心间。
为报国三结义矢志扶汉，
共患难徐州失散困土山。
为护嫂身在曹营心在汉，
忍辱负重对曹瞒。
嫂嫂不解心生怨，
叔嫂之间生隙嫌。
封侯赐爵非某愿，
报国救民念桃园。
功名利禄多羁绊，
匡扶汉祚非虚言。
秉忠履义怀赤胆，
矢志报国天下安。

〔内喊："报！"老军上。

老　军　禀二爷，陈震送来大爷密函。

关　羽　啊？（接看）有请二位嫂嫂！

〔甘、糜二夫人上。

关　羽　嫂嫂！陈震送来兄长密函！

甘、糜　皇叔现在何处？

关　羽　现在河北袁绍帐下！

甘、糜　我这里谢天谢地，终于有了皇叔的音信啦！

关　羽　老军，即刻挂印封金。嫂嫂，快快收拾行囊！待我立即辞曹，河北寻兄！

〔切光。

第六场　灞桥挑袍

〔灞陵桥。

〔二老军、甘糜二夫人车仗上。

〔关羽内唱："离曹营奔河北归心似箭。"

〔马童引关羽上。

关　羽　（唱）尘飞扬，风扑面，赤兔欢，似闪电，
心急如焚嫌马慢，
恨不能插翅飞到兄面前。
昨夜晚闻兄信当机立断，
找大哥寻桃园不畏艰难。
急忙忙连夜我将曹操见，
曹孟德避而不见欲阻拦。
因此上书柬辞曹放桌案，
挂印玺封黄金悉数奉还。

清晨起护皇嫂上了车辇，

提单刀率家将离曹营盘。

凭赤兔一日能把皇兄见，

护嫂嫂千里兼程步步艰。

出徐昌望灞桥心急路远，

〔兵马喧闹。

关　羽　（唱）忽听得兵马喧回头细观。

曹孟德率众将策马追赶，

叫家将护辇过桥莫迟延。

关云长横刀立马桥头站，

〔二老军、甘糜夫人车仗过桥，下。

关　羽　（唱）凛凛然气定从容迎阿瞒。

〔曹操率众将官上。

曹　操　云长，为何如此匆匆？

关　羽　累次造府，不得参见。故拜书告辞，望丞相勿忘昔日之言。

曹　操　曹某以信取天下，安能有负前言？

（轻吟）青青子衿，悠悠我心。但为君故，沉吟至今。

关　羽　承蒙曹公厚爱！

曹　操　当初某赠云长赤兔宝马，美酒红袍，歌姬舞女，佳肴宴请，如此厚待，非刘备能及。

关　羽　吾既知君待我厚，然吾受刘皇叔厚恩，誓以共死，不可背之，还望丞相体谅。

曹　操　曹某特意为云长上表请封，如今你身为汉寿亭侯，功成名就，难道说……

关　羽　关某非贪爵窃禄之徒！

（唱）忠义二字千钧重，
　　春秋大义铭心胸。
　　功名利禄如粪土，
　　忍辱负重显峥嵘。
　　大道巍巍青山耸，
　　一腔忠义贯长虹。
　　报国盟誓生死共，
　　千里寻兄踏征程。

丞相恩情，容后再报，告辞！

曹　操　且慢！曹某难舍故交，特备金银锦袍薄酒，为君饯行。来！

〔二军士捧金银跪献。

曹　操　请云长将金银收下，权做路途盘费。

关　羽　留此金银，以赏三军。

曹　操　呜呼呀！（对众曹将）财帛不能动其心，爵禄不能夺其志，美色不能乱其怀，天地之间竟有如此忠义之人，真乃大丈夫也！尔等皆应效之。（转对关羽）云长财德分明，此忠义之士，恨吾福薄，不得相留，特备薄酒，聊表寸心。酒来！

〔二军士捧过酒具，斟酒。

〔人役递酒，曹操接过酒杯。

曹　操　（唱）一杯薄酒情意满，
　　双手呈送君面前。

〔曹操捧酒，马童接过递给关羽。

关　羽　（唱）能屈能伸英雄汉，
　　可惜冰炭两重天。

饮酒致谢前路远，

多有不恭请海涵。

〔饮酒抛杯，横刀勒马回身。

多谢丞相相送，关某告辞！

曹　操　云长稍待，收下这件蜀锦征袍再走不迟。

〔人役献袍，曹操双手送上。

关　羽　多谢丞相厚意，他日相逢当报厚恩，恕某不恭，（用刀挑袍，披在身上）关某告辞！（纵马而去）

〔切光。

〔曹操、关羽分别在两束追光下。

曹　操　（无限惆怅）我说是云长啊云长！你怎如此固执？曹某待你可是真心实意！

关　羽　云长明白，丞相待某情深意厚。

曹　操　那你为何断然而别？

关　羽　新恩虽厚，旧义难忘！

曹　操　（语气加重，急切地）大丈夫立身人世，建功立业，依势而为，刘备如今寄人篱下，如丧家之犬，一无立锥之地，二无兵马可用，他如今泥菩萨过河自身难保，你随他……

关　羽　哈……丞相所言，句句实情。可关某不能见利忘义，背却桃园。

曹　操　（不以为然，进一步）试问公，玄德与某……

关　羽　刘玄德亦天下英雄，帝胄后裔，匡扶汉室，以为己任，扶大厦于既倒，救黎民于水火，且深陷于危难，我岂有坐视背信之理？

曹　操　如今某所作所为，与玄德无二，安江山，保社稷，协天子，平诸侯。难道你看不出某的良苦用心？

关　羽　丞相，恕我直言，有道是道不同不相为谋。

曹　操　天下大道，皆同一理也！如今群雄混战，生灵涂炭，黎庶不得安宁，曹某也是以天下为己任也！

关　羽　青山不改，绿水长流。关某矢志不移，气贯乾坤。

曹　操　孟德慕才多敬重，携手拨乱扫群雄！

关　羽　唯愿华夏归一统，战火不再伤生灵！

曹　操　曹某求才若渴，人皆共知！

关　羽　关某志扶汉室，天地共鉴！

〔切光。

〔孔秀内白："东岭关守将孔秀在此恭候多时！欲过此关拿来文凭路引！"

第七场　过关斩将

〔洛阳关。

〔马童引关羽上。

〔二老军、甘糜二夫人车仗过场。

关　羽　（唱）东岭关我将孔秀斩，

远远望见洛阳关。

〔马童、关羽圆场。

〔韩福、孟坦从下场门上。

韩、孟　（唱）韩福孟坦智谋广，

同心同德守洛阳。

孟　坦　（唱）关羽策马关前往，

韩　福　（唱）定让他命丧无常。

孟　坦　（唱）持刀上前把他挡，

韩　福　（唱）背后暗箭将他伤。

〔关羽与韩、孟交战。

孟　坦　看刀！（手持双刀）

〔与关交战。韩福背后放箭。

韩　福　看箭！

〔关羽接箭，刀劈二人。

关　羽　汜水关去者。

〔二老军、甘糜二夫人车仗过场。

〔马童、关羽圆场。卞喜带兵勇从下场门上。

卞　喜　汜水关守将卞喜恭迎二将军过关，请——

〔二老军、甘糜二夫人车仗下。关羽下马，马童牵马提刀下。

关　羽　（唱）汜水关卞喜他以礼相待，

镇国寺设酒宴早做安排。

老方丈点破了卞喜毒歹，

设机关杀关某心怀鬼胎。

我这里抽龙泉实出无奈，

如不然我定遭灭顶之灾。

他那里发号令欲把手摆，

卞　喜　久闻将军大名，今日幸会。特设酒宴款待，请——

关　羽　（唱）我只得挥龙泉血染佛宅。

〔关羽抽出宝剑，剑杀卞喜。

关　羽　马童。

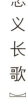

〔马童牵马提刀上。关羽上马，二人圆场。二老军、甘

糜二夫人随上。王植带随从，从下场门上。迎关羽一行。

关　羽　（唱）进荥阳王植他殷勤频献，
　　我还需多提防洞察其奸。
　　过三关斩四将非某所愿，
　　天保佑关某能平安过关。

〔二老军、甘糜二夫人车仗下。关羽下马，马童牵马提刀下。

关　羽　（唱）宿驿馆四下看恐有风险，
　　持书卷夜三更难以入眠。

〔兵勇们抱柴火过场。

关　羽　（唱）人影晃动隔门看，
　　馆外柴火堆如山。
　　王植他假仁假义非良善，
　　关云长明察秋毫破机关。
　　马童！

关　羽　收拾行囊，速速起程！

马　童　是！

〔二老军、甘糜二夫人车仗过场。马童、关羽二人圆场。

王　植　（急上）留下头来！（举枪便刺）

关　羽　（纵身一闪）无耻之徒，看刀！

〔将王植斩于马下。二老军、甘糜二夫人车仗过场。马童、关羽圆场。

关　羽　（唱）重重关隘步步险，
　　鞍马劳顿越千山。
　　心急更觉路途远，

一彪人马横眼前。

何人挡道？前来搭话。

秦　琪　曹将秦琪，奉夏侯将军将令，把守滑州渡口，来者何人？

关　羽　汉寿亭侯关云长也。

秦　琪　今欲何往？

关　羽　河北寻兄，前来借渡。

秦　琪　丞相公文何在？

关　羽　某不受丞相节制，有甚公文？

秦　琪　好生的无礼，说是你看刀。

〔二人交战。关公手起刀落，秦琪被斩马下。马童、二老军、甘糜二夫人车仗上，站立关羽身旁。

关　羽　古城去也！

〔切光。

第八场　古城团圆

〔驿道，四曹兵引蔡阳上。

蔡　阳　（唱）可恨关羽太狂妄，

刀劈秦琪一命亡。

纵马提刀紧追赶，

管叫尔血溅钢刀把命偿。

老夫蔡阳，可恼关羽黄河渡口将某外甥秦琪斩坏，老夫岂能与他善罢甘休！众将官！

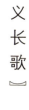

四曹兵　有！

蔡　阳　追杀关羽去着！

四曹兵　是！

〔四曹兵与蔡阳下。

〔景换古城外。

〔张飞出城。

张　飞　（唱）张翼德镇古城心烦意乱，
恨关羽贪富贵忘却桃园。
投阿瞒失信义欲将嫂献，
斩颜良诛文丑两军阵前。
只逼得袁绍贼要把兄斩，
多亏了大哥他巧妙周旋。
某大哥施计逃脱历艰险，
前日里投奔古城把身安。
闻听说关羽正往古城赶，
今日里定让他命丧城前。

兵　勇　（上）报。

张　飞　讲。

兵　勇　关羽一行即刻就到，老蔡阳率兵紧随其后。

张　飞　好！牵马备矛，待某杀了这个负心的红脸汉。

兵　勇　是！

张　飞　慢、慢、慢着，想那红脸汉，武艺高强，我岂是他的对手？这……有了。我不免准备弩弓弩箭，等那红脸负心汉来到，万箭齐发，把他射成个红脸刺猬。（诡笑）就是这个主意！进城，准备弩弓弩箭，关紧城门。

〔二老军、甘糜二夫人车仗上。马童引关羽上。

关　羽　（唱）过五关某把六将斩，
血染战袍越千山。

闻听说三弟占据古城县，
兄长也已出虎潭。
弟兄相聚遂心愿，
护嫂嫂安全到家园。
遥见古城心潮卷，
千难万险不足言。
城上可是三弟？

张　飞　正是你家三爷。

关　羽　快开城门！

张　飞　小的们，快与我放箭。

〔兵勇放箭，关羽用刀抵挡。

甘、糜　三弟，你这是何意？

张　飞　停……原来是二位嫂嫂，这个红脸汉将二位嫂嫂当作了挡箭牌！嫂嫂莫怪！待我下楼开城！

〔张飞带兵勇出城。

张　飞　恭迎二位嫂嫂进城。

关　羽　有请二位嫂嫂进城。

张　飞　关城！（兵勇关城）

关　羽　三弟，为何将兄关在城外？

张　飞　红脸的！是你背信弃义，归顺曹营，有何颜面再来见我？

关　羽　为兄心系桃园，一腔热血，天地可鉴啊！

张　飞　无义之人，还敢罔提桃园！

关　羽　三弟，难道你就真的不念桃园之情了么？

张　飞　早被你拔了香头子了！

关　羽　三弟何出此言？

〔内传马嘶声。内喊“杀”。

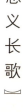

张　飞　蔡阳人马为何到此？

关　羽　为兄滑州渡口斩坏秦琪，蔡阳带领人马与他外甥报仇来了！

张　飞　说什么报仇，分明是你与蔡阳里应外合，暗害于咱。嘿嘿！你家张三爷粗中有细，就不上你那个当！

〔蔡阳率兵马上。

蔡　阳　马上可是关羽？

关　羽　正是！

蔡　阳　关羽！滑州渡口刀劈某外甥秦琪。老夫岂能饶你！

关　羽　秦琪挡某去路，索某性命，才被某杀，乃其咎由自取。

蔡　阳　休得废话，看刀！

〔二人开打。蔡阳被关羽斩之。

张　飞　哎呀……挏(dǒng)下啦！嘿！我还是去求嫂嫂给我讲个人情。（下）

〔刘备内唱：二夫人对我讲二弟来到，

〔刘备、甘糜二夫人出城，张飞随后。

刘　备　（唱）三弟你关城放箭为哪条？

张　飞　我，这……唉！

刘　备　二弟在哪里？二弟在哪里？

关　羽　大哥在哪里？大哥在哪里？

〔圆场。

刘　备　（唱）回头再把翼德叫，

　　　　你、你赔情施礼快求饶。

张　飞　我这不一直在施礼嘛。（作揖，欲跪，看关羽没有反应，往刘备身后躲）

刘　备　二弟。

关　羽　大哥！

〔二人相拥而泣。

刘　备　二弟。

关　羽　大哥！

刘　备　（唱）徐州失散常思念，

关　羽　（唱）做梦也是梦桃园。

刘　备　（唱）你身在曹营心在汉，
万般委屈兄了然。
过五关你把六将斩，
千里护嫂受尽难。
老蔡阳身后苦追赶，

关　羽　（唱）伤心三弟把脸翻。
他在城上放乱箭，
差点进了鬼门关。

刘　备　（唱）这里我把翼德怨，
你……做事鲁莽人心寒。

张　飞　三弟我知错了。

关　羽　这……
（唱）三弟关城又放箭，
多有误会在其间。
罢罢罢我把三弟喊，
为兄有话对你言。
咱兄弟桃园结义人称赞，
险些儿让你断送古城边。

张　飞　三弟我知错了，知错了。

〔张飞磕头，关羽搀起。

刘　备　三弟啊！

(唱)你二哥忠义仁勇人称赞，

一片赤诚可对天。

为救嫂他降曹不降汉，

栖虎穴好似蛟龙困沙滩。

曹孟德为留他心计用遍，

金钱美女封侯赐爵威逼利诱设宴款待五次三番。

他视之如破履弃之似蓬蒿，志不改心不乱，

念念不忘是桃园。

那一日你我音信见，

封金挂印辞阿瞒。

过五关斩六将受尽磨难，

刀劈蔡阳古城边。

历尽千难与万险，

你我兄弟今团圆。

你二哥，

一部《春秋》读千遍，

忠义仁勇称圣贤。

心在桃园志在汉，

肝胆相照日月悬。

张　飞　大哥！二哥！我错了。

三人合　正是

刘　备　(念)报国结义扶炎汉，

关　羽　(念)热血不负解梁男。

张　飞　(念)忠义二字传千古，

三人合　(念)《春秋》一部赋浩然。

〔三人同跪。

（主题曲）报国结义扶炎汉，

热血不负解梁男。

忠义二字传千古，

《春秋》一部赋浩然。

〔合唱声中，舞台呈现三结义情景。

〔画外音：古城相会之后，关羽助刘备开疆拓土，占领荆益，联吴抗曹，赤壁鏖战，立蜀存汉，承续汉祚。精忠贯日，义薄云天，仁济苍生，勇冠古今。生为典范，殁为神明，累代加封，由侯而王，而帝而圣，奉若神灵，朝野尊崇，顶礼膜拜，护国佑民，名满乾坤。关公形象已成为中华儿女的精神取向和人格追求。

〔画外音中，背景换解州关帝庙。关公坐在舞台深处的高台上，幞头长袍，侧身捋须，手持《春秋》，目光专注。

（定格）

（演员分批谢幕，最后，全体演员请关公的扮演者谢幕）

——剧终

作者与“文华奖”“梅花奖”二度获得者景雪变合影

【新编现代剧】

烽火翟家庄

时　间

抗日战争期间

地　点

新绛县翟家庄村及其周边村庄

人　物

李尚仁　翟家庄早期党员，翟家庄游击队队长

李尚勇　翟家庄早期党员，翟家庄游击队指导员，李尚仁四弟

李　母　李尚仁的母亲

刘三妮　翟家庄早期党员，村妇救会主任，丈夫牺牲在中条山战役。与李尚勇为恋人关系

卖粉人　太岳支委委员，潜伏在翟家庄，以卖凉粉为名，做地下革命工作，人称“老梁”

薛鹏举　八路军某部指导员，因伤病在翟家庄刘三妮家养病

小　野　日军驻绛州小队长

李尚义　汉奸，李尚仁的二哥

翻译官　小野的中文翻译

老村长、伤病员、村民、日伪汉奸若干

序

〔画外音：翟家庄地处新绛县东南峨嵋岭上，这里是新绛革命的摇篮，有“新绛的延安”之称。这个不到90户近400人的小山村，在中华人民共和国成立前，有中共党员36人，平均每11人中就有1名党员，其中不乏父子党员、兄弟党员、夫妻党员、全家党员。翟家庄及其周边群众在党的领导下，掩护党组织、建立根据地、发展地方武装……各时期牺牲烈士16人。以翟家庄为代表的千千万万个革命老区为新中国的成立做出了巨大的牺牲，立下了不朽的功绩。为了缅怀先烈，铭记历史，让我们共同走进那段硝烟弥漫的峥嵘岁月……

（主题曲）峨嵋岭上春雷响，
　　　　　毁家纾难翟家庄。
　　　　　历尽劫难终不悔，
　　　　　碧血丹心慨而慷。

〔主题曲中拉开大幕。

〔远处梯田鳞次栉比，层峦叠嶂，沟壑纵横，苍凉荒芜。山坳阴坡还有些许残雪；近处一个大壑口连接着弯弯曲曲的出山路。

〔卖粉人挑着凉粉担子，沿着山路匆匆地走来。

〔李尚仁从高处的埝壑中爬出，警惕地四下观望，之后迅速来到卖粉人近前。

李尚仁　老梁……

卖粉人　尚仁。

李尚仁　情况怎么样？

卖粉人　日军已过了东洼地，做好战斗准备。

李尚仁　敌人有多少？

卖粉人　一共十七人，带队的是日军驻绛州小队长小野次郎。

李尚仁　今天非让这个小鬼子见阎王不可。

卖粉人　千万不可因小失大！廉怀德书记指示，这次行动目标主要是这十车军火。

李尚仁　明白！

卖粉人　告诉大家要大张旗鼓地喊出咱们是土匪雷哼哼的队伍。

李尚仁　好！

卖粉人　准备战斗！

〔二人迅速隐藏于埝壑之中。

〔小野带队伍上。

小　野　来到什么的地方？

翻译官　太君，前面就是翟家庄。

小　野　翟家庄？

翻译官　就是经常有共产党活动的那个村庄。

小　野　这个地方不安全，加速前进。

翻译官　是。（转脸对日伪军）快！这个地方不安全，加速前进。

〔突然枪声大作。

〔小野狼狈地躲在一辆马车后还击。

翻译官　保护马车！（边还击边喊）

小　野　你们哪路的干活？

〔李尚仁内喊："你爷爷雷哼哼在此！"

小　野　给我顶住！

〔两方激烈交火。小野的队伍被打得七零八散。小野、翻译官趁乱逃窜。众上。

老村长　队长，我们已将鬼子的十车军火全部截获，经清点，马车十辆、机枪六十九挺……

刘三妮　步枪一百支、子弹三百七十三箱。

卖粉人　好，干得漂亮！

民兵甲　歼灭日伪汉奸十五人，那小野、翻译官趁乱逃走了。

李尚勇　嗨！又让小野给跑了。

卖粉人　这次便宜他了，不过正好让他找雷哼哼算账去吧！

众　人　哈哈哈……

卖粉人　尚仁，现在日伪军活动猖獗，这批军火眼下送不出去，根据上级指示暂时藏到翟家庄。

李尚仁　这……这么多军火，藏到哪里呀？

刘三妮　先藏到我家后院的地窖中。

李尚勇 你家？八路军伤员就住在你家，只怕……

刘三妮 不怕！我家离这儿近，又隐蔽，我想不会出问题。

卖粉人 好！尚仁，将马车连夜拆解隐藏起来。

李尚仁 是！

卖粉人 尚勇，你带几个同志，将这些骡马连夜送到闻喜陈家庄。

李尚勇 好！

卖粉人 咱们分头行动！

众　人 是！（众人造型）

〔切光。

第一场

〔几天后。

〔刘三妮家。刘三妮正在为伤员处理伤口。之后，麻利地坐在院中的石桌前为战士们缝补衣衫。

刘三妮 （唱）刘三妮春风满面愁眉展，

为伤员熬药做饭缝衣衫。

恨日军铁蹄践踏来侵犯，
害得我嫁衣未暖身已单。
春生哥杀敌报国赴前线，
谁料他热血尽洒染条山。
党组织似亲人问寒问暖，
乡亲们伸援手助我渡关。
妇道人见识虽浅知冷暖，
共产党才是咱穷人的天。

薛鹏举　（挑着桶，上）三妮。

刘三妮　指导员。

薛鹏举　你刚照顾伤员们吃完饭，这又忙上了。

刘三妮　这有啥么，指导员，你这伤才好，怎么能去挑水呢？

薛鹏举　没那么娇气，正好锻炼锻炼。
（唱）条山负伤离战场，
养伤来到翟家庄。
一月来不干活静静疗养，
多亏了三妮照顾里外忙。
如今伤愈体健壮，
坐享清闲理不当。
伤员们纷纷要把战场上，
浴血杀敌保家邦。

刘三妮　真舍不得大家走啊！

薛鹏举　我们也舍不得你和乡亲们呀！可是小鬼子不答应啊！过些天还会有伤员陆续来到你这儿养伤，真是麻烦你了。

刘三妮　都是一家人，什么麻烦不麻烦的！指导员快进屋歇着吧！（指导员下）

刘三妮　（唱）日军来了烧杀抢，

国军进村狗跳墙。

盼望八路共产党，

百姓个个喜洋洋。

说是到此来养伤，

劈柴担水都承当。

官兵各个一个样，

纪律严明传四方。

〔卖粉人内喊：“凉粉，卖凉粉，正宗的红薯凉粉——”

卖粉人　（上）凉粉，卖凉粉，正宗的红薯凉粉！

刘三妮　（出门）掌柜的，来碗凉粉。

卖粉人　好嘞！（一边调制凉粉，一边四下观望）战士们的伤病养得怎么样了？

刘三妮　好多了，薛指导员都能挑水了。

卖粉人　这就好，根据指示，同志们很快就要到前线去了。

刘三妮　战士们这几天就闹腾着要走哩！他们是不是要带上那批军火一起走？

卖粉人　暂时不能带，军火的事不用担心，如今小鬼子与雷哼哼干起来了。

刘三妮　是吗？（笑）

卖粉人　三妮，有件事……唉！（欲言又止）

刘三妮　怎么啦？

卖粉人　李家老大尚忠他……

刘三妮　大哥怎么啦？

卖粉人　尚忠在前线为保护首长，英勇牺牲了！这是他的遗物，李家祖传的长命锁。

刘三妮　（接过长命锁，还是不相信）大哥牺牲了？这可怎么给大娘说呀！

卖粉人　是呀！

〔远处传来了狗叫声。

老村长　（上）不好了，日伪汉奸又进村了。

卖粉人　快！快！快让伤病员隐藏起来。

刘三妮　你也赶快离开，注意安全！

卖粉人　知道了。（急下，指导员上）

刘三妮　指导员，日伪汉奸进村了，你赶快通知大家隐藏起来。

薛鹏举　好。你也多加小心！（急下）

〔切光。

第二场

〔李家。李母正在烧香。

李　母　（唱）李王氏跪神前虔诚许愿，
求菩萨保佑我全家平安。
老头子抗捐租死得凄惨，
可怜我母子五人度日艰。
食不果腹衣衫烂，
兵荒马乱年复年。
经过七灾又八难，
孩儿成人心更担。
老大尚忠在前线，
出生入死命由天。

老二尚义没肝胆，
与日伪汉奸有牵连。
鬼鬼祟祟不正干，
他让为娘把心担。
尚仁尚勇忠烈胆，
抗击日军走在前。
祈求菩萨能灵验，
保佑国泰万民安。

李尚义 (上)娘。

李　母 尚义回来了，娘给你做饭去。

李尚义 娘，我吃过饭了，(从身上取出几块大洋)娘，这些钱你拿上贴补家用。

李　母 (接过钱)哎，尚义，你哪儿来的这么多钱？

李尚义 我……我在城里宪兵队谋了一份差事。

李　母 宪兵队？那不是给小鬼子干活吗？

李尚义 娘，你不懂。

李　母 娘咋不懂啦！做人要有骨气，就是饿死，也不能给小鬼子干活，那是汉奸！

李尚义 娘，你听我说嘛！
(唱)老娘你对皇军心存偏见，
听孩儿把道理对你细言。
小鬼子将我中华犯，
同仇敌忾理当然。
两国实力相差远，
以卵击石成笑谈。
不如趁早做打算，

一家平安骨肉全。

李　母　那小鬼子让咱安生了吗?

李尚义　这是咱们与人家作对,我看这皇军就挺好。

李　母　你……(将大洋摔给李尚义)去!把这些臭钱拿回去,娘不要你这作孽钱。

李尚义　(拾起大洋)娘,你先别生气,总有一天你会明白的,这个尚忠、尚仁,还有尚勇,他们三个你都指望不上,最终还要靠我养活你哩!

李　母　(往外推李尚义)你给我出去。

李尚义　娘,你听我说,你听我说。

李　母　(强推出门)什么也别说,不辞了这份差事,就别回来见我。(关门)

李尚义　(敲门)娘,娘……唉!(无奈地下)

李　母　气死我了,菩萨保佑,菩萨保佑,求求你保佑尚义快点学好,保佑孩子们都平平安安的。

李尚仁　(上)娘!

李　母　尚仁回来啦!

李尚仁　娘,你又在给观音菩萨上香啊!

李　母　是啊!求菩萨保佑你们都平平安安的。

李尚仁　我们这不都好好的嘛。

李　母　唉!你大哥在前线打仗,娘时时刻刻悬着一颗心,生怕有什么闪失。

李尚仁　娘,我大哥在前线,他可是首长的警卫员,安全得很,你老就不用担心啦。

李　母　你和老四整天不着家,娘知道你们干的是正事,可娘还是放心不下。

李尚仁　娘，没事。

李　母　还有这个老二……

李尚仁　娘，二哥他怎么了？

李　母　他如今进了宪兵队，明目张胆地给小鬼子办事，刚才我把他撵了出去。

李尚仁　我说过他多少次了，可他就是不听，整天与汉奸小鬼子混在一起，这样下去迟早要出事！

刘三妮　（上）大娘，三哥。

李　母　三妮来了，尚勇还没回来。

刘三妮　（极不自然地）我……我找三哥说个事。

李　母　你们说，我去给你们烧水去。（下）

李尚仁　三妮，啥事？

刘三妮　我……

李尚仁　你怎么吞吞吐吐的，这可不像你刘三妮呀。

刘三妮　（取出长命锁交给刘尚仁）三哥，你看这个……

李尚仁　长命锁，大哥他怎么啦？

刘三妮　大哥他……

李尚仁　他怎么了？

刘三妮　大哥他为保护首长壮烈牺牲了，这是他的遗物。

李尚仁　（看着长命锁）大哥……

刘三妮　（上前捂住他的嘴，摇头示意）……

李尚仁　大哥——

（唱）听说是大哥把命丧，
　　不由得尚仁泪汪汪。
　　守孝悌严律己邻里敬仰，
　　人世间千难万难他尽尝。

日军侵华翻恶浪，
为国纾难慨而慷。
英勇杀敌把命丧，
怎不叫人心内伤？
胸中总有千重浪，
我还得强忍悲痛似平常。
擦干泪痕忍悲怆，
此事如何告诉娘？

李　母　（上）三妮，来喝水，（看着二人的脸色不对劲）你们这是……

李尚仁　娘，没事。（下意识地藏长命锁）

李　母　老三，你拿的是啥？

李尚仁　娘，没啥。（装进口袋）

李　母　我怎么看着像是咱家的长命锁呢？

李尚仁　娘，不是的。

李　母　你拿出来！

李尚仁　娘……

李　母　（伸手）给我！

李尚仁　（只得取出长命锁）娘……

〔李母拿着长命锁，呆若木鸡。

刘三妮　大娘，难过你就哭吧，哭出来会好受些。

李　母　（用手阻止，死死盯住长命锁）尚忠，你怎么能撇下娘不管，就这么狠心地走了呢？

李尚仁　娘——（抱住娘痛哭）

李　母　（唱）霎时间只觉得天塌地陷，
心中好似万箭穿。
可怜儿年幼丧父家道变，
随母度日受熬煎。
从未吃过舒心饭，
清水野菜是三餐。
数九天雪花飘西风漫卷，
忍饥寒儿捡柴走遍荒山。
三个弟弟要照看，
里里外外儿承担。
千斤重担压儿肩，
稚嫩的腰杆早压弯。
好容易盼得儿长大，
日军侵华更艰难。
忠儿生来志高远，
报国杀敌走在前。
儿言说杀尽日军回家转，
再陪娘亲养天年。

娘知子弹不长眼，
时时刻刻把心担。
为此我神前打卦许宏愿，
只求你平平安安把家还。
天天求夜夜念，
盼来噩耗把心剜。
儿啊儿你今一死万念断，
你可知从此后娘心随儿飘九天。
尚忠，儿啊！

李尚仁 娘。

刘三妮 大娘，你可要保重身体呀。

李 母 没事，我早就料到会有这一天，没事……

李尚仁 娘……（跪倒在地）

刘三妮 大娘……

李 母 （上前抱住李尚仁）……

〔切光。

第三场

〔追光下。刘三妮门前，李尚勇匆匆上，不时地四下观望，进门。

李尚勇 （低声）三妮，三妮！

刘三妮 （警惕地四下观望）尚勇哥，你可回来了，让人担心死了。

李尚勇 我们到陈家庄后，根据廉怀德书记的安排，又将马匹送到了中条山前线。

刘三妮　你回家了没有？

李尚勇　没有，我先见了老梁，有急事要向他汇报，老梁决定马上在你家召开党小组会议。

刘三妮　要我干什么？

李尚勇　一会会议开始，你在门前放哨。

刘三妮　是否要到村口？

李尚勇　村口都安排了人。

刘三妮　好！

〔卖粉人内喊：“布谷，布谷……”

李尚勇　他们来了。

〔尚勇开门，三妮点灯收拾。卖粉人、尚仁、老村长上。

李尚勇　大家都到了，快！进屋。

刘三妮　你们坐，我出去放哨。

卖粉人　我已安排张骡驹在门口放哨。

李尚勇　张骡驹？

李尚仁　没问题，经过这一年多观察、考验，这孩子还行，前日正式向组织提出申请。

卖粉人　三妮，你把薛指导员叫来，今天也让他参加咱们的会议。

刘三妮　好！

〔出门，朝着西南方的地窖连续拍了三掌，薛指导员警觉地出来。

薛鹏举　三妮，什么事？

刘三妮　有要事相商。

〔二人进屋，大家彼此打招呼，坐定。

卖粉人　咱们言归正传，尚勇，你说说外面的情况。

李尚勇　同志们，这次我到陈家庄，廉怀德书记对咱们翟家庄党支部发展党员、组织兵源、打击日伪军、保护伤病员等工作给予充分肯定，特别是这次成功抢夺军火战役，极大地鼓舞了河东抗日游击队的士气。当前，抗战进入了相持阶段，上级要求我们在力所能及的情况下，有力地打击敌人，以呼应中条山正面战场。

卖粉人　好！

李尚勇　敌人从《太岳报》上得知，军火是咱们劫的。

老村长　敌人能放过咱们？

李尚勇　据线人报告，今晚后半夜日伪军有行动，目标就是咱们翟家庄！

刘三妮　肯定是为军火的事情，咱们马上将它转移出去！

老村长　可那么多军火往哪转呀？

李尚仁　村西乱坟岗有好多被水冲开的老坟，不如将军火藏在那里。

卖粉人　我看行！这个地方隐蔽。

李尚勇　还有，薛指导员，组织上让你们明晚前赶赴前线，执行任务。

薛鹏举　好！马上出发！

卖粉人　你也太急了，日伪军有行动，等过了今晚再走。

薛鹏举　日伪军有行动？（思考）老梁，我有个想法。

卖粉人　你说。

薛鹏举　老梁——

（唱）咱们联合打一仗，
　　一石三鸟不寻常。
　　我们转移去战场，
　　护送军火出山庄。
　　兵合一处势力壮，
　　定让鬼子见阎王。

李尚勇　我看行！只是就咱们这几杆枪，只怕……

刘三妮　哎，何不将那批枪支用上？顺便也转移出去。

卖粉人　好主意，就这么定了，指导员，你去通知大家，做好准备！

薛鹏举　好！

李尚仁　三妮，你再给战士们准备一些吃的。

刘三妮 早准备好了。

卖粉人 尚勇，你与老村长组织村里的民兵立即出发，一个时辰后，在猪槽沟见面。

众　人 好！

卖粉人 咱们分头行动。

众　人 好！

〔切光。

第四场

〔一个月后。

〔李家。李尚仁正在打扫院子。

李尚仁 （唱）李尚仁在庭院神清气爽，
连日来捷报传斗志昂扬。
东洼地劫军火打得漂亮，
《太岳报》在头版点名表彰。
那一日情报传惊恐万状，
为报复鬼子要血洗山庄。
趁那晚战士们奔赴战场，
坟地里将军火暗中隐藏。
齐心协力智谋广，
一石三鸟凯歌扬。
打得日伪迷方向，
不敢再到翟家庄。

李尚勇 （上）三哥。

李尚仁　尚勇，你这一大早跑哪去了？

李尚勇　我去给三妮挑了几担水。

李尚仁　自从春生兄弟牺牲后，她一个女人家，可真不容易。

李尚勇　是啊！

李尚仁　尚勇，这几年你一直默默地帮三妮，这些哥都看在眼里，我看你俩就挺合适，要不你俩过到一起算了。

李尚勇　你胡说啥呀？（推开尚仁）

李尚仁　哈哈哈……怎么？你的心思还能瞒得过吗？

李尚勇　这事以后再说吧！三哥，给你说个好消息。

李尚仁　啥事？

李尚勇　三哥——

（唱）如今咱们势头旺，
　　捷报频传震八方。
　　年轻人纷纷要入党，
　　立志杀敌保家邦。
　　顺势而上队伍壮，
　　与日军痛痛快快干一场。

李尚仁　尚勇——

（唱）千万不能头脑胀，
　　敌我悬殊愿难偿。
　　听令于党放眼望，
　　更大胜利在前方。

尚勇，千万不可被胜利冲昏头脑。老梁昨晚专门给我们几个支委传达了廉书记的指示，他要我积极发展党员，壮大组织，输送优秀青年到前线 ，力争早日打败日本鬼子，可他同时强调越是这个时候，越要冷静，千万不可轻举妄动，以免造成不必要的牺牲！

李尚勇　（点了点头）有道理。

李尚仁　尚勇，这几天总有一些陌生人，在咱村鬼鬼祟祟的不知搞啥鬼。

李尚勇　都是些狗汉奸。

李尚仁　还有咱二哥……

李尚勇　（咬牙切齿地）他这是自取灭亡！

李尚仁　咱大哥刚牺牲，娘还在悲痛之中，二哥再有个三长两短，娘可如何受得了呀？

李尚勇　谁说不是呀！

〔李尚义回到院子，刚好走到屋前，藏身偷听二人对话。

李尚仁　这次多亏军火在三妮家……

李尚义　军火在三妮家！

〔李尚义一激动，撞倒了门前的扁担。

李尚勇　谁？

〔二人同时出门，李尚义悄悄躲到一旁。二人四下观望，尚仁又到院外看了看。

李尚仁　没人，估计是只野猫，走，咱们先去看看娘。

李尚勇　好！

〔二人进屋。李尚义蹑手蹑脚出院。转暗。

〔追光下，李尚义、小野对话。

小　野　什么？军火的，在刘三妮家中？

李尚义　太君，千真万确！

小　野　刘三妮……

李尚义　太君的意思……

小　野　立即行动！你的带路的干活。

李尚义　太君，这乡里乡亲的不太好……

小　野　哦？（思考）你的带路的可以，进村的不要，你的村口的接应！

李尚义　哈依！

〔切光。

第五场

〔刘三妮家。刘三妮正在为李尚勇做鞋。

刘三妮　（唱）指导员带领战士赴前线，

那军火顺利转出已安全。

尚勇他东奔西走鞋早烂，

无暇顾及心不安。

今日里总算缝完最后这一线，

但等他回来换上穿。

〔李尚勇挑一担水上。

李尚勇　三妮。

刘三妮　尚勇哥，看你累得满头是汗。（上前为李尚勇擦汗）

李尚勇　我来。（顺便将水倒进水缸）

刘三妮　来，试试这双鞋合不合脚。

李尚勇　不用试，肯定合脚。

刘三妮　不试，咋知道合不合适？

李尚勇　你做的肯定合适。

刘三妮　净说憨话，来坐下试试。（蹲下为尚勇试鞋）走两步看看。

李尚勇　美着哩！三妮，我……

（唱）脚上穿鞋浑身暖，

顿时只觉两眼酸。

刘三妮　（唱）尚勇待我情匪浅，

无以回报心不安。

李尚勇　（唱）我只有苦活累活替她干，

二人合　（唱）苦命人相帮衬理所当然。

刘三妮　尚勇哥，咱俩这事，你还要拖到几时呀？

李尚勇　我也不想再拖了，可我总觉得就这样将就着结婚，太委屈你了！

刘三妮　这兵荒马乱的，还讲究什么。

李尚勇　那好！我回头就跟我娘商量商量，尽快把事情办了。（说着就要换旧鞋）

刘三妮　别换了，就穿上吧。

李尚勇　这双鞋还好着哩。

刘三妮　你看这鞋帮烂成啥了，我给你缝缝。

李尚勇　也好。哎，反正现在没事，我把那袋谷子给碾了。

〔走进屋里，背上半袋谷子就往外走。

刘三妮　尚勇哥，你歇歇再去。

李尚勇　一会就好了，回来再歇。（下）

刘三妮　（望着尚勇背影）

（唱）尚勇哥英明果断人能干，
为三妮默默奉献年复年。
那一年春生杀敌赴前线，
他嘘寒问暖解时艰。
春生他条山牺牲天塌陷，
他待我无微不至更周全。
到如今瓜熟蒂落两情愿，
愿只愿并蒂花开月早圆。

〔小野带着几个日伪军上。

小　野　你的就是刘三妮？

刘三妮　（把头扭向一边）……

小　野　皇军的军火被劫，听说就藏在你的家中。

刘三妮　你说什么？我怎么听不懂。

小　野　听不懂？（举起枪）那就让它给你讲一讲。

〔说着朝天放了一枪。

小　野　哼，你的说出来，不说死啦死啦的。

翻译官　我看你是不见棺材不掉泪，给我搜！

日伪军　是！（几个在家里搜寻）什么也没搜到。

小　野　你的，军火的，到底藏在什么地方？

刘三妮　我啥也不知道！

小　野　你的，良心的，大大的坏了，给我打！

〔两个日伪军把三妮推倒在地，用皮鞭狠狠抽打。

刘三妮　（唱）皮鞭似雨身上落，
顿时浑身似刀割。

任他百般折磨我，
闭口不言他没奈何。
看来此劫难躲过，
拼着一死绝不说。

翻译官 （示意停）刘三妮，军火到底藏在什么地方？

刘三妮 呸！

小　野 八嘎，给我狠狠地打！

〔李尚勇背着谷子上。

李尚勇 住手！你们凭什么打人？

翻译官 打人？惹急了皇军还要杀人哩！

李尚勇 （上前护住刘三妮）慢！（放下米袋走上前）太君，到底为了啥事？

小　野 她的私藏军火。

李尚勇 军火？

小　野 嗯！

李尚勇 什么军火？

翻译官 就是皇军前几天，在东洼地被劫的那批军火。

李尚勇 哦，这她怎么知道？

翻译官 那谁知道？

李尚勇 （故作神秘的）告诉你吧，我知道，我带你们去找。

小　野 你的，军火的知道？

李尚勇 我藏的，我当然知道。

刘三妮 尚勇——

翻译官 （上前踹了刘三妮一脚）……

李尚勇 你们把她放了，我带你们去找。

小　野 哟西，女人的放了，他的绑了，开路！

〔日伪军放了刘三妮，把李尚勇绑起来，刘三妮艰难地爬起。

刘三妮 尚勇—— 尚勇——（上前欲拽李尚勇，被翻译官用脚踢倒在地，晕了过去）

〔追光下，卖粉人、李尚仁及群众将刘三妮救起。

众　人 三妮——三妮——

卖粉人 这群强盗！

李尚仁 老梁，你先把她送到我家，我去救尚勇！

卖粉人 回来！凭咱们现在的力量，根本救不出尚勇，只有白白送死！

李尚仁 可我，不能眼看着尚勇他……

卖粉人 不行！这是命令！

李尚仁 老梁——他可是我的亲兄弟啊！

卖粉人 尚仁——不要忘记咱们都是共产党员！要服从组织决定！

李尚仁 我……

卖粉人 服从命令！

李尚仁 是！（李尚仁背起刘三妮，众人造型。）

〔切光。

第六场

〔翟家庄村外。

〔小野、日伪军押着李尚勇上。

李尚勇 （唱）救三妮出火坑落入魔掌，
　　我这里先将贼引出山庄。
　　一路走来一路想，
　　怎施巧计斗强梁。

〔李尚义上。看见小野押着李尚勇，立即躲到一棵老柿树后。

李尚义 啊？怎么是老四？

小　野 军火的到底藏在什么地方？

李尚勇 就在前面的马岔沟。

小　野 开路！

李尚勇 太君，我要撒尿。

小　野 你的，撒尿的不要。开路开路！

李尚勇 太君，我实在憋不住了。（说着就停了下来）

小　野 你的，狡猾的不要！（示意松绑）

日伪军 哈依！（为尚勇松绑）

李尚勇 （揉了揉手腕，假意解裤子，迅速将小野揽入自己的胸前，同时夺走小野的手枪）都不许动！

〔日伪军立即用枪对准尚勇。

李尚勇 都别动，再动我就打死他！

小　野 你的！狡猾狡猾的。

李尚勇 （用枪指着小野的脑袋）少废话，叫他们把枪放下。快点！

翻译官 放下放下！

〔日伪军一一将枪放下。李尚勇猛然推开小野，转身就逃，被藏在树后的李尚义用枪顶住，慢慢推了回来，被日伪军控制住。

李尚义 老四，别再充好汉了，快说吧，军火到底藏在哪里？

李尚勇 你这个狗汉奸！

李尚义 骂吧，你二哥我，就不怕人骂，老四，听二哥的没错，说出军火藏在什么地方。

李尚勇 我不知道！

李尚义 哈哈哈……你不知道？昨天在家里，你与老三说的话，我听得一清二楚，军火在三妮家，她一个女人家，干不出这种事来，肯定是你与老三干的！

李尚勇 呸！

李尚义 实话给你说吧，皇军那里就是我报的信，也是我把他们带到翟家庄的！

李尚勇 你……（上前欲拼命，被日伪军控制住）

哈哈哈……李尚义，我真后悔！

李尚义 后悔什么？

李尚勇 后悔当初没有一刀宰了你——

(唱)骂了声李尚义天良尽丧,

当汉奸寡廉鲜耻罪昭彰。

全不念家乡山水把你养,

全不念父老乡亲恩情长。

全不念一母同胞同根长,

全不念白发苍苍年迈娘。

可笑你鼠目寸光眼不亮,

岂不知邪不压正难久长。

八路军,共产党,

浴血奋战见曙光。

待明日云消雾散天下亮,

看你们这些汉奸走狗

魑魅魍魉妖魔鬼怪蚊蝇鼠蟑何处藏?

越说越气火越旺,

血债要用血来偿。

怒火冲天高万丈,

拼将一死灭豺狼。

(白)我与你们拼了!

(夺枪冲向李尚义,被李尚义举枪打死)

小　野 八嘎!军火的还没找见,为何将他打死?

李尚义 太君,太君,我三弟李尚仁一定知道军火在什么地方。

小　野 李尚仁——来!把守各个路口,挨家挨户去搜,活捉李尚仁!(领日伪军下场)

〔老村长领民兵上。

众　人 尚勇——尚勇——

〔抱起尚勇造型，切光。

〔翟家庄村内，再现日伪军血洗翟家庄、枪杀老村长、活埋张骡驹的血腥场面。

〔追光下，卖粉人、李尚仁、王三妮以及两个民兵在翟家庄柏树岭的一个角落，忧心忡忡地召开党小组会。面对当前的形势，大家一时不知如何是好。卖粉人默默坐在一旁，一言不发，正在抽烟，两个民兵义愤填膺地在争执着什么，王三妮焦急地在走来走去，李尚仁欲言又止……

李尚仁 （唱）日伪军疯狂报复天地暗，
党组织严重破坏一线悬。
一些人身处险境方寸乱，
一些人英勇就义丧黄泉。
一些人义愤填膺欲蛮干，
一些人愈挫愈勇志愈坚。
一些人闻风丧胆谈敌变，
支部会意见不一愁肠添。
支委员要与日军殊死战，
老梁他力挽狂澜势力单。
我岂能遇危难一筹莫展，
辜负了党对我培养多年。
此时间要与老梁并肩战，
一定要力排众议来阻拦。
决不能让同志无畏牺牲留遗憾，
一定要聚集力量斗敌顽。
决不能任由日伪汉奸行凶悍，

一定要他们血债血偿尸难全。
决不能以卵击石前路断,
一定要星星之火呈燎原。
党组织决不会撒手不管,
一定会伸援手立解眉燃。
黑暗中已见革命的曙光现,
遥望见明朝抗战波浪滚滚翻。
因此上我还得耐心相劝,
要大家莫要冲动听我言。

同志们,老梁说得对,就靠咱们这几个打不过敌人,白白送死。

民兵甲 整天这么偷偷摸摸像贼一样,一旦让鬼子抓住,不也像老村长、张骡驹一样白白死去!

民兵乙 还不如同他们拼了,横竖都是个死!

民兵甲 就是!

卖粉人 我理解大家的心情,我已派人到陈家庄联系廉书记……

民兵乙 都派了三波人了,估计早被日伪军杀了!

民兵甲 (拿起枪)走!与他们拼了,说不定……

李尚仁 我们还是要听老梁的,他经验丰富,这些年,他每次都能化险为夷,听他的没错。

民兵乙 可是……

民兵甲 什么也别说了,我已通知村里的民兵,还有宋村的民兵,一共有近二十人,我就不信灭不了这些小鬼子!

民兵乙 走!

〔二人拿着枪欲下,民兵丙上。

民兵丙 老梁,尚仁。

卖粉人 铁蛋,你可回来了。

民兵丙 回来了。

李尚仁 什么情况?

民兵丙 据可靠情报,小野次郎没有找到军火,恼羞成怒,明天拂晓要再次血洗翟家庄,廉书记要求我们,趁这次机会狠狠地打击一下敌人的嚣张气焰!

李尚仁 早该收拾这帮强盗了!

民兵丙 廉书记已调动中条山游击支队、稷麓游击队紧急向翟家庄靠拢!

李尚仁 好!

民兵丙 为了确保万无一失,廉书记还专门安排八路军调防部队支援咱们。

李尚仁 那太好了,现在要我们干什么?

民兵丙 廉书记要咱们组织村里的民兵,转移群众,准备接应。

李尚仁 好!我带领锄奸团,趁天黑前,将村里的日伪汉奸全部除掉!

民兵丙 廉书记指示,拂晓前打响战斗,全歼小野次郎。

众　人 好!

〔切光。

第七场

〔李家。李母忧心忡忡地坐在炕头,出门观望,返回。

李　母 (唱)乌云遮日天地暗,

翟家庄好似地狱般。

日伪军找军火伎俩用遍，
烧杀掠抢灭人寰。
暴戾恣睢无忌惮，
杀死村长众人前。
张骡驹被活埋死得凄惨，
翟家庄鸡犬不宁断炊烟。
最可恨李尚义敢将众怒犯，
对乡亲下毒手欺了苍天。
想到此天旋地转气难掩，
为母亲有何脸面活人前。

李尚仁　（上）娘！

李　母　（开门）尚仁！（忙关门）你怎么回来了，他们正在到处抓你呀！

李尚仁　娘，我知道。（李尚义鬼鬼祟祟上，敲门）

李尚义　娘——

李　母　是尚义，快躲起来！

李尚仁　没事。（上前开门）

李尚义　尚仁！（慌忙掏枪）

李　母　怎么？对自家人你也不放过？

李尚义　娘你说什么话呀？（把枪插回）老三，你什么时候回来的？

李尚仁　我一直都在家呀。

李尚义　啊哈哈哈……真会开玩笑，这些天我怎么没见你？

李尚仁　哼！让你见了，不早就没命了吗？

李尚义　哪能呢？你我毕竟是一母同胞，我怎么能对你下手？

李尚仁　哼！你啥事干不出来？

李尚义　老三，你还是对我有成见，岂不知我在皇军面前，为你说了多少好话，才使你安然活到今天，才使咱娘、咱这个家，安然无事。

李　母　什么？安然无事？我来问你，张骡驹从小与你一起长大，你就忍心对他下手？

李尚义　我……

李尚仁　这算啥，他连自己的亲弟弟都不放过！

李　母　怎么？尚勇他……

李尚仁　娘！

（唱）尚勇他救三妮铤而走险，

引日军出山庄不顾己安。

假意儿要解手把贼诓骗，

擒小野股掌间群寇胆寒。

眼看着大功成乾坤扭转，

李尚义接应鬼子到近前。

他开枪杀胞弟天怒人怨，

人世间最惨莫过骨肉残。

李　母　你……你……（对天呼唤）尚勇……儿啊……

李尚义　娘，你听我说，你听我说！

李　母　他……他可是你的亲兄弟呀，我……我打你这个畜生！（打尚义耳光）

（唱）一句话惊得我魂飞魄散，

尚勇儿早已不在人世间。

尚勇，儿呀——

几回回梦中见儿回家转，

醒来空望冷月寒。

多少次风吹门环有声响，
疑是儿回门外观。
风扫落叶秋容淡，
不见儿影心凄然。
回头我把尚义骂，
不顾亲情骨肉残。
血浓于水情难断，
打断骨头筋相连。
尚勇是你亲兄弟，
狠心杀他心何安？
你做此事遭天谴，
丧尽天良灭人寰！

（白）尚勇——儿啊——

李尚义 娘，你误会了。当时天黑，我没看清……

李　母 畜生！

李尚义 要不是我在皇军面前美言，你们大家还能站在这里吗？我还有事，我先走了。（被二民兵用枪逼回）

李尚仁 你还想走吗？

〔两民兵上前将李尚义按倒，李尚仁收缴了他的枪。

李尚义 你要干什么？

李尚仁 干什么？我要代表组织和翟家庄人民处决你。

李尚义 哈哈……

李尚仁 你笑什么？

李尚义 现在翟家庄到处都是我们的人，你就是杀了我，你也逃不出去。

李尚仁 实话告诉你，我们锄奸团已将庄里的日伪汉奸全部除

掉，现在轮到你了。

李尚义　啊！（瘫倒在地）老三，求求你放过二哥吧。求求你，求求你啦！（见尚仁不说话，转跪到母亲面前）娘，你救救儿子吧！救救儿子吧！（一个劲地磕头）娘……娘……

李　母　这一切都是你自作自受，就是老三饶了你，那被你害死的同胞兄弟、老村长、张骡驹，还有翟家庄的全村百姓，能饶过你吗？

（唱）尚义他苦苦哀求泪流满面，
　　尚仁他怒气冲冲义正词严。
　　他二人如同水火似冰炭，
　　都是我亲生骨肉血脉连。
　　尚义无义天良丧，
　　惨杀胞弟禽兽般。
　　迫害乡亲众怒犯，
　　对不起良心对不起天。
　　我这里将尚义深深埋怨，
　　你不该寡廉鲜耻是非颠。
　　甘为日军做鹰犬，
　　为虎作伥当汉奸。
　　残害乡亲不眨眼，
　　杀死尚勇罪滔天。
　　活埋骡驹儿时伴，
　　烧杀掠抢自家园。
　　一桩桩，一件件，
　　桩桩件件人心寒。
　　纵然是尚仁不与你清算，

滔天的罪孽你怎偿还？

逆天而行不知返，

一步一步入深渊。

自种苦果自吞咽，

作孽到头命难全。

李尚义　娘……（痛哭）

李　母　（唱）回头再将尚仁劝，

虽然他做事欺了天。

念及兄弟把他怜念，

死后别让他太难堪。

一叶破席将他卷，

乱坟岗上把坟添。

李尚仁　（点了点头）……

李尚义　娘，儿错了！儿知错了！你就救救孩儿吧！

李　母　（转脸摆手）……

李尚仁　（将尚义一把抓住往外拖）带走！

李尚义　（撕心裂肺）娘……

〔二人下，追光启。李母万分悲痛地追了两步……

李　母　（望着门外）尚义……

〔远处传来一声枪响与尚义一声惨叫："啊！"

〔李母失魂落魄。

〔李母慢慢地走向舞台深处。

〔突然枪声大作。

〔切光。

尾声

〔翟家庄村外。小野带领日伪军上。

翻译官　报告太君,翟家庄空无一人。

小　野　空无一人——撤!

〔随着激烈的枪炮声李尚仁带领民兵冲了出来。

〔小野等人急忙回撤,薛鹏举带八路军冲上。

〔双方战斗,最后就剩小野一人在负隅顽抗,被李尚仁击毙。

〔众上,卖粉人与刘三妮上,李尚仁上前抓住薛鹏举的手。

卖粉人　同志们,上级指示,将东洼地所劫军火,以及今天缴获的枪支弹药,全部带到陈家庄,装备晋南抗日武装。

众　人　好!

薛鹏举　我们还有新的任务,也该出发了。

卖粉人　咱们后会有期,同志们,出发——

〔天幕背影　一面迎风飘扬的五星红旗。众人造型。

〔主题曲　峨嵋岭上春雷响,
毁家纾难翟家庄。
历尽劫难终不悔,
碧血丹心慨而慷。

——剧终

（该剧由新绛县蒲剧团首演,导演:赵天成,作曲:闫建平,主演:李俊强、李晓燕、李海生。）

蒲州孝子红

【新编古装剧】

时　间

清末

地　点

晋南蒲州

人　物

祁彦子　合盛班头牌须生,著名蒲剧艺人,艺名“彦子红”

赵婉儿　合盛班班主赵福堂女儿,祁彦子的师妹,未婚妻

赵福堂　合盛班班主

霍尚伟　合盛班的花脸演员

郭宝臣　满福班班主,著名蒲剧艺人,艺名“元元红”

祁　母　祁彦子的母亲

祁大彦　祁彦子的兄长

祁　福　祁家的仆人

李公公　宫中太监

合盛班艺人、满福班艺人、百姓若干

序

（合唱）心系氍毹名望重，
　　　身为优伶世人轻。
　　　高叹低吟尽血泪，
　　　春去春来皆寒冬。
　　　唱念做打风雷动，
　　　悲欢离合演人生。
　　　为使梨园春常在，
　　　历尽沧桑彦子红。

〔合唱声中幕启。追光下，祁彦子正在演出蒲剧《出棠邑》中的“伍员出逃”一折，主要展示推盔、掸剑、拆书、上马等绝技。伴随着表演，叫好声、鼓掌声不绝于耳……（表演在合唱声中进行）

〔内声：“合盛班胜出，赏银二十两！”

〔众内声：“好！”（叫好声、鼓掌声又一次响起）

〔全场光启。众上，帮祁彦子卸妆。

赵婉儿　（一边为祁擦汗，一边关切地）彦子哥，累坏了吧？

霍尚伟　彦子，真的不错！

赵福堂　彦子，这次后土祠庙会对台戏咱们能胜出，你可立了头功！这十两银子是奖给你的。

祁彦子　全靠大伙，还是给大伙分了吧。

霍尚伟　大伙都有。

赵婉儿　给你的你就拿上。（欲将银子塞给祁）

祁彦子　这……

赵福堂　彦子,这是规矩,拿上!

祁彦子　婉儿,用这些银子再给“一声雷”老师傅买点中药和米面。

赵福堂　“一声雷”老师傅要不是彦子你这么周济,早都饿死在扁鹊庙了。(叹气摇头)

霍尚伟　可不是嘛!咱们这些唱戏的最终都是这个下场。

祁　福　(急上)三爷,三爷,不好了!

祁彦子　祁福,家里出什么事了?

祁　福　太夫人走了!

祁彦子　你说什么?

祁　福　太夫人仙逝了。

祁彦子　娘——(撕心裂肺,跪倒在地)

〔切光。

二

〔祁父内声:“谁让你们叫这个逆子啦?没有我的话谁也不许让他进门!”

祁大彦内声:“爹,三弟他……”

祁父内声:“住口!没有我的话谁也不许让这个逆子进门!”

〔幕启。祁府大门前。高门大户被白纸白幡笼罩,不时有人进进出出。

〔祁彦子披麻戴孝,跪在门前。

〔祁大彦从家中出来。扶起祁彦子，无奈地摇了摇头。

祁彦子　哥……

祁大彦　老三……（欲言又止）

祁彦子　哥，我都听见了。

祁大彦　老三，你……

祁彦子　哥，不让进门就不进了，出殡时总能让我再送娘一程吧？

祁大彦　（摇了摇头）刚才我给爹说的就是这个意思，可他老人家一听就火冒三丈！老三，唉……要不你走吧……总这么僵持着也不是个事，爹可别再有个三长两短的……

祁彦子　哥……唉！什么也不说了，是我对不起咱爹，对不起咱们这个家。

祁大彦　老三，你最对不起的是咱娘。她老人家为你与爹争、与爹吵，到死念念不忘的还是你。（从怀中掏出一只金镯子）这是咱娘的陪嫁镯子，她嘱咐我一定要将这只镯子交给你，万一你今后过不下去了可解燃眉之急。娘临死之前唯一放心不下的就是她的三儿。

祁彦子　（接过镯子、深情地望着）娘啊！娘——

（唱）娘对儿疼爱宽容三冬暖，

儿却是生未养死未葬送娘一程也作难。

生养儿娘受了七灾八难，

几十年娘为儿愁肠倍添。

儿读书娘陪到三更三点，

染病恙娘不离儿的床前。

儿唱戏娘受尽世间白眼，

父子们失了和娘左右为难，

娘卧床儿未曾熬药捧饭，

反让娘时时刻刻心挂牵。
弥留际赠金镯虑儿长远，
祁彦子枉为人子心何安？心何安？

娘，三儿对不住您……

〔追光启。追光下祁彦子与母亲。

祁　母　三儿。

祁彦子　三儿对不起娘，本来三儿还要送娘一程，可是我爹……

祁　母　三儿，你可不敢记恨你爹，你爹也有他的难处啊！

（唱）你爹爹做生意苦了半辈，
看惯了人世间是是非非。
生意人身下贱尽是血泪，
为此事难释怀心不胜悲。
改门庭供你读书受尽罪，
盼望你学有所成门生辉。
谁料你高中秀才半途废，
入梨园粉墨登场头不回。
你爹他茶饭不思夜难寐，
你可知你爹他心里有多悲！心里有多悲！

你爹虽然创了这偌大的基业，还是被人小看，更别说唱戏了，你可把他的心伤透了，记得你那年高中秀才，你爹逢人便讲……

祁子彦　娘！什么也别说了，儿我对不起你们。娘，可是我……

祁　母　娘知你还是丢不下你的舞台。

祁彦子　娘……我……我宁可不唱戏，我也要再送您一程，尽一尽孝心！

祁　母　三儿，别再难为自己了，你的心已被戏给偷走了，回不了头了。

祁彦子 娘,还是您了解三儿,可是我……

祁　母 安心唱你的戏吧,别再难为自己了。

祁彦子 娘,我一定要唱出个名堂来……

祁　母 娘相信你能唱出名堂来,可娘担心的是你以后的日子。

祁彦子 娘,这个您老就别担心了。

祁　母 娘怎能不担心呢?唱戏的到了老年哪一个不是凄凄惨惨的……

祁彦子 娘,您放心,三儿不会的。

祁　母 娘怎能放心呢?听老人们讲,名动京师的"七岁红"都给万岁爷唱过戏,被封为"四品大员",还不是"生不能进祠堂,死不能进祖坟"吗?

祁彦子 ……

祁　母 听娘说,把这只金镯子拿上,以备不时之需。

祁彦子 娘……

〔祁母暗下,全场光启。

祁彦子 娘,我……(回到现实)哥,我再不唱戏了,再也不唱戏了!说什么我也要送娘一程。

祁大彦 老三,你可想好了。

祁彦子 我、我、我想好了。

祁大彦 唉,这些年为唱戏,你与咱爹闹得鸡飞狗跳,"再不唱了"这种话说得多了,哪一次不是……老三,听哥一句话,走吧,咱娘能谅解你,也只有她老人家知道你的心思。

祁彦子 我……

赵婉儿 (急上)彦子哥……(欲言又止)

祁彦子 婉儿，你怎么来了？

赵婉儿 （吞吞吐吐地）……有……没有……

祁彦子 到底是什么事？

赵婉儿 蒲县东岳庙会演出，人家非要你出场不可，说是冲着你才定的台口，不然的话……

祁彦子 唉……

祁大彦 老三，走吧！

祁彦子 这……

祁大彦 走吧！咱娘会理解你的。

祁彦子 （跪倒在地）娘！恕儿不孝。爹！恕儿难从父命。

〔切光。

二

〔几个月后。

〔祁彦子手持马鞭正在独自琢磨《火焰驹》中艾千贩马一折的鞭子功、靴子功……

赵婉儿 （上）彦子哥，彦子哥，（见其没有反应，直接上前拍了一下正沉浸在戏中的祁）彦子哥！祁彦子！（如梦初醒）哦，是婉儿。（急切地）婉儿，《火焰驹》中艾千要给李彦荣报信十万火急，骑上火焰驹日行千里、夜走八百，在舞台上如何才能表现得准确到位……

赵婉儿 （打断祁的话）一天就知道戏、戏、戏！饭热了凉、凉了热，都好几次了。

祁彦子 婉儿，你先听我说。

赵婉儿 先吃饭,吃了饭再说。

祁彦子 (只顾自说自话)艾千骑上火焰驹快马加鞭、日夜兼程、马不停蹄、人不离鞍,首先要表现人急马快,这就要用鞭子功、靴子功,你看就这个样子(说着就表演起来)……

赵婉儿 你呀!真是不可救药。(生气地转过脸去)

祁彦子 (认真地表演了一番)婉儿,怎么样?不对,这里应该这样。(忽然发现婉儿压根就没有看)婉儿,婉儿,生气了?

赵婉儿 你这人怎么回事?

祁彦子 什么怎么回事?

赵婉儿 整天是瞎琢磨,艾千贩马是净角戏,这又不是你的行当,费这劲干嘛?

祁彦子 我要把它改为须生戏,以后我要演这一折。你看怎样?

赵婉儿 不怎么样!

祁彦子 婉儿,我还要用眼睛的变化来表演人困马乏,你看我就这样表演……(说着又要表演)

赵婉儿 行了你,(拉着祁)别瞎琢磨,走走走,先吃饭。

祁彦子 你看我表演得行不行?

赵婉儿 行,行,好着哩。

赵福堂 (急上)彦子,彦子。(霍尚伟跟上)

赵婉儿 爹。

祁彦子 师傅,啥事?

赵福堂 是这么回事,满福班在稷王庙会演出已经十天了,班主郭宝臣连演十几场,累得都吐血了。

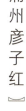

祁彦子 人没事吧?

霍尚伟　（幸灾乐祸地）现在是没事，可再演下去就会出人命。

祁彦子　人没事就好，可不敢再演了。

赵福堂　哪能不演？今明两天是关键，为此，郭宝臣差人求你前去救场。

霍尚伟　救场？不行！彦子，满福班可是咱们的对头。

赵福堂　彦子你说呢？

祁彦子　这场无论如何咱都得救。

霍尚伟　彦子，本来稷王庙会演出就是咱们的。

祁彦子　话不能这么说。

霍尚伟　（唱）我说的可是大实话，
　　自古同行是冤家。
　　满福班如今声势大，
　　时时处处压着咱。
　　稷王庙演戏出了岔，
　　本是老天将他罚。
　　宝臣累倒猢狲散，
　　咱就是蒲州梆子头一家。

祁彦子　尚伟，说着说着就胡说开了，就这么定了，我去稷王庙救场。

霍尚伟　唉！你怎么就不听我说呢？

赵福堂　尚伟，这场咱们得救。

赵婉儿　我给彦子哥准备东西去。（下）

霍尚伟　你们……

祁彦子　尚伟，我这就去稷王庙，你可要多替师傅操点心，后天就要到平陆周仓庙扎台，你们过中条山老虎咀时一定要小心，那里太危险了。

霍尚伟　（还在生气）没事，那里咱们去过多少次了，我眼睛闭着都能过去。

祁彦子　还是小心为好。

赵福堂　彦子，你就放心吧！

祁彦子　好，那我现在就走！

赵福堂　吃了饭再走。

祁彦子　不吃了，人常说救场如救火，我这就走。

赵婉儿　（上，将一个包袱递给祁）彦子哥这是你的行头，我给备了一些干粮在里面。

祁彦子　谢谢婉儿，师傅，我走了。（下）

赵婉儿　彦子哥，路上小心点。

〔切光。

三

〔稷王庙会戏场。

〔追光下，祁彦子正在演出《火焰驹》中“艾千贩马”一折，主要展现了鞭子功、靴子功、耍火、颤眼等技艺……鼓掌声、叫好声不断。

〔本折戏结束，祁彦子下场。全场光启。郭宝臣等人迎上。

郭宝臣　彦子兄，太感谢你了。（鞠躬）

祁彦子　（急忙上前阻止）可不敢，这就见外了，都是一家人。

郭宝臣　你们大家，快帮祁先生卸妆。

祁彦子　不着急，不着急，宝臣兄，今天这折“艾千贩马”……

郭宝臣　真不错，没想到你能将二花脸应工戏改为须生戏，还

改得有模有样，演得亮点频现。这可是个创举呀！

祁彦子　宝臣兄，咱不说这些奉承话，你可是大行家，再给我指点指点。

郭宝臣　在你彦子兄面前怎么敢称行家呢？

祁彦子　宝臣兄，你就别客气了！

郭宝臣　那我就班门弄斧了。你现在的表演可以说是能将艾千当时的心情、状态都用技巧、绝活表现出来了，但是有些地方还需要再琢磨。

祁彦子　愿闻其详。

郭宝臣　艾千是骑在马上，在表演时，要人马合一，一方面是火焰驹生龙活虎，一方面是艾千心里焦急。靴子功表演的是马的蹄疾如、翻山越岭；面部表情主要是艾千的心急如焚、急于赶路，这些你都做到了，可还欠火候。上身是壮士骑马的状态，下身是奔马疾蹄的状态，这些细节你再琢磨琢磨。戏要讲究，可不能将就啊！

祁彦子　宝臣兄，你看是不是这个状态。（又表演示范艾千骑马的动作）

郭宝臣　有点味道，（上前纠正）你这上身应该稍向前倾，骑马时人不由自主地身子就往前倾。

祁彦子　是不是这样？（依照郭的指点又做了一遍）

郭宝臣　对对对，就是这个感觉。再有就是这个鞭子功的运用，鞭子要表现马的状态，刚开始是快步如飞、龙腾虎跃，到后来就要稍稍放缓点，虽然是火焰驹，可也抵不住路途遥远。

祁彦子　有道理！有道理！真是听君一席话，胜读十年书啊！

郭宝臣 彦子兄，咱们晋南盐商遍及关内外，梆子戏班如影随形，我划算到京城闯一闯。听说，京城的百姓也爱看咱梆子戏，就连太后老佛爷也喜欢。

祁彦子 早年梆子名角魏长生老前辈就曾名震京师、势压群芳，蒲州梆子，一枝独秀。

郭宝臣 如今京城戏迷提及魏先生还津津乐道。

祁彦子 到京城演戏，有见识、有魄力。

郭宝臣 咱们一起走？给你双倍的工钱，年终还有分红，有你我就更有底气了。

祁彦子 我还真有这个想法，一是到京城长长见识，二是向其他剧种学习切磋。

郭宝臣 好！咱们一起走。

祁彦子 这事我得考虑考虑。

霍尚伟 （上）彦子！彦子！出大事了！

祁彦子 啥事？

霍尚伟 昨天戏班经过老虎咀时，刘三所驾马车翻到山崖下了，班主为了救刘三，也一同摔了下去，刘三当场摔死，班主如今命在旦夕。

祁彦子 班主现在何处？

霍尚伟 平陆张店。

祁彦子 走！宝臣兄告辞！（下）

郭宝臣 彦子兄保重！

〔切光。

四

〔平陆张店车马店。

〔赵福堂躺在床上奄奄一息，赵婉儿正在一旁照料，众人都围在旁边。

〔祁彦子与霍尚伟上。

祁彦子 师傅！师傅！（一下扑向赵）

赵福堂 （声音微弱）彦子回来了，扶我起来。

祁彦子 （急忙阻止）师傅你就躺着吧。

赵福堂 （艰难地）扶我起来，我有话要说。

〔众人扶赵福堂半躺在床上。

赵福堂 彦子啊！

（唱）赵福堂卧病榻长吁短叹，
满腹儿辛酸话要对你谈。
入梨园作戏子身为下贱，
挣扎在人世间实在可怜。
风里来雨里去时时赔笑脸，
心操碎汗流尽经常缺吃穿。
到晚年无依靠好似丧家犬，
破庙中度残生心中好凄然。
我今不幸遇祸险，
且喜免遭晚年艰。
福堂一死心无憾，
后事劳你来成全。

婉儿待你情匪浅，
你要待她兄妹般。
风雨人生永相伴，
偶有不周多包涵。
合盛班由你来接管，
这副重担落你肩。
还有一事求你办，
烦劳彦子记心间。
死后用席将我卷，
乱坟岗上把坟添。
可叹我生前不能将亲祭奠，
可怜我死后不能入祖坟园。
我虽身死魂不散，
望乡念亲万万年。
彦子，一切都拜托你了。（气绝身亡）

众　人　师傅……（恸哭号啕，都跪倒在地）

祁彦子　（唱）师傅他一生辛劳命凄惨，
遭横祸抱憾而终离人寰。
可怜他——
在世被人下眼观，
有家难归六月寒。
死后无亲来祭奠，
唯留遗恨哭昊天。
临终之言多感叹，
好似看见我明天。
我与他同为戏子身下贱，

霎时间物伤其类心凄然。
老父亲苦苦阻拦心所患，
到如今利利害害现眼前。
孰是孰非不用辩，
泾渭分明心了然。
悬崖勒马犹未晚，
如今回头天地宽。
不！不！不……
彦子我喜戏爱戏唱戏迷戏戏是人生人生是戏，
此生与戏结下缘。
戏给我无限痛苦无尽欢，
戏让我心醉痴迷近狂癫。
戏使我功名弃富贵抛亲情隔断，
义无反顾离家园。
我却是身陷其中乐忘返，
喜戏爱戏如从前。

众　人　彦子……

祁彦子　（接唱）眼前这难兄难弟靠我管，
还有那师傅嘱托响耳边。
我岂能知难而退避艰险，
改初衷违师愿随方就圆。
我定要自强自重挑起重担冲破世俗打碎偏见，
誓言让梨园戏子重见天。

〔全场光启，众上。

赵婉儿　彦子哥。

祁彦子　婉儿节哀。咱们先把师傅的后事办了。

霍尚伟　(点了点头)咱们今后怎么办？

祁彦子　今后的事,大家放心！戏班不能散、人心不能乱、戏还要演、事还要办！

霍尚伟　有你这句话,大家就放心了。

祁彦子　我一定不会辜负班主的重托，要把戏演好，还要让大家过上好日子！不能让梨园人再这么屈辱地、无尊严地活着。

霍尚伟　你有何打算？

祁彦子　我划算给我们这些人安个家。

众　人　安个家？

祁彦子　对！安个家。也就是建一座会馆,咱们平时无戏可演时就住在这里，年老体弱无家可归的艺人在此安身养老,平时咱们还可以在这学戏排戏。

霍尚伟　好是好,估计官府乡绅不会同意咱们这么干。

祁彦子　当然不能说是给咱们建会馆，咱就说是给祖师爷建座庙。

赵婉儿　这个主意好！

霍尚伟　这得要多少钱？咱哪有那么多钱？

祁彦子　钱的问题我都想好了，一方面咱们挣，但主要是靠大家捐,另一方面也要争取官府支持。

霍尚伟　我看这事悬。

众　人　是啊！

霍尚伟　彦子啊，事是好事，想法也不错,可要真正干起来,这可比登天还难啊,我觉得咱们还是管好自己就行了。

赵婉儿　彦子哥这可是为了咱们大家。

祁彦子　尚伟，我当然知道这事有多难，可这事总得有人去做

呀！不然的话，我们梨园人就要永远恓惶下去。

霍尚伟 可我心里还是没底。

祁彦子 放心吧，尚伟，人常说事在人为，只要咱们干，就有干成的那一天。

赵婉儿 尚伟哥，听彦子哥的没错。

祁彦子 这事我谋划也不是一天两天了，从为母奔丧被拒之时，我就冒出了这个想法，之后，我与好多班主名角都谈过这事，他们都很赞同，前两天我和宝臣先生还商议此事，他也是满口应承。

霍尚伟 好，听你的！

祁彦子 这事离不开大家支持，可我们也要多演戏多挣钱，给大家带个好头。尚伟，在演戏之余，你给咱辛苦联系这些梆子班主。

霍尚伟 他们会认我？

祁彦子 你放心，我提前把一些事情说好，你就负责联系。

霍尚伟 好！

〔切光。

五

〔两年后。

〔临猗猗顿庙会。

〔演出现场的后台，赵婉儿正端着一碗茶不时地向前台张望。背景音乐为蒲剧《三岔口》的锣鼓伴奏……

赵婉儿 （唱）合盛班现如今红遍山陕，

全凭着彦子哥艺高品端。

一年演出不间断，

白天夜晚人不闲。

世人都把彦子赞，

唱红西北盖晋南。

〔一阵叫好声后，祁彦子满头大汗上（为《三岔口》中任堂惠的扮装），接过赵婉儿手中的茶水一饮而尽。

赵婉儿 （心疼地）慢点喝……

祁彦子 再来一碗。（说着就坐在戏箱上）

赵婉儿 看把你累的，再这么下去，总有一天会把你累出毛病来！

祁彦子 没事！快去倒水。

赵婉儿 稍等。（下）

〔祁彦子顺势靠在戏箱上就睡着了。

赵婉儿 （上）彦子……（看见祁睡着了，放下茶碗，取了一件戏衣悄悄地盖在了他的身上。）

（唱）两年来彦子哥心血耗尽，

为演戏苦奔波茹苦含辛。

为演出他跑了万乡千村，

为演出他常常忘餐废寝。

都只为梨园人解危济困，

建庙宇他更是忧心如焚。

为筹资唱堂会积铢累寸，

为庙址自轻贱四处求人。

似这样不管不顾心何忍，

再不能劳心费神自伤身。

怕的是寸功未建人先殒，
空留遗恨伤自心。
为了此事费思忖，
多次劝他若罔闻。
再将利害与他论，
愿他能知婉儿心。

霍尚伟 （上）彦子！彦子！好消息！好消息！

赵婉儿 嘘！

霍尚伟 （望了一眼祁，蹑手蹑脚地）睡着了？

赵婉儿 嗯，（点了点头）啥事嘛？高兴得你大呼小叫的。

霍尚伟 是这么回事……

祁彦子 （醒来）嗯，怎么给睡着了？尚伟回来了。

霍尚伟 彦子，好消息！

祁彦子 啥好消息？

霍尚伟 （唱）此次虽然时间短，
收获颇丰不一般。
主要活动汾河岸，
筹集现洋一百三。
如今大家思想变，
待我如同亲人般。
万事俱备东风欠，
庙址选定好扬帆。

祁彦子 好啊！
（唱）两年努力曙光现，
众志成城事不难。
尽快着手把庙建，

咱们从此有家园。
年老病残有人管，
艺人在此养天年。
平常是咱落脚点，
排戏学戏乐陶然。

霍尚伟 咱们如今最大的问题就是庙基。

祁彦子 是啊！

赵婉儿 知县刘大人不是已经答应给咱们解决盖庙的基地了？

霍尚伟 说得好好的嘛，不知怎么就变卦了。

赵婉儿 怎么能说变就变呢？为了此事，彦子哥还专门到刘大人家里为其母祝寿，唱堂会了。

霍尚伟 谁说不是呢？刘大人如今要不避而不见，要不顾左右而言他。

祁彦子 这事我也觉得奇怪。

霍尚伟 是不是刘大人在等我们给他送礼呢？

祁彦子 都打点过了。

霍尚伟 这就怪了。

祁彦子 东方不亮西方亮。

霍尚伟 还有什么办法？

祁彦子 我已经给家兄说了，我放弃家业，只求家父能给我几十亩薄田，以解咱们的燃眉之急。

霍尚伟 彦子，为了盖会馆，你可是费尽心机！

祁大彦 （上）老三。

祁彦子 哥！怎么样？

祁大彦 （唱）那一日我回家对父言讲，
老人家火冒三丈气欲狂。

说什么父子情断两相忘，
说什么你已不是祁家郎。
说什么要你早日断念想，
说什么不会让你如愿偿。
为此事多次出面来阻挡，
蒲州城无人敢来将你帮。
花银两打点官府与族长，
定要你徒劳无功瞎自忙。

老三，你可不敢记恨父亲，老人家还是想让你回心转意，你要理解他老人家。

〔追光启，祁彦子在追光下。

祁彦子 （唱）彦子我岂能将爹爹埋怨，
老人家存偏见理所当然。
皆因我学艺唱戏违父愿，
辱门庭入贱户让他难堪。
二十年盼儿回头心意转，
为此他时时处处将儿拦。
老父亲疼儿爱儿天地鉴，
这其中曲曲弯弯儿了然。
怨只怨世俗有偏见，
都把艺人下眼观。
恨只恨苍天不睁眼，
不把艺人来可怜。
怪只怪痴迷梨园持己见，
亲人跟我受作难。
老父亲与我父子亲情断，

为庙基处心积虑来阻拦。
父纵有千错万不对，
儿也不把父来嫌。
对父只有深深歉，
此生父恩难报还。

祁大彦　(抓住彦子的手，点了点头)……

祁彦子　哥，是我对不住你们。

祁大彦　老三，你保重！(下)

祁彦子　哥……

霍尚伟　彦子啊！咱这祖师爷庙……

祁彦子　盖！再难也得盖！

霍尚伟　没有基地在什么地方盖？

祁彦子　咱们到京城找郭宝臣，听说宝臣兄这两年在京城混得风生水起，还给老佛爷唱过戏，与王公大臣很熟，他或许有些办法。

霍尚伟　(点了点头)可是咱们怎么去？这事非你不可。

祁彦子　我都想好了，咱们合盛班一起去。

霍尚伟　一起去？

祁彦子　一起去，咱们一路演到京城去。一来不耽误咱们的演出收入，二来还能到京城见宝臣兄。

霍尚伟　亏你想得出。

祁彦子　这就叫天无绝人之路。

〔切光。

六

〔一年后。

〔京城。郭宝臣寓所。郭正在看报,放下手中的报纸。

郭宝臣 （唱）看官报不由人心潮澎湃,
彦子兄果然是菊坛奇才。
从山西到京城历时一载,
合盛班一路唱到京城来。
这一年祁彦子名播四海,
未进京梨园界早已传开。
他今日来府邸喜出望外,
辞应酬精心接待早安排。
清晨起在厅堂急不可待,
看官报品香茗专等他来。

〔内声:"祁彦子祁先生到!"郭宝臣:"快快有请!"

祁彦子 （上）宝臣兄。（婉儿随上）

郭宝臣 彦子兄。

〔二人相拥。

郭宝臣 总算把你给盼来了,咱们应该好好谋划一下今后的打算。

祁彦子 宝臣兄,我这次来京城,主要还是为了祖师爷建庙的事。

郭宝臣 建庙的事?

祁彦子 对呀!

（唱）这几年为建庙将腿跑断,
祁彦子再苦再累无怨言。

为筹款春夏秋冬不停演，
进豪门唱堂会也为赚钱。
为筹款梆子戏班全跑遍，
才得到大家支持渡重关。
如今建庙进展慢，
没有庙基心熬煎。
办法想了千千万，
悬而未决不胜烦。
辗转进京把你见，
此事还需兄成全。

郭宝臣 彦子兄的意思是……

祁彦子 宝臣兄你在京城与这些王公大臣熟悉，能不能通过关系，给山西巡抚打个招呼，让刘知县给我们批一块盖庙的基地。

郭宝臣 这个……彦子兄，我确实与这些王公大臣熟悉，可这事不好办呀。

祁彦子 宝臣兄有难言之隐？

郭宝臣 咱们戏子充其量就是人家手中的玩物，人家仅仅是玩玩而已，可真要这些人为咱们办点事，我看难！

祁彦子 （体谅地点了点头）是这么回事。宝臣兄，你不妨试试？实在不行，就给他们送点银子，通融通融。

郭宝臣 我试试，结果怎样，我心里确实没有谱。

祁彦子 （从怀里取出一张银票）这是百两银票，以备不时之需。

郭宝臣 银子我这儿有。

祁彦子 宝臣兄，你还是拿上，怎能让你出银子呢？

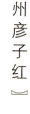

郭宝臣 彦子兄，你这就见外了。能为盖庙干点事，我是求之不

得，银子的事你就别再说了。我发愁的是找谁呀？怎么给人家张口？唉……

祁彦子 难为你老兄了。

〔二人处于两难处境。

〔内喊：“李公公来见！”

郭宝臣 （如梦初醒）快快有请！快快有请！彦子兄你我一同迎接，说不定公公能帮上咱们。

〔二人一同上前恭迎。李公公上。

郭宝臣 不知公公大人驾到，有失远迎，还望恕罪。

李公公 罢了！在咱家面前还演什么戏？坐，坐……

〔宾主落座。

郭宝臣 婉儿，快给公公大人上茶。

〔婉儿上前为李敬茶。

郭宝臣 （掏出一张银票，恭敬递给李）一点茶资，不成敬意，还请公公大人笑纳。

李公公 （瞟了一眼银票）宝臣有长进啊。不愧在京城混了两年。（收起银票）

郭宝臣 都是公公大人栽培有方。

李公公 什么栽培有方，是你小子有造化。能为老佛爷唱戏，放眼天下也没几个。

郭宝臣 谁说不是呢？这可全是公公大人功劳。

李公公 咱家可不敢贪天之功，哈……

〔祁彦子在一旁不断提示郭宝臣……

郭宝臣 公公大人，小的有一事相求，不知当讲不当讲？

李公公 好你个郭宝臣，好像咱家有什么事难为过你一样，什么事，尽管讲来。

郭宝臣　我们想在家乡蒲州为祖师爷修建一座庙，可地方乡绅就是……

李公公　没想到你郭宝臣对祖师爷还有这份孝心，好事啊！

郭宝臣　此事由这位仁兄操办。

祁彦子　蒲州祁彦子拜见公公大人。

李公公　祁——彦——子，这个名字……

郭宝臣　他就是蒲州梆子名角彦子红。

李公公　彦子红可是大名角呀！你要为祖师爷盖庙？

祁彦子　正是。

李公公　这可是大好事呀！地方乡绅怎么为难于你？尽管讲来。

祁彦子　地方乡绅并未为难于我，只是盖庙的基地……

李公公　这事好办，这事好办……（眼睛落到了婉儿身上）这事……这事……还真不好办。

郭宝臣　是不好办，可公公大人出马这事就好办了，就好办了。

李公公　（死死盯着婉儿）胡说什么？内臣不可干政，这可是老祖宗立下的规矩呀！

郭宝臣　公公大人可真会开玩笑，这事非您莫属。（又递给其一张银票）

李公公　（力拒）你这是干什么？不行就是不行！（说话间一直盯着婉儿）

郭宝臣　公公大人啊，这事还要您老玉成。

李公公　这个事嘛……也不是绝对不能办……（死死盯着婉儿看）

郭宝臣　还请公公大人明示。

李公公　附耳过来。

〔与郭宝臣耳语。

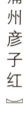

李公公　三个月后是太后老佛爷的六十寿诞……

郭宝臣　(吃惊)啊?

李公公　就这么点小事嘛,办还是不办全看你了。哈……(下)

郭宝臣　公公大人……

祁彦子　宝臣兄,这事?

郭宝臣　这事……(看着婉儿)咱们另想办法。

祁彦子　公公他到底给你说了些什么?

郭宝臣　不说也罢!

〔二人同时看着婉儿,好像明白了什么。

祁彦子　(气愤异常)真乃地无耻!

赵婉儿　宝臣哥,公公他是如何讲的?

郭宝臣　(唱)公公他……(难以出口)

赵婉儿　怎样? 宝臣兄……

郭宝臣　(接唱)公公他寡廉鲜耻豺狼性,
披人皮似禽兽天理难容。
说什么庙基事不足为重,
老佛爷花甲寿千载难逢。
他可让咱进宫演出助兴,
让我们一夜间天下闻名。
老佛爷心高兴有求必应,
定保咱庙基事大功告成。

赵婉儿　(心中疑惑)这是好事呀!

郭宝臣　(接唱)他言说……

赵婉儿　(迫不及待)怎样?

郭宝臣　(接唱)他言说一桩小事要你应,

赵婉儿　何事?

郭宝臣　（接唱）他、他、他……

要、要、要……

他要婉儿……

祁、赵　怎样？

郭宝臣　（接唱）做姨太侍他终生。

〔郭宝臣差点晕倒，被二人扶住。

祁彦子　呸！咱们这事就是不办，也不能答应这个畜生！

郭宝臣　我也是这个意思。

〔追光启。赵婉儿在追光下。

赵婉儿　（唱）一句话惊裂了人的肝胆，

李公公果然是禽兽一般。

赵婉儿长梨园身虽下贱，

可我也知廉耻方正良贤。

我岂能做姨太遂贼心愿，

我岂能离彦子抱恨终天。

与彦子情投意合两情愿，

我二人互帮互爱十余年。

他曾说今生非我不婚配，

我承诺今生非他不嫁男。

我二人不用月老牵红线，

约定好建庙之日结姻缘。

谁料想没有基地难开建，

彦子哥为此受尽难。

求老父求族长，

求乡绅求县官。

见庙烧香见佛磕头，

两腿跑断好话说遍。
一块基地难倒英雄汉，
无奈进京找救援。
公公无耻非良善，
旧愁未去新愁添。
我若遂了贼子愿，
基地之事起新篇。
从此我入火海坠深渊行尸走肉魂魄散，
心穿剑泪不干生不如死命凄然。
不！不！不……

〔痛苦万分……

（合唱）怎么办？怎么办？
楚楚弱女心熬煎。
夜难眠、饭难咽，
愁云惨淡难难难……

〔合唱声中，背景显示郭宝臣手提点心四处求人被拒，送银票被人呵斥，疲惫不堪回家等情景；祁彦子苦苦祈盼，愁眉不展，焦急万分等情景……婉儿看着这一切，焦急不安，束手无策……

〔两个月后。

赵婉儿 （接唱）转眼进京两月半，
庙基之事空中悬。
宝臣兄为此事受尽白眼，
托关系走门路不厌其烦。
彦子哥眉难展长吁短叹，
吃不好睡不宁如坐针毡。

婉儿我疼在心看在眼，
束手无策心不甘。
反复权衡作决断，
要为彦子解愁难。
进李府做姨太伴豺狼自作践，
为彦子为梨园换来一片艳阳天。

就是这个主意！我这就找宝臣哥。(上前敲门)

〔郭宝臣内声:“谁呀？”

赵婉儿 宝臣哥,我是婉儿。

郭宝臣 (上)婉儿,你怎么来了?

赵婉儿 宝臣哥,咱们还是答应他吧。

郭宝臣 婉儿,这怎么可以?

赵婉儿 如今只能这样了。

郭宝臣 不行！这事万万不行！

赵婉儿 (下跪)宝臣哥,婉儿求你了。你不知道彦子哥为祖师爷建庙费了多大劲，吃了多少苦，这些日子他饭茶不思,夜难成眠啊。你就答应婉儿吧！

郭宝臣 这个……

赵婉儿 宝臣哥,婉儿也不忍看着你整日奔波,受尽白眼，四处求人,身心疲惫,这何时是个尽头呀？婉儿求你了。

郭宝臣 (唱)婉儿她一席话感天动地，
不由我心悲伤泪珠凄凄。
婉儿她心煎熬迫不得已，
为彦子入牢笼在所不惜。
侠肝胆冲霄汉舍生取义，
巾帼女让须眉望尘莫及。

此事儿宝臣我担待不起，

真不知见彦子怎对他提。

劝婉儿莫冲动从长计议，

也免得到后来追悔莫及。

婉儿，这事还要从长计议。

赵婉儿 宝臣哥，你今天不答应我，我就跪死在这里！

郭宝臣 婉儿，你先起来，起来。（扶婉儿起）

赵婉儿 宝臣哥，你答应了？

郭宝臣 我……唉！今后让我如何面对彦子兄呀？

赵婉儿 宝臣哥，婉儿先替彦子哥谢谢你了。

郭宝臣 婉儿，这事我还是不能答应。

赵婉儿 那好！我这就去找李公公！（欲下）

郭宝臣 （一把拉住婉儿）婉儿，我、我……答应你。

赵婉儿 谢谢宝臣哥，你这就去见李公公，免得夜长梦多。

郭宝臣 （十分为难地）好吧！

赵婉儿 宝臣哥，婉儿还有一事相求。此事办成之后方可进他李府，在此之前不能让彦子哥知道此事。（下跪）宝臣哥，婉儿求你了。

郭宝臣 （扶起婉儿）我答应你了。（痛苦万分）

〔切光。

〔李公公内声："传太后懿旨，宣郭宝臣、祁彦子二人到颐和园为太后老佛爷献艺！"

七

〔颐和园。祁彦子与郭宝臣为太后演戏。

〔追光下，祁彦子与郭宝臣正在联袂为太后演出《辕门斩子》，这里主要呈现祁彦子的唱功……

〔本折结束。

〔太后内声："好！"

众内声："好！"掌声如潮。

太后内声："赏！"

李公公 （上）太后有赏，赏郭宝臣、祁彦子每人一盘金银珠宝。

郭、祁 （二人对望一眼）……

李公公 还不领赏，谢恩？一直傻站着干嘛？

郭、祁 （二人同跪）谢太后恩赐！

祁彦子 臣不要金银珠宝，只求一事。

李公公 大胆！

〔太后内声："小李子，不要难为他们，何事？讲来！"

祁彦子 小民欲在故里为梨园祖师爷盖庙，苦于乡绅不给庙基，恳请太后老佛爷玉成。

李公公 普天之下，皆王土地，乡绅狗胆包天，竟不给梨园祖师爷一席之地，这眼里还有朝廷吗？

〔太后内声："为祖师爷盖庙功德无量，乡绅阻拦着实可恶！传哀家口谕，赐祁彦子百尺皇绳，绳扯之处，任意修建，官绅民等不得阻拦。"

郭、祁 谢太后隆恩！

〔切光。

〔景换郭宝臣京城寓所。郭祁二人对坐。

祁彦子 宝臣兄,这次宫中演出,全仗仁兄你了。

郭宝臣 哪里哪里,你看这是今日的官报,你如今可是京城的名人了。

祁彦子 在宝臣兄面前,兄弟永远只配做个绿叶。

郭宝臣 彦子兄过谦了,彦子兄,这下一步你有何打算?

祁彦子 宝臣兄,彦子今日前来就是向仁兄辞行。

郭宝臣 辞行?怎么你要走?

祁彦子 今天我们就回蒲州,我要祖师爷庙早日开建,以便惠及天下伶人。

郭宝臣 彦子兄,此事完全可以托付他人,你在京城会有更好的前程。

祁彦子 宝臣兄心意我领了。霍尚伟他们都已出发,如今京城就剩我和婉儿了。向你辞行之后,我和婉儿也就走了。

郭宝臣 婉儿……

〔骤然响起迎亲的唢呐声。

郭宝臣 我怎么把这事给忘了呢?我、我……

〔刺耳的唢呐声。

祁彦子 宝臣兄,你这是……

郭宝臣 这……我……唉!我,我对不起你呀!彦子兄……

祁彦子 宝臣兄,你这是何意呀?

郭宝臣 婉儿她、她……

〔唢呐声愈加刺耳。

祁彦子 婉儿她,她在客栈啊!

郭宝臣 不、不……她已成了李公公的十姨太了。

〔凄凉的唢呐声，如诉如泣，节奏沉重而缓慢，使人悲从中来……在唢呐曲牌声中，郭宝臣用肢体语言为祁彦子讲说着……

祁彦子　不！不！不……（失声痛哭）宝臣兄，我不要这百尺皇绳了，我要我的婉儿，我要我的婉儿……

（瘫坐地上，把百尺皇绳扔得远远的。）

郭宝臣　（捡起皇绳）彦子兄，你就是不要这百尺皇绳，婉儿也回不来了，这百尺皇绳可是婉儿用生命换来的，你忍心把它给扔了吗？婉儿如果知道你如今这个样子，她会多么伤心啊！

〔追光启。祁彦子一人在追光下。

祁彦子　（一把抓过皇绳）婉儿，我的婉儿……

〔又一阵凄凉的唢呐声……

（唱）唢呐声如同穿心剑，

刺得我肝肠断苦不堪言。

眼流泪心滴血魂飞魄散，

生别离死难见痛斥昊天。

你怎忍助纣为虐欺良善，

把婉儿投入牢笼任狼餐。

婉儿，婉儿……

为兄我不忍将你怨，

为什么此事将我瞒？

你从来凡事都不拿主见，

事事都听为兄言。

为什么进李府不见兄一面？

你、你、你心何忍来情何堪？

如若你我将面见，
为兄定会把你拦。
早知此事有权变，
进宫演戏何足谈。
百尺皇绳姻缘断，
从此相见在梦间。
婉儿，婉儿……
曾不记你我初识梨花院，
普救寺中笑声甜。
情窦初开窈窕女，
亭亭玉立气若兰。
曾不记戏内戏外相依伴，
同舟共济十余年。
几多艰辛几多欢，
有你苦辣皆为甜。
曾不记全力助我把庙建，
约好开工将婚完。
筹款奔波历艰险，
流血流汗心也甘。
庙基成了难迈的坎，
与我同愁共熬煎。
那一日公公见你生邪念，
咱就该当机立断把家还。
都怪我心存幻想见识短，
到如今木已成舟后悔难。
（合唱）工未开，人已散，

此情脉脉恨绵绵。

心连心，难相见，

欲渡银河浪滔天。

（接唱）从此后咱只有梦中相见，

不忍听更漏声声夜难眠。

从此你万般委屈独自咽，

不忍想弱女无助泪涟涟。

从此我孤雁独哀长空叹，

再无有婉儿陪我渡难关。

一场演出终生憾，

百丈皇绳梦魂牵。

婉儿，婉儿，

手捧皇绳心欲烂，

酸甜苦辣五味全。

这皇绳是婉儿用命换，

我岂能随手抛一边。

见皇绳如同见了婉儿面，

不由我肝肠寸断泪涟涟。

不能辜负婉儿心一片，

再不能伤心落泪自找烦。

收起绳擦干泪忍悲痛回蒲州定要早日把庙建，

告慰婉儿了却心愿安顿艺人冲破偏见誓为

梨园绘新篇。

〔切光。

尾声

〔画外音：祁子彦回到蒲州后，用皇绳在韩阳西北方圈了一块方百丈的庙基。光绪七年(1881年)鸠工，因工程浩大，经费难筹，祁彦子奔驰千里，募化四方，于光绪十三年告竣，名曰“学文庙”。

〔光绪十三年(1887年)。

〔蒲州韩阳学文庙内。霍尚伟正在带领大家准备落成仪式。蒲州乡绅纷纷前来祝贺。

〔内喊：“万泉忠盛班送来礼洋二百个！”“平阳茂盛班送来小麦十担！”“霍州炳盛班送来礼洋一百个、三牲祭品一套！”“蒲剧名伶五品军功郭宝臣送来礼洋一千个！”……

郭宝臣 (上)尚伟。

霍尚伟 郭先生，请、请……

郭宝臣 彦子兄呢？

霍尚伟 昨天到万泉为解翰林老母九十大寿，赶唱堂会去了，说好连夜赶回来，如今还不见他人影，真是急死人了。

郭宝臣 你就应该把他挡住，就不看什么时候什么事啊？

霍尚伟 彦子的脾气你又不是不知道，前些年为了唱戏，放着好好的秀才不干，却作戏子。这些年为了盖这学文庙，可是费尽了心血，一年三百六十天恨不得天天去演戏，有时一天连演好几场。

郭宝臣 唉！这个祁彦子呀，真是把全部的心血都耗到这上面了。

〔内喊:"班主回来了!班主回来了!"祁彦子满脸倦容上。

郭宝臣　彦子兄,你可回来了。

祁彦子　宝臣兄。

郭宝臣　彦子兄,你真是不要命了!

祁彦子　这算个啥?人家给的酬金多。尚伟,这五十个大洋收起来,再置办些急需用品。

霍尚伟　(接住钱)咱们的钱现在都够两年开支啦,彦子哥,不能再这么卖命啦。

郭宝臣　尚伟说得对,不能再这个样子了。

祁彦子　好!(差点晕倒,众人将他扶到椅子上坐下)

〔众乡绅上。

霍尚伟　彦子、郭先生,时候不早了,落成典礼就开始吧!

郭、祁　好!开始。

郭宝臣　今天这仪式就由我来主持,彦子兄,你不介意吧?

祁彦子　非你莫属,请!(霍扶着祁站在人群的前面)

郭宝臣　各位乡绅,众位同行,学文庙落成仪式现在开始。(燃了一炷香)各位都有,首先安祭梨园的祖师爷、关老爷、财神爷诸位神灵,大家三鞠躬。一鞠躬,二鞠躬,三鞠躬,平身(大家照令而行)。下面安祭梨园界所有无家可归的亡灵,大家一鞠躬。(大家照令而行)

祁彦子　尚伟,婉儿的灵位在什么地方?

霍尚伟　在这儿。(扶祁上前)

祁彦子　(抚摸着婉儿的灵牌)婉儿,彦子对不住你啊!(欲下跪)

郭宝臣　彦子兄……(难过地低头)

〔祁一下栽倒在地,众惊。郭上前把祁抱在怀里。

郭宝臣　彦子兄，彦子兄，彦子兄他走了……

〔众围上。

〔啊……（凄凉的无字歌）

〔切光。

（合唱）心系氍毹名望重，

身为优伶世人轻。

高叹低吟尽血泪，

春去春来皆寒冬。

唱念做打风雷动，

悲欢离合演人生。

为使梨园春常在，

历尽沧桑彦子红。

——剧终

（该剧作荣获首届山西戏剧年度推优“高峰之路”最佳剧本）

介子推

【新编历史剧】

时　间

春秋

人　物

介子推　（须生）
晋文公　（净）
介　母　（老旦）
狐　偃　（老生）
狐　毛　（老生）
壶　叔　（丑）
解　张　（小生）
狐　飞　（丑）
颠　颉　（二净）
魏　犨　（二净）
兵将若干

一

（合唱）寒食凄雨天落泪，
割股奉君青史垂。
绵山焚躯英魂在，
精忠纯孝介子推。

〔合唱声中幕启。

〔晋国朝廷。

〔晋文公稳坐王位，文武群臣站立两旁。

晋文公 （唱）晋重耳居龙位春风满面，
忆当年看今朝感慨万千。
十九年孤好比丧家之犬，
居无所食难安四处逃窜。
多少次日夜奔波难合眼，
多少次食不果腹命难全。
多少次死里逃生历风险，
多少次胆战心惊魂难安。
介子推割股救孤神鬼叹，
颠颉他劫狱救主出蒲关。
猛魏犨楚地降魔威名远，
狐子犯满门忠烈不虚传。
多亏了众英贤忠心赤胆，
经艰辛才争得锦绣江山。
封功臣赏文武刻不容缓，

又诚恐众英贤尸位素餐。
有赤胆无才干难负重担，
千秋业毁一旦抱憾终天。
众卿可有本奏？

介子推 主公啊！
（唱）主公应运乾坤定，
主祀社稷乘长风。
百废待兴责任重，
肺腑之言主公听。
上侍周室遵天命，
下抚百姓五谷丰。
外图霸业诸侯敬，
内修国政百官明。
子推讲话无轻重，
但愿主公记心中。

狐　偃 子推兄所言极是，可当务之急是要……

壶　叔 （打断狐）大封功臣，让天下人皆知主公是有情有义、知恩图报之人。

颠　颉 是啊！我等跟随主公出生入死，为的不就是荣华富贵、光宗耀祖吗？

介子推 如今天下初定，千头万绪……

狐　偃 （打断介）正如子推所言，天下初定，千头万绪，主公先要安定朝廷，封赏功臣。

壶　叔 对……常言说，名不正则言不顺，言不顺则事不成。

狐　毛 只有权柄在握，才能更好地为主公效命。

晋文公 众卿所言，正合孤意。狐偃爱卿速速拟出封赏名单，孤要封赏功臣、昭示天下！

介子推 （欲拦）这……

狐　偃 臣领旨！

众 主公圣明！

晋文公 狐偃爱卿谨遵：随孤逃国者位列一等；传信通风者位列二等；投诚迎孤者位列三等。大者封邑，小者尊爵。

狐　偃 臣遵旨！

壶　叔 （旁白）这……不知某可列至几等，这数来数去也数不上我呀！（焦急）这、这……

介子推 （欲言又止）这……

晋文公 子推爱卿，有本尽管奏来。

介子推 主公，如今百废待兴，封赏功臣乃当务之要，可主公切莫感情用事。

晋文公 （欣喜）愿闻其详。

介子推 我等追随主公赴汤蹈火，生死不顾，伴王护驾，历尽劫难，乃知主公定为主祀晋者，并非为了封赏。虽然我等个个赤胆忠贞，可并非人人都有治国安邦之才，主公还要量才适用。切莫因功废事、遗恨千载！

晋文公 量才适用，切莫因功废事。（思索）讲得好！讲得好！狐偃爱卿，切记因才封位，莫要简单从事。

狐　偃 （面带不悦）是！

〔众摇头叹气。

壶　叔 杞人忧天！

狐　毛 这话从何说起？

颠　颉 介……

狐　偃 （一把拉住）哼！

介子推　（看着这一切）哈……

（唱）群臣争封朝堂上，

主公有苦口难张。

子推力薄怎阻挡？

人心不古透心凉。

千疮百孔国有恙，

百废待兴遍体伤。

幸得主公乾坤掌，

休养生息兴晋邦。

群臣恃功要封赏，

子推为此断愁肠。

正不压邪翻浊浪，

心急没有济世方。

有，有，有了！

要给百官作榜样，

归隐林下如愿偿。

主公主祀国祚旺，

君臣携手国运昌。

兵　勇　（急上）主公，大事不好！

晋文公　何事惊慌？

兵　勇　太叔伐周，襄王避郑，王室危急……

众　啊！

晋文公、介子推、狐偃　（三人同时）此乃天赐良机！

狐　偃　（旁白）封赏名单嘛，主公就无暇顾及了，任我所为，（得意地看了介一眼）哼！

晋文公　（旁白）孤要借此立威诸侯！

介子推　（旁白）主公不被尔等所累，我也正好，哈……

〔三人同笑。切光。

二

〔绵山下。介子推扶母上。

介子推　母亲慢些着。

介　母　慢些着，慢些着，我儿放心。哈……

介子推　（唱）出樊笼归山野宠辱皆忘，

一路上母子俩惬意悠长。

深秋景美如画不可言状，

人入画景入眼信步徜徉。

野菊花黄澄澄恣意怒放，

霜叶儿红彤彤枝头飘扬。

哗啦啦山泉水石边流淌，

叽喳喳山雀在长空飞翔。

景迷人人欲醉物我两忘，

忽一阵山风吹野果飘香。

老樵夫挑柴担放歌山岗，

小牧童奏短笛格外悠扬。

好一派田园景心驰神往，

愿天下永太平国富民康。

愿主公掌社稷蒸蒸日上，

介子推我甘愿终老山庄。

历艰辛守贫穷心不惆怅，

到如今惟只有愧对老娘。

介　母　（唱）我儿再莫悔万状，
为娘今日如愿偿。
一言一行娘教养，
名利二字放一旁。
忠孝立身心坦荡，
历尽艰辛保君王。
功成身退树榜样，
为保晋邦永安康。
安贫乐道胸襟广，
细心周到侍老娘。
母子如今把山上，
千古流芳美名扬。

介子推　（唱）萱堂教诲金石韵，
寸草春晖慈母恩。

介　母　（唱）忠孝两全仁义尽，
我儿德行慰母心。

介子推　（唱）仕途奔波身心困，
伴母山野不惧贫。

介　母　（唱）风烛残年夕阳尽，
儿陪身边四时春。

介子推　（唱）但愿社稷江山稳，
主公清明夙夜勤。

介　母　（唱）河清海晏风雨顺，
国泰民安乾坤新。

介子推　但愿主公勤于国事，早日忘却孩儿。

介　母　主公乃知恩图报的君子，怎能忘了我儿？

介子推　如今主公心在江山社稷、黎民百姓，无暇顾他，待他想到我时咱们早已归隐林下，无迹可寻了。

介　母　如此甚好，如此甚好！

介子推　孩儿担心这帮宵小忘我不了，以我大做文章，让主公为难……唉！

介　母　这……

〔切光。

三

〔狐偃府上。

〔狐毛、狐偃二人对坐饮酒。

狐　毛　兄弟，介子推如今踪影不见。果如坊间所传，业已归隐？

狐　偃　我一直让人暗察其踪，如今嘛……

狐　毛　怎样？

狐　偃　早已归隐林下。

狐　毛　果真是个君子。

狐　偃　此人孤傲，难以相处。如此甚好！最好让主公忘了他，大家都忘了他，免得他在朝中碍手碍脚。

狐　毛　兄弟所言极是。

狐　偃　（唱）狐偃我在朝中执掌权柄，

佐主公辖百官有令必行。

功劳簿任由我狐偃暗定，

有意儿将子推未列其中。

主公他日每间忙理朝政，

介子推不言禄与世无争。
此事儿神鬼助天衣无缝，
愿只愿介子推匿迹销声。

狐　毛　看来主公真把他给忘了。

狐　偃　忘了好！忘了好！来，来……为弟再敬兄长一杯。

〔二人对饮。

〔景换颠颉府。

〔颠颉、壶叔、解张等人正在饮酒。几个丫鬟一旁伺候。

颠　颉　（唱）颠颉我在家中大摆酒宴，
每日里醉醺醺好似神仙。
十九年伴主公披肝沥胆，
现如今享天年理所当然。
来、来、来，喝、喝、喝……

〔众人碰杯饮酒。

壶　叔　（唱）壶叔我把富贵盼，
心急如焚眼望穿。
心中自叹见识浅，
庸人自扰自寻烦。
若论功劳没半点，
再论才能不足谈。
攀附权贵献媚眼，
人心不足想登天。

颠　颉　（唱）子推功劳乾坤满，
没封没赏人心寒。
狐偃有意将功掩，
下压子推上欺天，

主公清明是非辨，

岂能任他压百官？

壶　叔　介子推？（如有所悟）将军，你不说，我还真忘了。这个介子推……

解　张　早已归隐山林了。

壶　叔　此话当真？

解　张　这还能假，我二人多年邻居，他的行踪我是一清二楚。

壶　叔　介子推一定是心中有气，才如此这般。

颠　颉　什么心中有气？介子推与我十九年跟随主公出生入死，他是什么人，我比你清楚，他是甘愿如此，并无丝毫怨气。

解　张　果如将军所言！

壶　叔　好一个忠孝两全的君子，（转念一想）就是这个主意，我不免借此大作文章，哈……

颠　颉　兄弟为何发笑？

壶　叔　我笑他重耳……（捂嘴）主公怎能忘了介子推？介子推蒲关救主，土地堂割股熬汤。衷心侍主人神皆知，主公岂能忘记介子推？

颠　颉　主公不会的。

壶　叔　但愿如此，可我们还是要劝谏主公厚封子推才是正理。

解　张　此言有理。

颠　颉　待我明日当面谏君。

壶　叔　主公如今君临天下，当面谏之甚是不妥。

颠　颉　这……

壶　叔　不如作诗一首，贴在宫门，主公见诗定会幡然悔悟。

颠　颉　如此甚好。

壶　叔　(边说边写)有龙矫矫,悲失其所。

数蛇从之,周流天下。

龙饥乏食,一蛇割股。

龙返其渊,安其壤土。

数蛇入穴,皆有宁宇。

一蛇无穴,号于中野。

颠　颉　写得好!写得好!解张,你把此诗贴在宫门。

解　张　好。

颠　颉　主公见诗,定会厚封子推。

壶　叔　(旁白)名为子推叫冤,

实为自己要官。

巧逼重耳就范,

乾坤暗中倒颠。

看他重耳见诗之后如何发落,哈哈哈……

〔二人也随壶叔发笑,三人同笑。

〔切光。

四

〔朝廷之上。

〔晋文公正在看诗,文武群臣侍立两旁。

晋文公　(唱)将诗笺捧在手仔细观看,

字字如针扎心间。

龙蛇暗喻意浅显,

一眼就知子推冤。

都怪孤王失检点,

任由狐偃手遮天。

瞒天过海行权变，

子推功劳全不谈。

若非今日将诗见，

真把子推忘一边。

重耳德行为世范，

不封子推心难安。

愧对天下苍生念，

诸侯面前难行端。

日后怎见子推面，

良心有愧如油煎，

事已至此该怎办？

厚封子推把朝还。

晋文公 侍臣，快将此诗交与众卿传看！

侍　臣 是！（将诗交与众臣传看）

颠　颉 介子推忠心事主，功不可没！

魏　犨 主公怎能如此薄情？

壶　叔 此话差矣，并非主公薄情，天下初定，百废待兴，主公日理万机，哪能顾及此等小事？

狐　毛 壶大人所言极是，只是介子推非凡俗之人，听说他早已归隐林下，这正是他向往的生活，随他去吧！

颠　颉 一派胡言。

狐　偃 （唱）主公他为子推怒火万丈，

群臣们议此事慷慨激昂。

狐偃我在一旁左思右想，

绝不能让子推返回朝堂。

倘若他回朝来势不可挡，
掌权柄统群僚朝野无双。
狐偃我失权柄一落千丈，
细思想心发慌没了主张。
我还得虑长远暗施伎俩，
绝不能让子推执掌朝纲。
假惺惺明里请暗中阻挡，
观事态巧决断如愿以偿。

晋文公 狐偃爱卿意下如何？

狐　偃 厚封子推，以堵群臣之口。

狐　毛 此话欠妥，什么厚封？要论功行赏，切莫意气用事，有失公允，为了一个介子推寒了群臣之心。

颠　颉 对！对！对！要论功行赏！

晋文公 （唱）说什么有失公允掂轻重，
讲什么论功行赏脸不红。
将心比心自反省，
哪一个能有子推功？
子推兄——
十九载与孤王相依为命，
十九载救孤王死里逃生，
十九载对孤王有求必应，
十九载随孤王善始善终。

〔在另一表演区，随着晋文公的唱，介子推再现当时的情景。

（接唱）想当年蒲关救主险丧命，
君臣们仓皇逃窜死里生。

（合唱）夜茫茫，四野静，
死里逃生步步惊。
追兵紧随魂难定，
山高路险步难行。

〔合唱声中，介子推挽着晋文公，一步一步艰难前行。文公坐地难起，介子推背其前行……

（接唱）心耿耿土地堂恩比天重，
饥辘辘滴米未进腹中空。
昏沉沉黄泉路近四肢冷，
凄惨惨口中唯有喘气声。
急煞煞介子推无计可用，
眼睁睁孤王我日暮途穷。
恶狠狠持宝剑割股忍痛，
血淋淋一块肉熬在锅中。
香喷喷一碗汤救孤性命，
泪索索孤王我感激涕零。

〔伴随着唱声再现土地堂情景：文公饿晕，子推焦急，割股熬汤，为君解饥。皆由二人用戏剧程式展现……

（接唱）点点滴滴记得清，
子推忠义贯长虹。

介子推　（唱）寸功好比过耳风，
何劳主公挂心中。

晋文公　（唱）孤偃妒你功劳重，
有意忘你实不公。
也怪寡人不清醒，
听之任之错铸成。

介子推 （唱）群僚恃功不自重，
口口声声要赏封。
主公朝堂难号令，
子推心中气难平。

晋文公 （唱）爱卿贤明心忠耿，
社稷之臣人中龙。
孤要将你来重用，
统领群臣月当空。

介子推 （唱）阴阳有时各有位，
子推更宜归林中。
免得争功乱哄哄，
赢得社稷永清明。

晋文公 子推，如今你归隐山林，了无影踪，可孤还要你示范群僚，以振朝纲。

介子推 主公高看子推了。（飘然而逝）

晋文公 子推呀，你去哪里了？

〔“你去哪里了？”在空中久久飘荡……

〔切光。

五

〔绵山南坡。

〔介子推正在采摘野果。

介子推 （唱）东坡垦荒将麦种，
精耕细作好收成。
渴饮山泉清又净，

困卧青石望长空。
母望儿归倚门等，
炊烟袅袅情意浓。
野果枝头随风动，
顺手采撷味无穷。
绵山深处似仙境，
再无案牍苦劳形。
遥祝主公社稷永，
国泰民安五谷丰。

介　母　（急上）儿啊！

介子推　娘，你怎么来了？

介　母　儿呀！

（唱）乡亲送来诗一首，
仔仔细细说来由。
此诗贴在宫门口，
主公见诗把魂丢。
要为我儿行封赏，
弄得群臣不胜愁。
如今朝中风雨骤，
为儿封赏争不休。

介子推　（看诗）待我看来——

（唱）原以为归隐林下是非远，
谁料想一首小诗起波澜？
龙蛇隐喻意显浅，
要为子推鸣屈冤。
朝堂上争名夺利令人厌，

主公他又为此事作了难。

封子推有人得意有人嫌，

从此后群臣争封国难安。

主公他知恩图报将我念，

定然会兴师动众上绵山。

〔晋文公带人马过场。

君臣一朝见了面，

从此朝廷不安然。

不，不……

此地不能多停站，

速速与母进深山。

介　母　我儿意下如何？

介子推　咱们还需速速转移，只是连累老娘了！（施礼）

介　母　我儿怎讲此话，这也正是为娘之意，你看我已收拾妥当，我们这就出发！

介子推　这就出发！

〔二人下。

〔文公带领群臣、兵马上。

晋文公　（念）踏遍绵山无踪影，

为寻子推再前行。

狐　偃　（念）主公兴师又动众，

反让子推成英雄。

壶　叔　（念）他为面子风雷动，

我求富贵盼高升。

〔解张、魏犨带一彪人马上。

魏　犨　主公，臣已找遍这沟沟壑壑，无奈不见子推踪影。

晋文公　这个……难道子推上天入地不成？解张——

解　张　下官在。

晋文公　是你言说定能找到子推，怎么这找来找去，找了多日也难见其踪？

解　张　这个……

狐　偃　主公，如今我们在明，子推在暗，如此周旋，定无结果。

晋文公　爱卿的意思？

狐　毛　主公已仁至义尽了，不如……

晋文公　（不满地）嗯——

〔狐毛吓得后退一旁。

狐　偃　臣有一策，不知当讲不当讲？

晋文公　但讲无妨！

狐　偃　火烧绵山，逼他下山。

颠　颉　好主意！好主意！

魏　犨　万一子推出不来，岂不活活被烧死？

狐　毛　人是活的嘛，岂能见火不跑？

（唱）大火烧山逼就范，

他不出来就全完。

魏　犨　（唱）找来找去找不见，

放火逼他下绵山。

狐　偃　（唱）此计甚妙操胜券，

是死是活皆坦然。

晋文公　（唱）水火无情有风险，

此事还得再周全。

不妥，不妥呀……

狐　偃　主公，我等可以三面放火，一面放生，子推兄定会从此下山。

魏　犨　万一他不下山，这不……

狐　飞　那就怪不得主公了。

壶　叔　主公已经仁至义尽了。

解　张　主公，尽管放心，子推一定会下山的！

晋文公　何出此言？

解　张　子推待母至孝，他不会让母亲葬身火海的。

狐　偃　解张之言极是，子推乃至忠至孝之人，他定会下山的。（旁白）以子推个性，断然不会下山。（面露喜色）

魏　犨　好！我这就三面放火，一面放生，主公意下如何？

晋文公　这个……

（唱）放火烧山多风险，
要逼子推下绵山。
虽说是三面放火留一面，
孤还是忐忑不安把心担。
人常说水火无情难掌管，
怕的是子推难生还。

狐　偃　主公，快下命令吧！

众　主公！

晋文公　如此说来，现如今只有三面放火，一面放生，别无他途了？

众　别无他途了。

晋文公　众将听令，（心有不忍）这……

狐　偃　主公，下令吧！

晋文公　三面放火，一面放生！（背身）

众　遵命！

〔霎时间大火冲天……

狐　偃　请主公移驾山北阴坡，迎接子推。

〔切光。

六

〔绵山上。

〔介子推扶母上。

介子推　（唱）自那日见诗笺林中辗转，

连日来与主公绵山周旋。

但愿得官兵早日都城返，

母子俩深山隐居自安然。

静悄悄马蹄声远喧声渐，

想必是朝廷兵马已下山。

扶老娘暂坐树下稍歇缓，

待子推为娘亲揉背捶肩。

介　母　我儿你也歇息歇息。

介子推　孩儿我不累(为母亲揉肩)……

诶呀，不好！

（唱）霎时间火光冲天四野漫，

急忙忙背老娘逃向山巅。

极目欲望难睁眼，

隐隐约约见山川。

一彪人马山下转，

手持火把来烧山。

心中暗将主公怨，

怎能放火烧绵山？
烟熏火燎心烦乱，
转眼再想心坦然。
主公他断然不会执此见，
是狐偃居心叵测计连环。
放火烧山用心险，
他要子推丧绵山。
我今一死无遗憾，
连累老娘心不甘。
烧死子推诸侯叹，
主公为此受牵连。
临死我再回头看，
忽见北面山未燃。
哦，我明白了……
三面放火留一面，
主公苦心虑周全。
急忙忙搀扶老娘向北赶，
转眼就出鬼门关。
抬脚迈步主意变，
这，这……活命容易做官难，
群臣们各怀鬼胎心存险。
逼子推下山售其奸，
下山与否难决断。
难、难、难……
子推处在两难间。
叹、叹、叹……

朝班争利令人叹。

忧、忧、忧……

心忧社稷不安然。

罢、罢、罢……

欲罢不能为国念，

纵然烧死不下山。

我今一死心无憾，

主公扬眉群臣安。

晋国从此阴霾散，

立威四海诸侯羡。

回头再将娘亲唤——

娘啊！

恕儿不孝难两全。（下跪磕头）

介　母　（唱）子推儿精忠至孝感天地，

面对着富贵荣华志不移。

我儿你死得其所天下治，

为了儿娘愿抛却老残躯。

成全天成全地成全主公成全咱自己，

咱母子笑对死神步入火海化为灰烬不觉屈！

介子推　娘——（用身护母）

（伴唱）烈焰冲天光万丈，

照得华夏古今明。

绵山杜鹃红似火，

尽是忠臣血染成。

〔伴唱声中二人被火烧得痛苦万分，分别用戏剧的程式（甩法、搓步……）展现……介子推僵尸倒地……

〔另一表演区晋文公在山下焦急万分……

晋文公 子推，你到底在哪里呀？

〔介子推慢慢站起，烟雾缭绕，宛如仙境。二人分别在两个表演区。

介子推 主公，为臣就在绵山。

晋文公 那你为何不下山见孤？

介子推 为臣下山将置主公于两难之地！

晋文公 这有何妨？

介子推 如今晋国百废待兴，千头万绪，主公日理万机，夙夜在公，如果被这些琐事羁绊，晋国何日才能兴旺发达？百姓何日才能安居乐业？

晋文公 知我者子推也！可是你再不下山可就没有机会了，他们已三面点火逼你下山，如今还有一线生机，孤求你了。

介子推 主公，我已见到三面着火，我知你为子推留出一条生路，也是这条生路为主公留下了一条出路，足以说服天下人，主公已仁至义尽了，生死乃子推选择，绝非主公之意！

晋文公 孤可以说服天下人，可孤说服不了自己。子推，孤离不开你呀！

介子推 舍了子推，得群臣俯首，朝廷安宁，百姓乐业，天下太平，主公啊，孰轻孰重，一目了然。

晋文公 可是这对子推太不公了，你随孤一十九载，吃苦受累，累，餐风露宿，忠心耿耿，割股奉孤，所谓何求，难道……

介子推 子推跟随主公，是看中主公胸怀社稷，心系苍生，主晋祀者，非君而谁？子推所作所为，皆为晋邦，非为某人，更非一己得失，寸名薄利，如今主公执国，晋国之幸，苍生之福，为江山社稷、黎民百姓。子推死得其所，幸莫大耶？

晋文公　子推……

介子推　（唱）子推作鬼社稷定，
强似伴君影随形。
割股奉君心耿耿，
唯愿主公常清明。
魂系苍生社稷重，
劝君自省唯梦中。
子推九泉与君共，
国泰民安永清明。
主公保重，子推去矣！

〔向晋文公深深施礼，飘然而逝……

晋文公　子推，子推，子推兄——（响彻全场，重复）

〔熊熊大火，布满天景。

〔伴随着晋文公如泣如诉的呼唤："子推兄——"伴唱声起。

（伴唱）寒食凄雨天落泪，
割股奉君青史垂，
绵山焚躯英魂在，
精忠纯孝介子推。

〔伴唱声中，介子推从舞台深处走来，定格。晋文公带领文武群臣祭拜……

——剧终

作者与“梅花奖”获得者吉有芳、杨良才夫妇合影

【蒲剧】

西厢记

原　著

王实甫

人　物

莺　莺　崔相国之女

张　珙　字君瑞，西洛秀才

红　娘　莺莺侍女

崔夫人　莺莺之母

欢　郎　莺莺之弟

法　聪　普救寺小和尚

法　本　普救寺长老

杜　确　镇守蒲关大将，人称“白马将军”

孙飞虎　叛贼

众小和尚、报讯和尚、众兵将

巧相遇

〔大幕启。普救寺一隅。众小和尚舞蹈。法聪由小和尚中走出，众小和尚下。

法　聪　（念）祖籍河东龙头下，
普救寺剃头出了家。
西厢故事传天下，
有人笑话有人夸。
这个说——
张珙莺莺违礼法，
做事让人笑掉牙。
那个说——
两个娃娃没有差，
都怪那出尔反尔的莺莺妈，成事坏事都是她，不说谁的对，不说谁的差，我只把正宗西厢拉一拉。
（下）

〔法聪引张珙上。

张　珙　（唱）西洛才子张君瑞，
取应帝都展鹏程。
途径河东览胜景，
造化钟灵赋峥嵘。
黄河涛吼山岳动，
鹾海银波颂升平。

奇峰霞举五老峰，
鹳雀楼上抒豪情。
尧帝蒲坂民为重，
舜耕历山歌南风。
凭吊圣迹心崇敬，
他日济世势如虹。
哈……
（白）我说是张珙啊张珙！
你好生地出息！
（接唱）那日惊艳普救寺，
心欲离开步难行。
兰闺诗醉士子梦，
婵娟解误功名轻。
说什么求富贵光耀门庭，
道什么济天下万古留名。
那如这梦幻般良辰美景，
更难舍缘定三生脉脉情。
〔红娘引莺莺上。

红　娘　小姐呀!

（唱）往日里你深居小院房门不跨，

近日来你寺院游转不肯回家。

法　聪　张先生!

（唱）往日里你关门读书习字画，

近日来你魂不守舍却为啥?

红　娘　（唱）说是游寺院，却不看佛塔。

法　聪　（唱）说是去求佛，却不拜菩萨。

红　娘　小姐呀!

（唱）你不言不语想些啥?

法　聪　张先生!

（唱）你呆头呆脑像傻瓜。

红娘、法聪　快走呀! (走动。相碰)

红　娘　秃头法聪，你咋跟我过不去!

法　聪　丫头红娘，你咋跟我过不去!

红　娘　我领小姐游寺碍你什么事?

法　聪　我领先生游寺碍你什么事?

红　娘　哼!

法　聪　哼!

红　娘　小姐快走。

法　聪　张先生快走。

〔红娘、法聪下，莺莺、张珙相见。

张　珙　（唱）想见她，幸见她，

定神再看果是她。

是她! 是她! 是她!

莺　莺　（唱）果是他，果是他。

意乱心慌欲躲他!

张珙、莺莺 （唱）那夜晚——

张　珙 （唱）她吟诗在碧纱窗下，

莺　莺 （唱）他弹琴在西厢月下。

张　珙 （唱）诗有意——

莺　莺 （接唱）曲含情——

张珙、莺莺 （唱）月吐光华，

张　珙 （唱）她好似瑶池仙女天降下。

莺　莺 （唱）梦中的人儿，温文尔雅玉无瑕。

张　珙 （唱）你看她似白莲，如兰花，
那眉那眼，一颦一笑好似雨后霞，
世间粉黛被她全羞煞。

莺　莺 （接唱）和羞欲走难舍下，
又喜又惊又害怕。

〔张珙近前欲说话，莺莺慌乱急走，张珙追赶。

张　珙　（唱）疯魔了张解元，把人活爱煞！

〔莺莺一个跌倒伏地，张珙趋前搀扶。莺莺回眸一笑，急下。张珙凝目莺莺跌倒在地上，学莺莺伏倒形状。自言自语："兰麝香仍在，佩环声渐远。"

〔钟声响。众小和尚上，摆设道场。法聪上。

张　珙　（问法聪）小师父，众沙弥过来过去，要干何事？

法　聪　崔小姐先父崔相国曾施银重修普救寺。相国京师命终，崔夫人扶柩返乡，路途有阻，寄柩寺中，不日为相国超度亡灵，众沙弥忙着摆设道场。

张　珙　什么？崔老夫人不日为亡夫崔相国超度亡灵？

法　聪　正是。

张　珙　如此甚好。

法　聪　好什么呀？

张　珙　小师父……（对法聪耳语）

法　聪　你……

张　珙　哈哈哈……（笑下）

法　聪　（念）他爱她，她爱他，

　　　　一块吸铁石，一砣铁疙瘩，

　　　　一个独自嗟呀，一个心牵挂，

道场内看看他们能干啥？

〔众小和尚摆好道场，各立各自位置。

退贼兵

法　聪　有请师父。

〔法本上。

法　本　(念)殿宇巍峨普救寺，
　　香火遥寄相国灵。
　　有请老夫人。

〔欢郎搀崔夫人，红娘搀莺莺上。

〔崔夫人、莺莺、红娘、欢郎同进门。法聪递香。

〔崔夫人背身拈香。众小和尚争看莺莺。

法　本　哼！

〔众小和尚俯首。

崔夫人　(唱)莺莺女幼年间已将婚定，
　　与表兄尚书公子纳彩联姻。
　　崔相国郑尚书门当户对，
　　表兄妹配良缘亲上加亲。
　　归故里良辰吉日早日择定，
　　完六礼得迎佳婿告慰先君。

欢　郎　爹爹呀！

莺　莺　爹爹呀！

〔张珙捧香盘上，窥听。

莺　莺　(唱)哭爹爹叹身世悲痛难禁！
　　爹爹啊——

张　珙　(情不自禁地抽噎)嗯，嗯，嗯——

莺　莺　(哭)啊——

张　珙　(哭)啊——

〔众惊。莺莺止哭。

崔夫人　什么人？

张　珙　是小生。

法　本　他乃是赴京赶考的举子，借居小寺温习功课。张先生，老夫人为相国做道场，你哭的什么恓惶？

张　珙　这……只因先父下世多年，小生书剑飘零，未得一陌纸钱相报，欲求夫人带斋一份，追荐亡父。来到道场，还未察告，听见哭声，顿时想起亡父，不由得就哭了起来。

法　本　（向崔夫人）这……

崔夫人　想不到山村野寺之中，竟有这样孝道之人。让他带斋祭父吧。

法　本　老夫人命你带斋祭父。

张　珙　谢老夫人。爹……

〔法聪急制止。

张　珙　爹……

〔法聪又制止，示意莺莺正在哭祭其父，不要打扰。

莺　莺　爹爹呀！

（接唱）见相公更使我倍添伤悲。

表兄他纨绔子膏粱之辈，
才疏浅貌不扬难称奴心。
父母命重如山难以违背，
怕东归娘为我成礼完婚。
居蒲东望乡关归程日近，
满腹中伤心事诉于何人？

爹爹呀！

法　聪　（向张珙）轮到你啦。

张　珙　啥？

法　聪　哭！

张　珙　哎,哎!我哭了一声爹爹!爹爹!爹爹仕途宦游,一生辛劳,只因你为官清廉,任期见背,临终之时,孩儿张珙未定婚聘,如今年交二十三岁,未曾娶妻……

崔夫人　嗯。

张　珙　爹爹呀……

莺　莺　(唱)我哭父来——

张　珙　(唱)我哭爹!

莺　莺　(唱)他话中有话——

张　珙　(唱)对谁说!

她富贵乡里花一朵——

莺　莺　(接唱)我亦非鲜花是苦果果。

〔孙飞虎:(内喊)兄弟们!将普救寺给我团团围定!

众:(内应)是。(兵将呐喊声)

报讯和尚:(内喊)师父——(奔上)

报讯和尚　孙飞虎率领五千贼兵直奔寺院,要抢莺莺小姐做压寨夫人!

〔法聪奔下。

法聪:(内喊)师父——(复奔上)

法　聪　师父,不好了!贼兵手持火把,肩扛巨木,冲撞寺门,大喊:"进得寺院,见人便杀!"

众　啊!

法　聪　见房就烧!

众　啊!

法　聪　斩尽杀绝,寸草不留!

崔夫人　这……

法　本　快快守住寺门。

张　珙　快快守住寺门。

〔报讯和尚下。

法　本　夫人，速思良策搭救莺莺小姐。

崔夫人　老身方寸已乱，六神无主啊！

莺　莺　母亲，事到如今，只有将孩儿交给贼人。

崔夫人　若将我儿交给贼人，岂不辱没了相国门风。

莺　莺　（唱）为免玷辱相府门，

得保女儿清白身，

莺莺只有玉自殒，

儿死让贼枉费心。

〔莺莺欲撞柱一死，张珙忙拦。

张　珙　不能死！不能死！

莺　莺　母亲——（扑向崔夫人怀中）

〔莺莺、崔夫人抱头痛哭，张珙紧张思索。

张　珙　（成竹在胸，向崔夫人）老夫人……

崔夫人　长老，晓喻全寺，能退贼兵者，我……愿将小女许他为妻。

法　本　老夫人此事还需三思。

崔夫人　老身主意已定：谁能退得贼兵，愿将小女许配为妻。

张　珙　小生有退兵之策。

崔夫人　有何妙计快快讲来。

张　珙　（向法聪）小师父，速去告诉孙飞虎，让他兵退一箭之地，三日之后，小姐孝服期满，搭脂粉、穿红装，陪上妆奁，坐上轿子，吹吹打打去与大王拜堂成亲。

法　聪　（不解地）你……

张　珙　快去吧！（推法聪下）

崔夫人　好啊！你……你这哪里是退贼兵，分明是与贼子作媒！

张　珙　老夫人不要着急。小生有一好友姓杜名确，号称白马将军，统兵十万，镇守蒲关。小生致书与他，定能杀敌解围，营救莺莺小姐。

崔夫人　如此先生快快修书。

张　珙　待我修书。

崔夫人　阿弥陀佛！

〔莺莺、张珙含情相望，分下。

〔白马将军杜确与孙飞虎两军作战，孙飞虎大败。众上。

众　谢将军！

杜　确　职责所在，不必言谢！要谢就谢君瑞兄弟。

张　珙　承蒙杜兄抬爱！

杜　确　危急已解，孙贼已除，军务在身，（对崔夫人）下官告辞！

众　送将军！

〔众小和尚转换客厅场景同时，法聪上。

法　聪　（念）酸秀才还真有本领，
　　笔尖儿横扫五千兵。
　　老夫人东阁摆喜宴，
　　且看张生配莺莺。
〔法聪、众小和尚下。

赖婚约

〔红娘上。

红　娘　（唱）张先生一封书信把贼破，
　　好似那观音菩萨救命佛。
　　老夫人东阁设酒宴，
　　小红娘跑前跑后忙张罗。
　　我小姐因祸得福结蜜果，
　　张先生喜星高照小登科。

老夫人逢凶化吉得佳婿，
待明年胖乎乎外孙唤外婆。
结蜜果，小登科，唤外婆，忙张罗，
一家人老老少少、少少老老，乐乐呵呵、呵呵乐乐，一个个都变成喜眉笑脸、笑脸喜眉的大肚子佛！哎呀呀！弥陀佛！

〔张珙上。

张　珙　（吟）莫道良缘自天定，
若非人为事不成。

红　娘　张先生，我还未去请你，你怎么就来啦？看把你着急的！

张　珙　我是心难自主啊！哈哈……红娘姐，烦劳你端详端详，看小生这身打扮，可像新姑爷？

红　娘　嘻嘻！你站好，让我看看。
（唱）齐楚楚的衣帽儿没半点儿土星星，
光溜溜的头发儿能照见人影影。
红扑扑的脸蛋儿耀花人眼睛，
酸溜溜的神气儿酸得人牙疼！

张　珙　哈哈……红娘姐，取笑了。

红　娘　老夫人和小姐马上就到，张先生请稍待。（欲出门又返回）张先生，见了老夫人，记着要叫丈母娘。

〔崔夫人上。莺莺随上。

崔夫人　（唱）张珙果然有高才，

一封书信免祸灾。

今日东阁把酒宴摆，

红　娘　小姐，平日里你愁着个眉，苦着个脸，几天也不见露笑颜。今日要眉儿舒，眼儿展，痛痛快快笑他个欢。笑呀，笑呀，笑了！笑了！

张　珙　（随笑出声）哈……（急掩口）

崔夫人　（接唱）可惜他家道衰落是个穷秀才。

张　珙　拜见岳母大人。

崔夫人　张先生……

张　珙　张先生？（向红娘）她叫我什么？

红　娘　叫——咳！丈母娘，敬女婿把你个辫辫往上提。叫先生哩！

张　珙　好！好！

崔夫人　请来上座。

张　珙　（向红娘）老夫人叫我坐在什么地方？

红　娘　丈母娘爱女婿，叫你高高坐上席。快登上座，快登上座。

张　珙　上座，上座！

〔崔夫人、莺莺同入座，张珙随入座。

崔夫人　红娘斟酒。

〔红娘斟酒。

崔夫人　张先生，仰仗先生之力，我们全家大难不死。来来来，咱们共饮一杯。

〔红娘奉酒，三人同饮。

崔夫人　张先生，你救了我们全家老少性命，深深感激。来来来，老身敬你一杯。

〔红娘奉酒，张珙接杯。

张　珙　老夫人……

红　娘　都是一家人了嘛！

崔夫人　一家人了，哈……是一家人了！

〔张珙饮酒。

崔夫人　儿呀！有为娘亲自做主，从今以后，他就是你的亲哥哥，你就是他的亲妹妹。兄妹不避嫌，来来来，上前去与你家哥哥敬酒一杯。

张　珙　（惊怔）啊！

〔莺莺同时惊怔抬首。

红　娘　老夫人变了卦了！

张　珙　（唱）猛听一声“哥哥”称，
地陷天塌惊雷轰！
无名怒火心头起——

莺　莺　（接唱）心痛酸，咽喉硬，欲哭、哭.....

〔幕后伴唱：“呜——”

莺　莺　（接唱）欲哭难出声！

〔幕后伴唱：“欲哭难出声！”

莺　莺　（唱）只说是退贼兵娘践婚盟，
有情人成眷属好事天成。
只说是酒宴前终身事定，
效鸳鸯长厮守情深意浓。
骤然间棒打鸳鸯分西东，

有情郎变成了多余长兄。

一声哥哥毁闺梦，

老母亲出尔反尔太无情。

崔夫人 儿呀，上前给你家哥哥敬酒。

莺　莺 母亲……

崔夫人 （向红娘）红娘，给小姐斟酒。

红　娘 老夫人……

崔夫人 嗯——

〔红娘无奈斟酒。

莺　莺 母亲……

崔夫人 儿呀，张先生恩重如山，你口称哥哥，敬酒报恩。

红　娘 小姐……（呈杯）

〔莺莺推杯，酒洒。红娘急复斟满酒，欲亲自递向张珙。

崔夫人 回来。（从红娘手中要过酒杯递向莺莺）给你家哥哥敬酒。

〔莺莺迟疑不接杯，崔夫人逼视莺莺。

莺　莺 （唱）老母亲严命把酒盏，

无奈何接杯且向前（接杯）。

这杯酒似一把无情利剑，

斩断我与张郎金玉良缘。

杯中酒如银河波翻浪卷，

把一对有情人分隔两边。

啊……

分隔两边。

〔莺莺呈杯向张珙，张珙气抖。莺莺见状悲痛难忍，转身欲走。崔夫人怒目相逼，莺莺无奈自饮苦酒。

莺　莺 苦啊！（奔下）

红　娘　小姐。（追下）

崔夫人　哼！

〔张珙瘫软倒地。

〔众小和尚上，转换西厢书房场景。同时，法聪上。

法　聪　（念）心口不一的老婆婆，

翻云覆雨赖婚约。

好端端鸳鸯被拆散，

弄巧成拙起风波。

〔法聪扶张珙进西厢书房。众小和尚下。

双传简

张　珙　哼！

（唱）老夫人失信义枉尊孔孟，

一杯酒顶替了娇娘莺莺。

气得我五内烧灼四肢冷，

坐立不安要发疯。

再留西厢有何用——（收拾行装）

法　聪　张先生，你要走？

张　珙　走！孙飞虎兵围普救寺，老夫人亲口许婚，如今媳妇变成妹妹。妹妹！（气）噢吠……

法　聪　当时许你媳妇，你是叫花子拾元宝，捡了个便宜。如今媳妇变成妹妹，也是个便宜。

张　珙　便宜？便宜！哈……

法　聪　说他捡了个便宜，高兴得笑了。

张　珙　便宜！便宜！（哭）呜……

法　聪　捡了便宜倒哭开了，神经病！不要哭了。长老命我转告先生，老夫人对先生一片善心，命你住在西厢温习功课，饭钱由她掏，房钱由她包。

张　珙　我人穷志不低，谁稀罕她的臭钱。走——

（欲走又止）

法　聪　怎么，又不走了？

张　珙　（接唱）难割舍莺莺小姐，怎忍离寺中。

法　聪　你……你还记挂着莺莺小姐？

〔红娘上。

张　珙　小师傅——

（唱）与小姐初相会心驰神往，
虽无言她暗传蜜意愁肠。
道场内我话中有话暗对她讲，
她心感应神领会两情相傍。
天撮合退贼兵红线系上，
她苦泪化作了喜泪盈眶。
许婚宴一声兄妹改弦更张，
她颤抖抖捧酒盏泪溢觥觞。
想小姐读书人举措失当，
想小姐神不守舍意彷徨。
想小姐茶不思来饭不想，
想小姐夜难成眠心欲狂。
想小姐看见月亮当太阳，裤腿穿在胳膊上，
想小姐神魂颠倒心内伤。

〔张珙、红娘同哭。

法　聪　(向红娘)哎,张先生心里难受,你凑什么热闹!

红　娘　张先生在这里哭,我小姐在那里哭,我不由得也伤心地哭了起来。

张　珙　红娘姐,你小姐她……

红　娘　我小姐她……

(唱)先生你神魂颠倒把小姐想,
我小姐愁肠百结泪洒闺房。
你一天吃不进半碗饭,
她两天喝不下一口汤。
这几天她哭得眼皮肿,
这几天你哭得塌腮帮。
睡梦中她这个那个整夜讲,
闻先生要离寺倍加忧伤。
命红娘到西厢把先生探望——

张　珙　(接唱)为小姐张珙不走住死西厢。
烦劳红娘姐与小姐带封书信。

红　娘　要我给小姐捎书带信?那可不行,我怕小姐——

法　聪　你刚才不是说小姐“这个那个”嘛!

红　娘　刚才我说小姐梦里说“这个那个”,没有说小姐要“这个那个”。小姐只让我看张先生是不是“这个那个”,可没有叫我帮张先生“这个那个”。我要捎回“这个”,怕小姐“那个”,我要对小姐“那个”,又怕小姐把我“这个”,“这个那个那个这个”,呀呀呀! 这不是鸡刨黄连——自找苦吃嘛!

法　聪　咳,大不了责骂两句。要是我,把屁股打成两半儿,我也不怕。

红　娘　那就请你帮先生把信送给小姐。

法　聪　我?不不不,出家人不管俗间事。(下)

红　娘　哈哈……

张　珙　红娘姐,我求求你了。

红　娘　那……

张　珙　红娘姐若肯用心,小生必当重金相谢。

红　娘　重金相谢?拿钱来!知道你这个穷秀才没有钱!要是这样,我越发地不带了。

张　珙　这……(忙赔礼)都怪小生情急失言,惹恼了红娘姐。小生赔礼了。

红　娘　哼!

张　珙　该打才是。(打自己嘴巴)

红　娘　好吧,我就给你带这一回。

张　珙　多谢红娘姐。待我修书。

红　娘　我给先生磨墨。(磨墨)

张　珙　(唱)急公好义俏丫头,

红　娘　(唱)墨儿磨得黑油油。

张　珙　(唱)含泪挥笔把心意诉——

(写罢,递向红娘)拜托红娘姐了。

红　娘　(接唱)急忙忙传书简返回绣楼。(跑下)

张　珙　红娘姐慢走!

(唱)红娘姐与我把书信传,

顿觉得眼发亮、精神添,

乌云散尽艳阳天。

姹紫嫣红风拂面,

寺院幽静鸟声喧。

哈哈……

张珙我心潮难平把信盼!

小姐她定会赴约把我见,

定定神,心放宽,明月下,花荫前,知心话儿细交谈,哎呀呀,柔情蜜意说呀说不完!

〔红娘上。

红　娘　张先生!

张　珙　红娘姐来了。小生那封信可曾交给小姐?

红　娘　给了。

张　珙　这就好了。哈哈……

红　娘　好了?

张　珙　好了! 哈哈……

红　娘　不好!

张　珙　不好? 红娘姐,你真会吓唬人。

红　娘　谁吓唬你啦?是小姐把我吓唬坏啦!

张　珙　那,小姐她———

红　娘　你听!

(唱)方才间急忙忙绣房回转,

见小姐倚枕边珠泪涟涟。

接书信一边哭泣一边看,

我悄悄一旁侍候一旁观。

只见她哭着哭着露笑脸,

又见她笑着笑着变容颜。

她说(学莺莺神态):“红娘,转告张先生,既然兄妹名份已定,休要再生非分之想。”

张　珙　完了!

红　娘　没完，还有。

张　珙　还有……什……么？

红　娘　啊！张先生，你的脸怎么变得这样难看？

张　珙　难看？

红　娘　啊！你的声音怎么变得这样难听了。

张　珙　难听？

红　娘　张先生，小姐几句话就把你说得像霜打的黄瓜秧，半死拉活的，要是把小姐回信……

张　珙　回信？快拿来！

红　娘　我不敢给你，怕要了你的命。

张　珙　要不了，快拿来！

红　娘　那你可要沉住气。（掏信）给——

〔张珙接书信，欲拆又止。

红　娘　张先生你怎么筛起糠来了？

张　珙　我没筛糠，我是打颤哩！

红　娘　（背白）小姐，你这信是勾张先生的命来了。

张　珙　（颤抖拆信，念）待——

红　娘　蛋？鸡飞蛋打啦？

张　珙　月——

红　娘　越发不行啦！

张　珙　（慢慢抽出信）待月西厢下——

红　娘　下？张先生……

张　珙　（念）待月西厢下，
　　　　迎风户半开。
　　　　拂墙花影动，
　　　　疑是玉人来。
　　　　哈哈……

红　娘　张先生，你怎么啦？

张　珙　（自言自语）小姐要我今晚……

红　娘　张先生，你说什么？

张　珙　啊？好热的天！

红　娘　（唱）我只说小姐写的绝情话，
　　　　他怎么高兴得笑掉门牙。
　　　　看起来心里想着他嘴里把他骂，
　　　　想瞒哄小红娘把我当傻瓜。
　　张先生，信儿送到了，我也该走了。告辞，哼！（下）

张　珙　哈哈……红娘姐慢走。小姐约我今晚花园相会，要我逾垣而过。这逾垣……（做跳墙跌倒状）
　　哈……（下）
　　〔众小和尚上，转换花园场景。法聪同时上。

法　聪　（念）婚约易毁情难忘，
　　　　传书递简诉衷肠。
　　　　且看待月西厢下，

读书人怎样跳粉墙。

〔法聪、众小和尚下。

跳粉墙

莺　莺　（上、唱）暮鼓敲晚钟撞月明花暗，
离闺房轻移步去到花园。
遣红娘暗地里传书递简，
怕红娘泻春光支离身边。
静悄悄月影儿把我陪伴，
情切切会先生心意细谈。

红　娘　（上、唱）小姐有情装无情，
暗去花园会张生。
做此事不该把红娘瞒哄，
我为你捏着汗担着惊只怕漏风声。

莺　莺　（唱）但不知张先生可待月西厢下？

〔张珙上。

张　珙　（接唱）快快逾垣进园中。
小姐……

莺　莺　（惊喜地）张……

〔张珙由墙上跳下，红娘闻声闪出。

红　娘　（自语）嗵！什么声响？

莺　莺　（一惊）红娘！（脱口而出）有贼！（欲拉红娘下）

红　娘　有贼！来人哪！来……

张　珙　不要喊。红娘姐是我。（趋前见红娘）

红　娘　(对莺莺)小姐,是个熟贼。

张　珙　小姐……

莺　莺　(故作姿态)原是张先生。

张　珙　(背白)怎么冷冰冰的!

红　娘　我说张先生,你是没吃的还是没穿的,怎么当起贼娃子来了?

张　珙　我不是贼,是小姐让我……

莺　莺　(拦住话头)红娘,把他送到老夫人那里去。

张　珙　啊!(向莺莺)你……

红　娘　龙王爷吹箫——吹不成调子气还不小哩!

张　珙　哼!

红　娘　小姐,不要惹老夫人生气,饶了他吧!要不教训他几句,(向张珙)跪下!

张　珙　哼!

红　娘　还不服气哩,跪下(按张珙下跪)小姐——

莺　莺　(无奈地)张先生,你我兄妹相称,切不可再生非分之心。今天之事,一念红娘说情,二看兄妹之面,饶恕于你,以后当引以为戒才是。

张　珙　教训得好!教训得好!

(唱)小姐无端变了卦,
　　此事把人活气煞。
　　人心难测太可怕,
　　眼睁睁变成大贼娃!

(向莺莺)我是贼娃子,我是贼娃子!我是贼娃子……(下)

〔莺莺目送张珙,难抑悲痛。

红　娘　小姐……

莺　莺　哼!

〔莺莺疾走回房,红娘紧随。同时,众小和尚上,转换莺莺闺房场景。(下)

寄药方

〔莺莺进门,背身合门,红娘被阻门外。

莺　莺　(伏桌痛哭,唱)

啊……我好悔也!
悔不该见先生急呼有贼,
自东阁一杯苦酒强吞饮,
我与他两处相思同断魂,
差红娘传书简约君相会,
把满腹知心话诉与郎君。
花园内会先生情如春潮水,
星月下望先生喜中又含悲。
他多想与莺莺把苦水吐尽,
我更想对先生体贴温存。
谁料我面如霜话如冰水,
冷酷酷一声贼驱君出园门。
东阁宴狠心娘横把鹊桥毁,
花园内昧书柬莺莺悔难追。
纵掬起千层万叠黄河水,
冲不尽洗不净我含羞带愧一颗无情心!

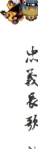

挥泪眼望西厢灯摇影碎，
受屈的人儿呀怎度光阴？
想此时他定在把我怨恨，
骂莺莺言而无信是个负心人。
为什么约相会又昧相会？
为什么有情人故作无情人？
为什么娘赖婚我又把简昧？
为什么爱郎君反害郎君？
意难绝，情难尽，
又悔恨，又羞愧，
难道说就这样情断人离分！

〔崔夫人上。红娘随上。

红　娘　小姐，老夫人来了。

莺　莺　（急擦泪）母亲……

崔夫人　听说我儿这两天茶饭不思，整日哭哭啼啼，却是为何？

〔莺莺无语。

红　娘　小姐思念老相国，心中难受，因而恸哭。

崔夫人　我儿孝心可嘉，只是莫要哭伤身子，为娘还要到西厢探望张先生疾病，不能久留。

莺　莺　怎么？张先生病了？

崔夫人　病倒两天了。

莺　莺　啊！

崔夫人　我已命法聪请医诊治。但愿神医妙手回春，让这个冤家早日离开西厢。

莺　莺　离开西厢……

崔夫人　红娘，好好侍候你家小姐。

〔红娘搀扶崔夫人下。

莺　莺　（唱）闻一言，心惊颤，

先生为我病缠绵。

狠心娘病中还要把他赶，

我怎忍累他受凄惨。

为报君救奴恩如海，

不负君爱奴情如山。

为酬我女儿终身愿，

为完君与奴三生缘。

不怕羞，不避嫌，

不怕违母命闺范严。

挣开足下千索绊——

（伏案奋笔疾书，书就，接唱）

今夜西厢人团圆。

红娘！

〔红娘上。

红　娘　小姐。

莺　莺　速将这个“药方”送交张先生。（递“药方”）

红　娘　张先生就盼这张“药方”呢！（下）

〔莺莺梳妆，将一朵花戴在头上，下。

〔众小和尚上，景转换西厢书房。法聪上。

法　聪　(念)药方方，真有效，

好像一棵灵芝草。

管他有效没有效，

今晚西厢看热闹。

〔众小和尚下。

西厢会

〔张珙上。法聪急上前搀扶。

张　珙　(唱)只说是月下花前心意诉，

准料想赴约会反成小偷。

法　聪　哪见过这么体面的小偷？

张　珙　(接唱)崔莺莺也不把信约来守，

法　聪　庙里的神像，没安人心肠！

张　珙　(接唱)效其母反复无常恩作仇。

法　聪　寺门外的石狮子，一对没心肝。

张　珙　(接唱)恼红娘也来把莺莺相助，

法　聪　她和莺莺穿的是一条裤子！

张　珙　(接唱)你法聪——

法　聪　我怎么啦？

张　珙　(接唱)虽怀好心，难办好事，你、你、你……本是个无用的秃头！

法　聪　不秃怎么能当和尚呢。(扶张珙)

〔红娘上,叩门。

法　聪　谁?

红　娘　张先生!

法　聪　红娘来了,(开门)哼!

红　娘　张先生,这两日病情如何?

张　珙　(似理不理地)嗯。

红　娘　老夫人请医治疗,可曾见效?

张　珙　嗯。

红　娘　怎么老是“嗯、嗯”的?

法　聪　张先生得的是“嗯嗯”病。

红　娘　(笑)嘻!张先生,我小姐……

〔张珙闻言,情不自禁地欲起立,法聪急按其坐下。

红　娘　(察觉,窃笑)张先生,我小姐闻听先生患病,特命红娘送来一张“药方”,先生请来过目。

张　珙　(突然地)我没病!

法　聪　不看!

红　娘　出家人不管俗间事,碍你什么事?

法　聪　你……

红　娘　我去告诉长老。

法　聪　别……(急出门)哼!(下)

红　娘　张先生请看。

张　珙　把我害得要死,却给开来药方,打一个巴掌给个枣吃!不看!

红　娘　我小姐怎么害你啦?

张　珙　怎么害我啦?你看。(拿出诗简)

红　娘　这是什么？

张　珙　你小姐写的，你亲手送的诗简。

（念）“待月西厢下……”

红　娘　“待月西厢下，”是小姐叫你……

张　珙　叫我等到月亮出来之时去花园会她。

红　娘　那要是天阴没有月亮呢？

张　珙　这是做诗的比喻。

红　娘　好好好，就算你说得对。往下念。

张　珙　“迎风户半开。”小姐半开园门，进园等我。

红　娘　那咋不全开呢？

张　珙　全开就没有诗味了。“拂墙花影动，疑是玉人来。”是让我逾垣过去，她看见花影摆动，就知道小生来了。

红　娘　果然不出红娘所料。

张　珙　这是她叫我逾垣去花园，怎说我是……不是害我是什么？

红　娘　小姐说啦，这次不比上次。快看！

张　珙　不看！（回坐一边）

红　娘　看看。（把“药方”伸到张珙眼前）

〔张珙夺过“药方”欲扯。

红　娘　不敢扯！不敢扯！

〔张珙欲扯不忍。

红　娘　（故意地）扯，扯！快看吧。

张　珙　哼！（看“药方”，越看越高兴）嘿嘿……

红　娘　怎么？先生的病……

张　珙　好了！（掀掉头纱）哈哈……

红　娘　好了？看看药方病就好了，那药铺不全要关门啦？

张　珙　这不是药方，是小姐约我今晚西厢相会的信简。

哈哈……（下）

红　娘　好啊！

（唱）好个治病的妙药方，

小姐她又暗暗做文章。

〔张珙穿戴一新上。

红　娘　张先生你穿红着绿的做什么呀？

张　珙　迎候你家小姐前来嘛！

红　娘　（唱）我小姐一会儿热来一会儿凉，

可小心到时候改弦更张不来西厢。

张　珙　还请红娘姐多多帮忙。

红　娘　（唱）她那里瞒我避我把我防，

小红娘能帮你什么忙。

你等着吧！（下）

张　珙　红娘姐，红娘姐！

（唱）一句话说得我满怀惆怅，

怕小姐又翻悔改弦更张。

太阳生根怎不向西往，

何时才能月下会西厢。

（着急等待）

〔红娘引莺莺上，推莺莺进门。

〔莺莺、张珙相见，对视。

〔张珙迎跪莺莺面前，莺莺含羞垂首。张珙引莺莺下。红娘上。

红　娘　（唱）有情人相会西厢下，

红娘喜把鹊桥搭。

自东阁赖婚姻花园事出岔，
他二人尝够了酸甜苦辣。
肚子里积攒下多少知心话，
今见面要好好拉上一拉。
鸟儿莫要叫，风儿莫要刮，
水蛤蟆莫要瞎咯哇，
好不容易到一搭呀，
万不可惊动他一对苦瓜瓜。
苦瓜瓜呀苦瓜瓜，
都说些什么悄悄话？
（蹑手蹑脚地走至门前偷听，窥视，接唱）
莫非同吟诗？
为何静哑哑？
莫非同做画？
为何无灯花？
莫非怄气不搭话？
待我相劝解疙瘩。（推门不开）
房门紧闭从内插，
莫非他和她……
哎呀呀！
老夫人若知怎下架？
我可得小心留神免出岔岔。
〔红娘留神四看，一阵凉风刮来。
红　娘　（唱）夜深天黑凉风刮，
心里发毛眼发花。
什么飕飕响？什么乱晃哒？

我又冷又急又害怕!

哎呀呀!

露水又打湿我红袜袜。

〔月光渐暗,曙光渐显。

红　娘　(唱)星儿稀,月儿斜,

晨鸡叫醒众佛家。

莽和尚要上楼把钟打,

老和尚要进禅堂念法华。

大和尚要添香去宝刹,

小和尚要敲木鱼习佛法。

把钟打、念法华、去宝刹、习佛法,

小姐呀,你怎能离开这个家?

更害怕,更害怕——

老夫人闲步来到西厢下。

(敲打房门)小姐……

〔张珙上,开门,莺莺出门,二人分下。同时,欢郎睡眼惺松上,猛然发现莺莺。

欢　郎　姐姐?(欲细看)

〔红娘边挡欢郎视线边退下。

欢　郎　嘿!(跑下)

〔众小和尚上,转换厅堂场景。法聪上。

法　聪　(念)不好啦!出事啦!

老夫人拷问怎回答?

哎呀呀哎呀呀!

哎呀哎呀哎呀呀!

〔法聪与众小和尚下。

拷红娘

〔崔夫人气呼呼上。欢郎随上。

崔夫人 你可看得清楚?

欢　郎 看得清楚。

崔夫人 看得明白?

欢　郎 清清楚楚明明白。我看见红娘领着我家姐姐从张先生西厢出来。

崔夫人 此话不可乱讲!(急忙阻止)

欢　郎 我……

崔夫人 (打断欢郎的话,威严地)嗯,(气愤地)传红娘。

欢　郎 红娘来见!

〔崔夫人挥手,欢郎下。红娘急上。

红　娘 (唱)老夫人,一声叫,
　　离开绣房快步跑。
　　却怎么眼儿跳心儿毛?

崔夫人 红娘快来!

红　娘 来了,来了!还怪紧火哩!(进门)参见老夫人。
(接唱)老夫人呼唤为哪条?
老夫人,莫非唤我梳头……

崔夫人 不用!

红　娘 待我与你捶背!

崔夫人 啰唆!我来问你,昨天晚上你和小姐哪里去啦?

红　娘 哪里都没去。小姐在灯下看书,我在灯下绣花。

崔夫人　胡说!

红　娘　噢,我在灯下看书,小姐在灯下绣花……

崔夫人　还不依实讲来!

红　娘　我两个一起在灯下看书,一起在灯下绣花。没事了吧,
我去侍候小姐……(欲走)

崔夫人　回来! 昨天晚上,你怎将你家小姐领到西厢?

红　娘　西厢?

崔夫人　西厢!

红　娘　老夫人,没……

崔夫人　(向内)看过家法!

红　娘　啊! (一惊,手帕掉落,唱)
老夫人恶狠狠刨根问底——
〔欢郎拿竹板上,递给崔夫人,下。

崔夫人　(示板)快说!

红　娘　啊! (惊倒在地,接唱)
又是怕又是急胆颤心虚,
事败露小红娘吃罪不起——

崔夫人　你说不说?

红　娘　我……

崔夫人　看打！（举板拷打）

〔崔夫人每打一下，红娘叫一声，左右两打后，崔夫人欲再打，被红娘架住。

红　娘　（哭声）老夫人，疼得很！疼得很呢……

崔夫人　我叫你嘴硬！（劈头打下）

红　娘　（低头躲过，抓住竹板，接唱）

老夫人请息怒听我说仔细。

崔夫人　哼！（扔板于地，返身入座）

〔红娘欲捡竹板，崔夫人发现。

崔夫人　嗯——

红　娘　（缩手，拾手帕，唱）

昨夜晚小姐更深停针绣，

思念张生泪暗流。

来到西厢把病问候——

崔夫人　你为何不阻拦于她？

红　娘　（接唱）妹探兄病有理由。

崔夫人　胡说。到西厢以后怎么样？

红　娘　（唱）要说共吟诗，

不闻声出口。

要说同做画，

房内黑黝黝。

有心看究竟，

门儿从内扣。

崔夫人　啊！

红　娘　（接唱）整夜间我红娘站在门外头，

崔夫人　你……唉！

红　娘　（接唱）老夫人呀！

你为主，我为奴。

你年寿高经历稠，

我不清楚你清楚。

崔夫人　住口！气……气煞人了！（气，唱）

听罢言眼发黑来气满胸！

红　娘　（忙起立照顾崔夫人）老夫人，老夫人……

崔夫人　哼！（拂袖）

〔红娘急跪下。

崔夫人　起来！

〔红娘又急起立。

崔夫人　（接唱）蠢材做事辱门庭。

张生啊，张生！

（接唱）你枉为宦门书香子，衣冠禽兽坏我门风！（欲走）

红　娘　（急拦）老夫人，你要上哪里去？

崔夫人　我要去官衙告这个狂生。

红　娘　（大惊）啊！你……你告张先生什么呀？

崔夫人　告他勾引良家妇女。（欲走）

红　娘　这……（急中生智）老夫人，告不得呀告不得！

崔夫人　怎样告不得？

红　娘　此一番到了官衙，老爷问及张先生在何地勾引良家女子，你如何回答了？

崔夫人　西厢。

红　娘　西厢又是何人居住的地方？

崔夫人　狂生。

红　娘　既是张生居住的地方,小姐来到西厢,怎么说是张先生勾引小姐呀?

崔夫人　那是狂生伙同你这个贱人把我女儿勾引到西厢。

红　娘　哎呀,冤枉呀冤枉! 张先生把小姐迎到西厢,将我关在门外,把我的腿也站麻了,脚也冻僵了,心也操碎了,胆也吓破了,怎能说张生伙同我红娘勾引小姐呀!

崔夫人　哼! 你竟敢庇护狂生。

红　娘　不是红娘庇护张生,是替老夫人担心。只怕到了官衙告不倒张生,倒把老夫人告进去。

崔夫人　把我告进去? 我有什么罪过? 我有什么罪过? (弯下腰欲捡竹板)

红　娘　(急拾起竹板递向崔夫人)老夫人,当心闪了腰。

崔夫人　(厉声)你说,我有什么罪过了?

红　娘　相国夫人嘛,官老爷怕不敢问你罪过,要问你个三不是。(边说边扶崔夫人坐下,放竹板于桌上)

崔夫人　哼! 我有什么不是?

红　娘　请听(学官员口气)“相国崔老夫人——”

崔夫人　你……

红　娘　我是说官老爷这样问你:“当初兵围普救寺,是你言道,退得贼兵者以小姐为妻。张先生仗义而出,退兵解围。谁知你不思报恩,让他二人成亲,反昧亲赖婚,言而无信,恩将仇报。是不是你的不是?”

崔夫人　这个……

红　娘　夫人,我说得可对?

崔夫人　(没好气地)算你没错。

红　娘　红娘没错,那就是老夫人的错了。

崔夫人　放肆！往下讲。（起立，走动）

红　娘　（学官员口气）“张先生才貌双全，百里挑一，你却看不中这个女婿，嫌他家道衰落，配不上相国的高门大户。攀高结贵，嫌贫爱富，这是不是又是你的不是？”（坐椅上）

崔夫人　这……

红　娘　（急起立）老夫人，请！

崔夫人　哼！（气愤不安地边坐边说）你再往下讲。

红　娘　（边说边走至桌后）“老夫人既然赖婚就应该赖得干干净净，你却让他们二人兄妹相称，换汤没换药，皮剥瓤难剥。一个在闺中怨，一个在书房盼，这个沉疴染，那个泪湿衫，夫妻难沾边，兄妹不避嫌，妹探兄病惹麻烦。三是不是你治家不严！”（拍竹板）

崔夫人　你……

〔红娘急至桌前。

崔夫人　你讲得好！讲得好！讲得好！

红　娘　老夫人！

（唱）三不是，讲明了，
　　是是非非见分晓。
　　你自己做事不周到，
　　反拿红娘当出气包。
　　还要去把张生告，
　　搬起石头砸自己脚。
　　到头来家丑外扬威仪扫，
　　相国门风全丢抛。
　　若不信你去官衙把状告，

红娘与你把堂鼓敲。

(拉崔夫人)走走走!

崔夫人 (甩红娘)气死人了!

红　娘 老夫人,此事若依红娘之见……

崔夫人 (沉思)还不讲来……

红　娘 若依红娘之见,倒不如恕其小过,成其美事。

崔夫人 (背唱)适时间与丫头一番争辩,

方知身处两难间。

真若将他送官办,

相府脸面全丢完。

我若成全二人结姻缘,

怎奈相府布衣门第悬。

有了——

暂允姻缘巧遮掩,

权宜之计解眉燃。

就是这个主意,红娘,把那两个冤家给叫来。

红　娘 是!(向内)有请小姐、张先生。

〔二人上。

张　生 老夫人在上,小生这厢有礼了。

崔莺莺 见过母亲。

崔夫人 站过一旁,这些天老身反复考虑,谨依前约,成全你们两个冤家。

〔二人同喜。

张　生 多谢岳母大人!

崔莺莺 谢过母亲!

红　娘 阿弥陀佛!

崔夫人　张先生,你也要体谅老身,相府门风不招白衣女婿,你……

张　生　岳母大人——

(唱)岳母把话讲当面,张珙并非无志男。
　　蟾宫折桂了夙愿,
　　如同探囊取物般。
　　先谢岳母应姻缘,
　　再与小姐把婚完。
　　明朝科场才华现,
　　跨马御街耀长安。
　　岳母你把心放宽,
　　何来门第天地悬?

崔夫人　这便就好!这便就好!张先生,如今秋闱在即,前程要紧,切莫贪恋儿女之情。

张　生　这……

崔夫人　红娘,准备车辆,安排酒菜,明日在长亭与张生饯行。

红　娘　这……

莺　莺　这……

崔夫人　红娘扶小姐回房!

〔众小和尚上,转换寺门外环境,下。

西厢别

崔夫人　有请张先生。

红　娘　有请张先生!

〔张珙上。

张　珙　参见岳母大人。

崔夫人　老身今日特在此为你设宴饯行，送你赴京应试。

张　珙　谢过岳母大人！

崔夫人　罢了！

〔莺莺内声:“母亲——”幕后唱:“西厢人去心悲怆。”

红　娘　小姐来了。

〔莺莺奔上。

崔夫人　我儿来此做甚？

莺　莺　母亲，就让孩儿再送张郎一程。

崔夫人　你……唉！

莺　莺　张——郎！

张　珙　莺——娘！

〔莺莺、张珙扑跪到一起。

崔夫人　你……

〔红娘扶崔夫人下。

莺　莺　(唱)从此后好鸳鸯天各一方。

奔长安路迢迢云水苍茫，

孤零零一个人好不凄凉。

日赶路谁与你相依相傍，

夜宿店谁与你展被温床。

衣破旧谁与你缝洗补浆，

染病恙谁与你煎药熬汤。

奴不能前后照应魂随君往，

形难伴影相随不离君身旁。

夜读书灯花爆是奴挑亮，

轩窗外秋风咽是奴诉衷肠。

马迍迍古道上柳枝拂面，
是奴我缕缕青丝抚张郎。
到京地见枝头桃花绽放，
是奴我展笑颜伴君进科场。
魂随郎君长安往，
人在萧寺我不——不凄凉。
妆台旧简慰离肠，
西厢人去梦犹香。
梦犹香，情难忘，
幽闺引颈等张郎。
等来朔日复等望，
等过端阳等重阳。
三载五载不怕长，
十年八年等着郎。
纵等得满头青丝蒙白霜，
我也要等得郎再回西厢。

张　珙　（唱）句句血声声泪在我心上淌！
难别离难割舍贤德莺娘。

张君瑞不负卿苦心盼望，

定早日登高枝重会西厢。

莺　莺　（唱）恨不能效文君随郎西往——

〔崔夫人上。

崔夫人　车马已备好，请张先生即刻起程。

莺莺、张珙　（唱）听一声起程啊碎心断肠！

〔莺莺、张珙依依惜别。

〔众小和尚姗姗上。

〔幕后女声独唱起：

碧云天，黄花地，

西风紧，北雁南飞。

晓来谁染霜林醉？

总是离人泪！

总是离人泪！

〔莺莺、张珙分下。

众小和尚　阿弥陀佛！

〔大幕徐徐闭。

——剧终

（该剧根据运城市文旅融合发展的要求，将韩树荆、杨焕育改编的《西厢记》剧本又作进一步修改，由山西省蒲剧艺术院演出二团演出，复排导演：郭关明，主演：任玲、南征、陈洋洁、孙薛青）

【新编现代剧】

红白喜事

时　间

现　代

地　点

晋南关乡村

人　物

李尚仁　关乡村民,村里曾经的致富带头人

赵翠花　关乡村民,李尚仁老婆

王金贵　关乡村支部书记,红白理事会会长

刘谷雨　关乡村主任

张发财　关乡村民,“一条龙”老板

山　桃　关乡村民,发财老婆

二　赖　关乡村民,贫困户

李顺智　李尚仁二叔,大学教授

总　管　关乡村民

村民若干

一

（伴唱）请客设宴大操办，

　　　你也烦来我也烦。

　　　追风比阔势蔓延，

　　　人情是债还不完。

〔伴唱声中幕起。

〔远处条山披翠，白云缭绕。

〔农家小院，装修一新，张灯结彩，喜气洋洋。门上贴着对联："天赐麟儿全家乐，户迎宾客满堂辉。"大家分别坐在几张桌前，有吃的、有喝的、有笑的、有闹的，划拳喝酒、敬酒倒水，还有几个用塑料袋打包的……几个喝得东倒西歪的人过场，醉醺醺地说着："我没多！没

多！来，咱再喝。”“我今天都喝了好几场了，看你那酒量吧！”“走、走……”李尚仁说：“你们几个慢点，注意安全！”二赖拿着一瓶啤酒羡慕地看着这一切，边喝边感叹：“啧啧啧，还是尚仁哥的面子大，看这排场，看这人气，什么时候咱也能这么体面地过一场事。”

〔小院的另一个角落为礼房，大家都在争先恐后地上礼，相互打着招呼。群众甲：“你也来了？”群众乙：“来了！尚仁哥的事，能叫咱，是给咱面子。”群众丙：“来了就是捧场。”群众丙：“吃饭就帮忙！”众笑。群众甲：“怪啦！这段时间天天高价饭！”群众乙：“我今天就两家，你上多少礼？”群众甲晃了晃手中的二百元：“现在这一百元就拿不出手。”群众乙无奈地摇了摇头。

〔穿有“发财一条龙”标志服装的服务员不断地报着菜名上菜：“红烧肘子”“红焖大虾”……

张发财 （从人群中将李尚仁拽出来）尚仁哥，估计酒不够了。

李尚仁 （面带难色，转瞬即逝）全权交给你了，买！不够就买！到二蛋批发部直接拿！先赊账，随后我一起算。

张发财 刚才取烟时，二蛋媳妇还叨叨，说你去年给儿子结婚欠的五千多元账还没结。

李尚仁 给她说，今天收的礼钱就还她，还能欠下她的？

张发财 尚仁哥，你不是说今天的礼钱先付我“一条龙”服务费吗？

李尚仁 少不下你的。快去搬！

张发财 好！（下）

〔有人喊：“尚仁哥，快点，你输的这杯酒还没喝哩！”

李尚仁 来啦！来啦！

〔内喊：“不好啦！快救人啦！顺德伯从山上摔下来了！”

众　人 啊！（看李尚仁）

李尚仁 我爸刚才还在这……

群众甲 顺德伯说他腻得吃不下，到后山去采药。

李尚仁 唉！（下）

二　赖 这好好的跑山上干嘛去了？这不是寻死哩嘛。

〔大家纷纷跑下，张发财搬一箱酒上。

张发财 这是咋了吗？

二　赖 顺德伯从山上摔下来了。

张发财 怎么从山上摔下来了？他有退休工资，整天优哉游哉的。

山　桃 早不优哉了，去年尚仁哥给儿子结婚一下花了几十万。光彩礼就十六万八，拉下一屁股饥荒，早把顺德伯的工资花光了，如今老人家整天上后山采药。

张发财 这事闹的！摔死啦？

二　赖 估计不行啦！发财，你又来生意了！（下）

张发财 少胡说！走，看看去。

山　桃 走！

〔切光。

二

〔尚仁家灵堂前。

〔尚仁全家在总管的指挥下祭拜。一些村民在帮忙干杂务。

〔发财、山桃干号着上。

发财、山桃 我的——伯——,我的——伯——

总　管 有客到,孝子就位。

〔尚仁及家人,跪祭桌两旁,发财上香。

总　管 上香,鞠躬,拜,一叩首,再叩首,三叩首,平身,礼毕,孝谢。

〔大家依令而行,发财夫妇一直在干号,程序一毕,号声戛然而止,大家同起。

总　管 发财,坐,抽烟。

张发财 尚仁哥,伯这事咋过哩吗?

李尚仁 你说。

张发财 刚才一听说伯倒身,我就在思谋你这事,肯定不能低于去年给娃结婚的标准,小心人家笑话。

李尚仁 可不是嘛,你全权给咱安排。

张发财 好!你放心!

(唱)啤酒白酒一起上,
　　十凉十热五个汤。
　　饮料管饱不限量,

高级香烟备五箱。

羊肉泡馍麻辣烫，

鸡鸭鱼肉火腿肠。

糖果糕点桌上放，

时令水果随便尝。

锣鼓唢呐有花样，

戏剧名角来捧场。

我算了算，咱这事最少也得这个数。（伸出食指）

李尚仁 （认可地）就得那么多。唉——

张发财 （手机响）噢……不行不行，这几天天天都有事，今天四家，明天五家，后天四家……阴历十八？让我算一下。

李尚仁 （拽发财）不行，发财，十八是咱这事。

张发财 （捂着手机）咱是十八的事，我刚才算着如果放七天就是十八，（对着手机）十八不行，十八就七八家，我都推了好几家了。实在没办法，不好意思，不好意思。（挂机）

李尚仁 咱这事你可不能耽误。

张发财 那肯定了嘛！

二　赖 发财，你这“一条龙”生意真是火！火！火！

张发财 差不多，凑合干。

〔王金贵、刘谷雨上。

张发财 还是尚仁大哥面子大，书记、主任都来捧场。

李尚仁 大家坐、坐。（边说边发烟，二赖倒水）

〔大家分别就座。

王金贵 尚仁，伯这事计划咋办？

张发财 我与尚仁哥正在商量这事，标准不低于娃结婚，还要体现出尚仁哥的排场，不然的话咋能对得起顺德伯。

李尚仁 是啊。我爸这最后一次啦，一定要体体面面的。

（唱）老人家一辈子辛劳勤俭，
做儿女表孝心理所当然。
为葬父花多少心甘情愿，
要风光要体面不怕麻烦。
张发财会办事他有经验，
到如今就不能舍不得钱。

刘谷雨 尚仁哥，如今倡导喜事新办，丧事简办，小事不办。

张发财 不行不行。

王金贵 怎么不行？丧事简办，尚仁就给咱带个好头。

李尚仁 不行，哪怕等我这事过了。咱们再说。

王金贵 尚仁，去年孩子结婚你就这样说的。这次你给孙子过满月，我去市里开会，谷雨就没说服你，结果……

李尚仁 金贵，你怎么老揪住我不放呢？

（唱）红白喜事要严管，
这事闹了好多年。
红白理事天天喊，
走走过场哄上边。
真戏假做天天演，
干部省心群众欢。
怎么突然风向变？
没完没了惹人烦。

刘谷雨 （唱）十九大报告仔细看，
移风易俗明确谈。

省里市里下文件，
从严治理不容宽。
今后过事要从简，
树新风咱要走在前。

李尚仁　（唱）报告文件我不看，
政策也莫给我谈。
丧事简办瞎扯淡，
凭什么要我走在前？

王金贵　尚仁哥。
（唱）先莫上火听我劝，
你怎么转不过这个弯？
乡村振兴大发展，
扶贫攻坚收了关。
大操大办成习惯，
群众有怨苦不堪。
收入不菲少存款，
请客上礼呈泛滥。
人情事往装门面，
相互攀比势蔓延。
你在村里有威望，
示范引领走在前。

李尚仁　（唱）任你道理千百万，
我也不会走在前。

刘谷雨　（唱）乡风文明要严管，
并非谁要你为难。
丧事从简少花钱，

正好解你燃眉难。

李尚仁 （唱）谷雨讲话太随便，

尚仁何来燃眉难？

自己能吃几碗面，

心中有数甭多言。

张发财 就是嘛！尚仁哥九十年代就是咱村的首富，瘦死的骆驼比马大。

刘谷雨 哼！去年娃结婚借下一屁股债，把顺德伯的工资都花光了，逼得老人家上山采药。

二　赖 （旁白）这娃，怎么能说实话哩？

李尚仁 谷雨，你——今天到这是糟蹋我来了。

王金贵 尚仁，谷雨也是为你好！没别的意思。

李尚仁 哼！

刘谷雨 这次伯的丧事肯定不能大操大办。

李尚仁 我就大操大办，你们能把我怎么样？

刘谷雨 你！

张发财 这根本就挡不住，书记、主任，惹这人干啥。

王金贵 你站一边去，尚仁，肯定不行，这事你再考虑考虑。我们先走了。走——（同谷雨下）

二　赖 书记、主任，你们慢走。

李尚仁 （对着二人背影）我就要大操大办。

二　赖 就是，看他能把你怎么样！

赵翠花 （电话响，接听）什么？要紧吗？三个都住院了，这……

李尚仁 啥事？

赵翠花 二女说，旺财几个在咱家喝多了开车回家，发生车祸了……

李尚仁　要紧吗？

赵翠花　挺严重的，旺财至今昏迷不醒。

李尚仁　这事闹得…… 唉！让我到医院看看去。

赵翠花　屋里这一摊事，你哪能走开，还是我去吧。

李尚仁　也行！

〔切光。

三

〔关乡村村委会。

〔王金贵望着红白理事会章程，忧心忡忡。

王金贵　（唱）这些年抓脱贫民富村变，
　　却把那村风民俗放一边。
　　红白事高兴事请客设宴，
　　瞎攀比盲追风没边没沿。
　　忙一年辛苦赚了几个钱，
　　请客花上礼用吃净花干。
　　高彩礼铺张浪费大操办，
　　份子礼越来越重随不完。

刘谷雨　（上）王书记。

王金贵　唉！你这老半天跑哪去了？

刘谷雨　我到磨盘岭了，一个朋友孩子结婚。

王金贵　听说磨盘岭村的红白理事会弄得不错。

刘谷雨　确实好。

王金贵　一样的村一样的民，为何咱们就一直推不开呢？

刘谷雨 我今天专门到磨盘岭村看了看,感触颇深。

(唱)移风易俗任务艰,

村级两委把头牵。

转变观念是关键,

思想工作走在前。

理事会作用要彰显,

主动监管不一般。

大事小事都规范,

各项制度定得全。

整合力量集中干,

形成合力好攻坚。

老干部,老模范,

老教师,老党员,

还有退伍老军人,

成立“五老”工作团。

“五老”主打舆论战,

还是监督联络员。

王金贵 好！咱也这么弄。

刘谷雨 万事开头难,其实大家如今都不堪重负,可大家为了一张脸面,都不愿开这个头。

王金贵 是啊！你瞧瞧尚仁这事。去年儿子结婚,欠下一屁股债。又给孙子过满月,逼得顺德伯上山采药,又造下这难。

刘谷雨 咱们就从顺德伯丧事入手彻底刹刹这股歪风。

王金贵 市里前天专门召开了“移风易俗”专项整治大会,移风易俗已成了乡村振兴的一项重点工作。

刘谷雨　是啊！可是如何才能让尚仁哥言听计从？不然的话，咱这工作就打不开局面。

王金贵　难啊！为这事尚仁差点和我翻脸。我这两天不知同他说了多少次，可他听不进去啊！

刘谷雨　他是深受其害啊！怎么不同意呢？

王金贵　还不是面子问题。

二　赖　（上）书记、主任，你们都在。

王金贵　二赖，你有啥事？

二　赖　我想向你借点钱。

王金贵　借钱？

二　赖　嗯！

刘谷雨　不是前天刚给你发了一千二百元低保吗？怎么可花完了？

二　赖　（唱）近来天天高价饭，
　　每家只上一百元。
　　这事不敢仔细算，
　　上礼就花两千元。

结婚嫁女十二岁，
当兵上学和乔迁。
埋人过寿走满月，
老人立碑过三年。
一年礼钱快两万，
人情是债还不完。

王金贵　唉！（摇头，从口袋掏出二百元递与二赖）

二　赖　（接钱，欲下又回）王书记，你见发财了吗？

王金贵　找他做啥？

二　赖　我想……

王金贵　怎样？

二　赖　我想给娃过十二岁。

刘谷雨　过十二岁？

二　赖　嗯！

王金贵　过那干嘛？白花钱。

二　赖　我想把我送出的礼钱往回收收，不然太吃亏。再说……这、这也是个面子问题。

刘谷雨　哼！还面子问题。

王金贵　二赖，你也不想想，你一个低保户重点监测户，你能吃了那买卖？赔钱赚吆喝。

二　赖　发财都给我算了，赔不了。
（唱）四十桌客人坐满院，
一人上礼一百元。
我在心里细盘算，
差不多能收四万元。
除去成本近三万，

至少能挣万八千。

王金贵　好我的憨憨哩！你以为那是算术题，没那么简单。你请四十桌，一家来两个人是八十桌，来三个人是一百二十桌，就这还不算你家里的底人，还有“一条龙”的服务员，你敢算吗？至少得七十桌。

（唱）叫二赖听我把此账细算，
经济账人情账账账要还。
人常说礼尚往来两不欠，
咱请客客上礼迟早得还。
你吃我我吃你净赔不赚，
收礼金过路财神不算钱。
人情账两败俱伤不敢算，
办酒席赴宴请步入怪圈。
情越薄礼越重你烦我也烦，
要知道人情是债还不完。

二　赖　发财说……

刘谷雨　发财说发财说，听他说年都过差了，王书记说的你听明白了吗？

二　赖　听明白了。

王金贵　明白个屁。过事是花多少赔多少，收的礼迟早都要还的。你给娃过个十二岁花上好几万，你算算，你啥时候才能还清？

二　赖　尚仁哥孙子满月都过哩！我娃十二岁是大事，还能不过？再说人家娃都过，咱不过，娃在学校抬不起头，大家也说我光吃人家的。这、这面子上过不去嘛！

王金贵　什么面子、里子的，别理他们，好好过你的光景。

二　赖　这……

王金贵　再别听发财给你胡调置。

二　赖　噢！（边下边说）不听发财调置，娃这十二岁就没法过嘛，我还是找发财去。（下）

〔二人望着二赖背影，摇头叹息。

〔山桃匆忙上。

山　桃　王书记、刘主任，不得了了，发财被公安局抓起来了。你们快救救他吧。

王金贵　到底怎么回事？慢慢说。

山　桃　西庄一家给老人过寿请客用我家“一条龙”，结果锅炉爆炸，烧伤了几个人！

王金贵　没死人吧？

山　桃　重伤一个，医院里还躺下几个，发财也让公安局抓起来了。你们人熟，赶快救救发财吧。

刘谷雨　山桃别急，我这就去。

王金贵　好，你去看看到底是怎么回事？

山　桃　谷雨主任，麻烦你了。

刘谷雨　没事，我走了。（下）

王金贵　山桃别急，你赶快去筹钱，救人要紧。

山　桃　我这就到尚仁哥家去要债，他还欠我五万元。

王金贵　山桃，顺德伯刚倒身，旺财又出了车祸，尚仁家里乱成一锅粥，你好意思去要钱？

山　桃　迟早要要哩。

王金贵　你就不会缓缓。（下）

山　桃　好，听你的，缓缓再要。（看见王走远了）缓个狗屁！这就不是缓的事，我这就去要。（欲下）

二　赖　(上)山桃,发财呢?

山　桃　你滚一边去!

二　赖　这人吃了枪药啦!我找发财商量娃过十二岁的事……

山　桃　过个屁!还过十二岁!(下)

二　赖　这人?(追下)

〔切光。

四

〔尚仁家客厅。

〔尚仁坐在沙发上抽烟。

赵翠花　(上)累死我了。

李尚仁　怎么样?

赵翠花　命是保住啦!可……看着都煎熬。咱多少都得出点,还有欠人家二女的几万元,也得尽快还上。

李尚仁　应该的。

赵翠花　可拿什么还呀?还是金贵说得对,一切从简!

李尚仁　金贵是吃饱撑的。

赵翠花　你呀!金贵还不是为咱好,你是死要面子活受罪。

李尚仁　女人家懂啥?

赵翠花　我不懂你懂?我只知有钱光景好过,咱如今一屁股债,你说咱这光景怎么过?

李尚仁　不就区区二十万饥荒吗?这算个啥?

赵翠花　真不算个啥,可你有吗?

李尚仁　(唱)你也莫瞎咋呼听我细算,

年收入几十万没有麻缠。
种西瓜凭技术早熟早产，
这也是固定收入五万元。
还有咱两个果库不多算，
闭着眼一年收入十万元。
李尚仁搞贸易闻名半县，
靠诚信哪年不赚十万元。
再加上大棚蔬菜四季产，
还有那小麦秋粮堆如山。
咱把这鸡零狗碎一起算，
哪一年至少也有十万元。
想一想，算一算，
这点小账不愁还。
心放宽，眼放远，
咱家不缺这点钱。

赵翠花　（唱）算着不少几十万，

花着不够还得添。

其中成本你没算，

一年至少十万元。

一家老小六张嘴，

吃喝拉撒都要钱。

你好面子充大款，

每年上礼几万元。

辛苦一年钱不见，

你拿什么把账还？

李尚仁　可咱爸这事，还能不过？

赵翠花　过！可你不能听发财胡调置，他是为了挣钱。

李尚仁　可如今的行情就这样，发财不挣，别人也要挣。翠花，我都算了，咱爸这事赔不了。

赵翠花　咋赔不了？

李尚仁　我仔细算过。咱爸是公家人，丧葬费就能补十几万，礼金至少能收七八万，这不还有赚头吗？

赵翠花　赚？我看未必。

李尚仁　（手机响）谁这时候还打电话？（看手机）是咱姐。（接手机）姐，你说……噢……噢……我知道……具体不清楚。噢……噢……行。（挂电话，气愤地说）想钱都想疯了。

赵翠花　怎么啦？

李尚仁　咱姐说，二妹提出，咱爸这些年工资和丧葬费最少也有几十万元，要三一三十一平分，还提出她们的祭品和请锣鼓唢呐的费用也要从爸的丧葬费里出。还说咱们

怎么都比她们强。

赵翠花 咱爸工资早花完了，她们不是不知道！

李尚仁 她们说的也有道理，这些年为咱爸操心不小，每年比咱们管得还多，要工资丧葬费也不是没道理。

赵翠花 可是……你就不知道她俩。

李尚仁 怎么啦？

赵翠花 你们不愧是亲姊妹，与你一样爱面子，上午在咱家她俩就商量好了。

（唱）你姐你妹要长脸，

自己却不想花钱。

百人锣鼓大场面，

节目丰富不一般。

河南乐队还不算，

唢呐就请好几班。

军乐队整齐又好看，

她们开路走在前。

一人一天一盒烟，

加上吃饭万八千。

各种费用一起算，

光这项就得六万元。

李尚仁 那是她们一点心意嘛！

赵翠花 可这钱都要咱们出。要我说什么唢呐锣鼓，统统不请了！

李尚仁 这哪能行？请！就是她们不请咱也要请！

赵翠花 你！

李尚仁 你就别再添乱了，就这我还怕给咱二叔交代不过去，他那人讲究。

赵翠花 咱二叔才不管你这破事哩！再说咱今后的日子不过啦？欠人家钱都得还。

〔总管内喊:“翠花,你娘家兄弟来了。”

赵翠花 噢！来了。(下)

李尚仁 (唱)李尚仁几十年风光体面,
一辈子不缺钱有吃有穿。
暗地里细盘算收入没减,
却为何东家借西家欠让人下眼观?
王金贵不厌其烦把我劝,
将道理反复讲一遍又一遍。
他的话合情合理意浅显,
可我就想不通转不过弯。
老父亲为人师表做典范,
关乡村有口皆碑堪称贤。
威望高人缘好有头有脸,
一辈子心气高事事在前。
我怎能为省钱丧事从简,
我怎能为省钱颜面丢完。
老父亲黄泉路上难合眼,
李尚仁一辈子良心难安。

赵翠花 (上)真是屋漏偏逢连夜雨,三弟刚从医院回来。

李尚仁 旺财现在怎么样?

赵翠花 明天手术，咱欠人家的八万元二女虽然没要，但咱也要准备。

李尚仁 是啊！不能耽误人家事。

赵翠花　还有一件麻烦事。

李尚仁　啥事？

赵翠花　与旺财一起在咱家喝酒出事的那几个家属闹着要到咱家来找麻烦。

李尚仁　这……

赵翠花　多亏被三弟给挡住了。

李尚仁　……

二　赖　（气喘吁吁地上）尚仁哥，不好了，山桃要到你家来闹事。

李尚仁　这……走，看看去。（二人同下）

〔切光。

五

〔山桃气冲冲上。

山　桃　尚仁哥，你也不要怪我，我也实在没法了。

李尚仁　山桃，你这是——

山　桃　你把欠我们的五万元马上还我。

赵翠花　山桃，你听嫂说，咱这事一过就还你。

山　桃　你这事过了，我这事可过不去。

（唱）发财还在监所关，
医院躺下好几个。
花钱好比流水淌，
一天就得万八千。
伤者家属要赔偿，

五十万元还要添。
东借西凑还不够，
只得要你把钱还。

李尚仁　山桃，你听我说——

山　桃　啥也别说，还钱！

赵翠花　山桃，你咋不讲理呢？有你这号人吗？

山　桃　我这号人咋了吗？总比一些人欠账不还强吧！

赵翠花　山桃，你把话说清楚，谁欠账不还啦？

山　桃　你。

赵翠花　谁说我不还啦？

山　桃　你还吗？还了我屁都不放一个。

赵翠花　你这不是乘人之危吗？

山　桃　怎么就乘人之危啦？发财还关在看守所，但凡有一分奈何，我也不会开这口。

赵翠花　你这不都开口了吗？

山　桃　反正你今天得还我钱。

李尚仁　你……

山　桃　我咋了吗？你孩子结婚、上梁、孙子满月一共欠了我五万元，我们什么时候给你开过口？我们出事了，你就该自觉把钱还我。

李尚仁　这不是事都赶到一起了吗？

山　桃　赶到一起，你没主动还我我不见怪，可我上门来要，你也该给吧？

李尚仁　这不是马上拿不出来吗？

山　桃　拿不出来？我看你是不想拿！

赵翠花　怎么不想拿？你看看这什么能拿你就拿走。

山　桃　你这不是给人伤感吗？

赵翠花　人穷志短，我哪敢给你伤感？

山　桃　你别在我面前哭恓惶，还钱！

李尚仁　山桃，你也别吵啦。你把家里这辆车开走，这是去年孩子结婚买的，八成新也能卖七八万，行吗？

山　桃　我不背那恶名，要卖你去卖。

赵翠花　山桃你不要欺人太甚！

山　桃　谁欺人太甚。

赵翠花　你。

〔两人吵着吵着就打了起来。众上拉架。

二　赖　（看着众人，幸灾乐祸，念）

钱是王八蛋，

为它吵翻天。

钱是人脸面，

没它塌了天。

〔有人内喊："尚仁，你儿媳妇哭着回娘家了！"

众　人　啊！

二　赖　(兴奋地)又有好戏看啦!

赵翠花　这不是添乱吗? 唉——(晕倒)

李尚仁　(忙扶起)翠花、翠花(掐人中)。

赵翠花　(苏醒)这光景没法过了,我也不活了,呜——

李尚仁　你就别闹了,赶快休息休息。

〔众扶起翠花下,追光启。

李尚仁　唉——

(唱)李尚仁满脸羞长吁短叹,
打翻了五味瓶思绪万千。
我也曾人五人六人前站,
却为何也有这一天?
我也曾富甲一方众人羡,
到今天拿不出区区五万元。
我也曾出手阔绰称大款,
都成了过眼云烟为笑谈。
仔细想一年收入几十万,
支不敷出为哪般? 为哪般?
生活没改善,
大件没有添。
平常生活尚节俭,
不嫖不赌不胡干。
我还是整天为钱眉难展。
挣得多花得快总是缺钱。
这些年家中凡事大操办,
难道说金贵所讲非妄言。
亲朋们彼此逢场成习惯,

却不知人情事往都花钱。
今日里静下心细细来算，
这些年上礼能有几十万。
儿结婚孙满月大操大办，
大事请小事请没了没完。
人说我爱过事早已习惯，
反觉得无比自豪心里欢。
王金贵指责我我还狡辩，
把批评当表扬心里坦然。
昨夜晚翠花她曾将我劝，
我还觉她不懂乱语胡言。
到如今我才知轻重急缓，
父葬礼从简办曲意求全。
不、不、不……
假若我知难退丧事简办，
老父亲奈何桥上心怎安？
村里人从今后怎把我看，
李尚仁威风扫地做人难。
今日事李尚仁丢尽脸面，
山桃闹儿媳走怎立人前。
为脸面我只得强撑门面，
为脸面谁也别想把我拦。
为脸面我只得硬装好汉，
咬紧牙挺直腰闯过此关。

〔光启。众上。

刘谷雨 （上）王书记、尚仁哥，我刚从市民政局回来，顺德伯如果要土葬，丧葬费一分钱也没有。

李尚仁 啊！

刘谷雨 咱们关乡属火化区，市里规定，吃财政的人员一律要火化。否则，丧葬费一分也没有。

李尚仁 这——

王金贵 尚仁哥，我觉得……

李尚仁 （打断王的话）别说啦！道理我都懂，可我……就是转不过这个弯。

王金贵 尚仁，还有你连襟旺财几个在你家喝酒出车祸的事，旺财就不说了，剩下那几个家属一直要到你家闹事，你知道吗？

李尚仁 知道。

王金贵 这事你脱不了干系。

李尚仁 （点了点头）……

王金贵 尚仁，也别怪兄弟说话难听，你瞅瞅你如今把日子过成了啥？什么转不过弯？

（唱）要脸面何曾有脸面，

山桃一闹你人丢完。

旺财他们你不管，

唾沫都能把你淹。

如今里子你都找不见，

哪来的面子站人前。

再莫要硬着头皮装好汉，

面子能值几个钱？

丢开面子听我劝，
顺德伯丧事咱从简。
移风易俗有文件，
借坡下驴好行船。
弘扬新风作示范，
红白理事开新篇。

李尚仁 金贵，你说得对，我如今还讲什么面子不面子。可你不知我的难处。
(唱)山桃闹儿媳走令人心酸，
李尚仁这张老脸全丢完。
到如今并非执意大操办，
对不起老父亲英灵在天。
为父丧舍老脸要摆大宴，
也不怕人笑话再受作难。

王金贵 顺德伯其实对你大操大办十分反感，他多次对我说过这事。

李尚仁 我也能觉得他不赞成，可……

王金贵 可啥哩？还有什么放不下的？

李尚仁 今天我二叔就回来了。他要再说个啥，我这不是自找苦吃嘛。

王金贵 没事，顺智叔是大学教授，他就是搞民俗的专家，通情达理，他的话我说。

〔总管内喊："顺智叔回来了！"
〔李顺智、赵翠花、总管上。

李尚仁 (迎接，下跪，赵翠花同跪)二叔。

李顺智 (直接打尚仁一耳光)是你把你爹给逼死了。

（唱）见尚仁不由我火往上冒，

你父他坠崖亡你罪责难逃。

原以为你敬老践行孝道，

让你父养天年其乐陶陶。

谁知你不管不养不尽孝，

逼得他上山采药把命抛。

他退休有工资存款不少，

却为何要采药不顾年高？

这其中有原因谁不知道，

都是你大手大脚大花销。

要大牌大操办没完没了，

慕虚荣要面子强逞英豪。

你知道你爸为什么每天上山采药吗？难道只是为了钱？我劝他别上山采药了，我每月给他寄点生活费，你知他说啥？

李尚仁　（摇了摇头）……

李顺智　他就是为了让全村人都知道你把他都逼得每天上山采药，让你迷途知返。可你——（举起手），我真想狠狠揍你一顿。来,你看看这。(掏出手机)这是你爸前一段时间给我发的短信,让我劝劝你。

李尚仁 (接手机,看)……

〔画外音:李顺德:“我老了,说不动尚仁了,他孩子结婚、孙子满月、上梁开业凡事大操大办,这些我说过他多少次了,他就是不听,你要说说他,以后凡事从简,千万不可大操大办,给村里带个好头,给孩子做个榜样,对老人要厚养薄葬……”

李尚仁 爹!我对不起你!(一下扑跪在灵堂前)

李顺智 (扶起尚仁)死要面子活受罪!你呀!好好地想一想!

李尚仁 我……

(唱)二叔他直言不讳将我训,

李尚仁羞愧自责难见人。

原以为大操大办把孝尽,

谁料想适得其反伤父心。

静下心细思想扪心自问,

对不起老父亲茹苦含辛。

到如今我只有彻骨悔恨,

事从简遂父愿改过自新。

唉!我真不是个东西。(蹲在地上抱着头)

王金贵 (上前欲劝)尚仁……

李顺智 让他好好想一想。

二　赖 (上)伯!听说你回来了,特意来看看你。

李顺智 二赖,如今光景过得怎么样?

二　赖 还行,与你一样,享受国务院特殊津贴!

李顺智　（不解、吃惊）……

王金贵　别听他胡说，还是低保户……

二　赖　低保不是国家给的？这不叫国务院特殊津贴，叫啥？

李顺智　好你个二赖。

〔众笑。

二　赖　（回头看见尚仁）尚仁哥，你一个人蹲这儿是思过呢，还是忏悔呢？

王金贵　你一边去。（扶起尚仁）尚仁。

李顺智　想好了吗？

李尚仁　想好了，总管。

总　管　尚仁你说。

李尚仁　我爹的丧事一切从简，能退的退，能减的减，你给咱全权安排。

总　管　好！

李尚仁　金贵，咱村以后凡事从简，我就给咱开个头。咱村应该把红白理事会的作用发挥起来。

王金贵　早应该是这样了，你是咱村红白理事会的会长，说说你的想法。

李尚仁　（唱）红事白事可设宴，
　　小事不办要管严。
　　倡导喜事要新办，
　　弘扬新风多宣传。
　　当兵上学十二岁，
　　孩子满月喜乔迁。
　　老人过寿和立碑，
　　这些统统都免谈。

宴请宾客有上线，
违反规定要阻拦。
宾客上礼也要管，
不能超过一百元。
高额彩礼重点管，
最多不过三万三。
婚丧嫁娶要规范，
热菜凉菜一盘端。
一桌一壶酒，
一人一支烟。
理事会平常要监管，
狠抓典型多宣传。
移风易俗村风变，
乡村振兴开新篇。

王金贵　好啊！

李顺智　习近平总书记在十九大报告中明确提出，要深化移风易俗，弘扬时代新风，就是这么回事。

〔发财、山桃上。

二　赖　发财回来啦。

张发财　回来了。

〔同大家打招呼。

王金贵　事了了吗？

张发财　没，现在是取保。

刘谷雨　你可要把缮后工作做好。

张发财　刘主任，你放心。（电话响，看电话）西庄老李孩子十二岁请客。（接电话）喂……噢……不过啦？为啥……村里成立红白理事会？（挂电话）这都咋了吗？一会儿工夫就退了七八家。

李尚仁 以后，这各村都要成立红白理事会，你这“一条龙”生意也就不行了。（转脸对众）大家静一静，听我说几句，从今天起，咱们关乡村的红白理事会正式运转，首先是发财——

张发财 到！

李尚仁 以后咱村的事由红白理事会统一组织，全部由你操办。但你要按红白理事会的要求操办，只收成本，每场事给你出一定劳务费！

王金贵 发财，如果干得好，我会给乡政府建议全乡十八个村都由你操办。

李尚仁 发财，将咱乡的先做起来，还要走向全县、全市。

张发财 行！

李尚仁 金贵——

王金贵 到！

二　赖 尚仁哥，你怎么管起书记了？

王金贵 一码归一码，听尚仁的。

〔发财向大家做了个鬼脸，众笑。

李尚仁 你要把村里的老党员、老干部、老模范、老教员还有退伍老军人组织起来，成立舆论监督团，在村里进行舆论监督。

王金贵 没问题。

李尚仁 谷雨——

刘谷雨 到。

二　赖 李会长这权大得很呀！

李尚仁　谷雨,你主要是发挥组织作用,让党员干部起模范带头作用。

刘谷雨　好!

二　赖　李会长,还有我哩。

王金贵　你忙得给娃过十二岁哩,哪有时间?

二　赖　红白理事会都成立了,我才不拿着萝卜寻擦。

李尚仁　二赖,你给咱村里的剩余劳动力组织起来,跟上发财一起干。

二　赖　好!跟着发财肯定能发财。

〔众笑。

总　管　尚仁,我给咱定的锣鼓、唢呐、军鼓队……

李尚仁　全都退了!

李顺智　不!把锣鼓留下,　为庆祝咱村红白理事会成立,现在就让他们敲起来。

王金贵　好!

〔总管朝后台做了个手势,锣鼓欢快地敲起来……

六

〔锣鼓声中……

〔一年后。

〔关乡村,人来人往,锣鼓喧天,悬挂着“欢迎各位嘉宾莅临指导”的条幅。

(合唱)锣鼓声喧天,

　　关乡换新颜。

移风易俗成效显，
弘扬新风换新天。
喜事新办观念变，
白事简办成自然。
小事不办已习惯，
你不麻烦我喜欢。

〔二赖手拿一张报纸上。

二　赖　快看啊！快看，咱村上了《光明日报》。

山　桃　拿来我看看，这不是我家发财嘛。

二　赖　（指着报纸）看，王书记，刘主任，还有……

〔大家围上看。

王金贵　大家静一静，给大家说个好消息，咱村今天是三喜临门。

众　人　三喜临门？

刘谷雨　是啊。一是省里将咱村定为“移风易俗示范村”，事迹上了《光明日报》；二是尚仁哥被省里推荐为国家级“移风易俗先进个人”；三是咱村的村集体经济实现破零。

王金贵 集体经济破零,发财功不可没!咱这“关乡一条龙”今年已给村集体创收十万元!如今都成了全市的品牌啦!今年市政府工作报告都点名表扬了。

二　赖 昨天还到三门峡接了一单，如今已撂响黄河金三角，辐射晋陕豫三省四市。

张发财 不说这些了,为了庆祝我村三喜临门，我请大家到关乡一条龙大酒店撮一顿,我请客!

二　赖 可不敢大操大办！别让尚仁哥把你当成反面教材!

〔众笑。

(合唱)移风易俗观念变,

弘扬新风换新天。

摒弃陋俗人舒展,

关乡村里笑声甜。

——剧终

(该剧由山西省蒲剧艺术院演出二团首演,导演：郭关明,作曲：程小亭,主演：赵振、赵高平、南征、闫海燕。)

小戏 小品

【眉户小戏】

大爱无疆

时　间

2020 年某天

地　点

晋南大医院急诊科门前

人　物

李翰生	男	50 岁	晋南大医院党委副书记，肝胆外科主任
张爱珍	女	50 岁	晋南大医院急诊科主任
李梦瑶	女	28 岁	李翰生的女儿
小　刘	男	25 岁	急诊科护士
小　王	女	25 岁	急诊科护士

〔画外音:刺耳的救护车呼叫声、紧急刹车声、开车门声、抬担架声以及紧张的脚步声，伴随着医务人员焦急的喊声:“快！让开！急诊室”……

〔幕启。

〔急诊室门外,护士来回穿梭,不时传来医务人员的抢救声:“上呼吸机！”“输血1000cc”……

〔小刘从急诊室出来,小王迎面而来。

小　王　小刘,怎么样?

小　刘　病人暂时脱离生命危险 ,马上转肝胆外科，病人的脾脏破裂,需要马上手术。

小　王　肝胆外科?

小　刘　没错！肝胆外科！

小　王　肝胆外科近来出了这么大的事，人心惶惶，李主任停职检查，唐副主任在301医院学习，薛大夫到英国看望儿子，只剩下小董大夫，早被李主任的事吓破了胆……

小　刘　要是李主任在就好了。

小　王　就是在,也没心情。今天李主任又上了热搜头条,这个牛大川,还没完没了了。

小　刘　嗯！(恍然大悟)

小　王　你怎么啦?

小　刘　牛大川?

小　王　怎么啦?

小　刘　不对！(急忙跑进急诊室)

小　王　哎——(不解地)

小　刘　(又从急诊室跑出来)果然是这个混账，我就说嘛，这个病人怎么这么眼熟?

小　王　你在说什么?

小　刘　牛大川,(指着急诊室)就是这个混账,管他干嘛!

小　王　你是说……

小　刘　刚才我们抢救的就是牛大川。

小　王　这个病人是牛大川?

小　刘　没错！就是这个混账！刚才光顾着抢救,没注意,就是他,化成灰我也认识。

张爱珍　(拖着疲惫的身躯从急诊室出来)小刘赶快将病人转到肝胆外科。

小　刘　(气愤地)张主任！你知道他是谁吗?

张爱珍　谁?病人！我们的病人！

小　刘　什么我们的病人?我们的敌人,牛大川！

小　王　张主任,他是牛大川。

张爱珍　(吃惊)牛大川?

(唱)牛大川三个字令人反感，

就是他把医院闹翻了天。

就是他信口雌黄行诬陷，

把老李推到了风口浪尖。

纵然将牛大川碎尸万段，

也难解我心中不平老李的冤。

谁知老天睁开了眼?

遭现报如今他躺在了我面前。

(白)我该怎么办呀?(焦躁地走来走去)

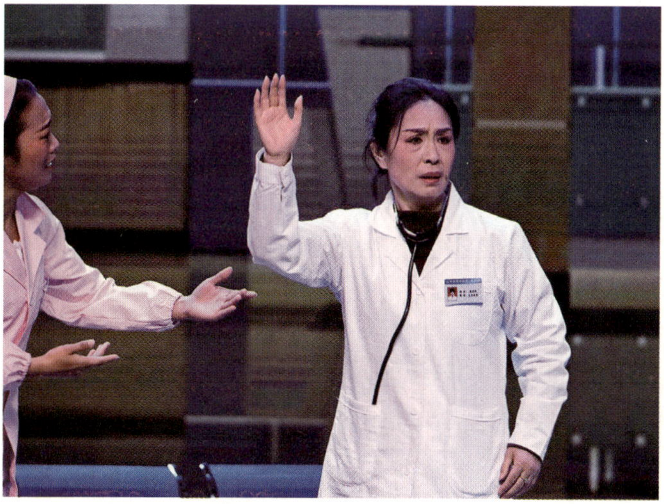

职责催我救死扶伤不容缓，
情感让我怒气填胸心不甘。
关键时职业担当怎能忘，
强忍不平全力抢救要与死神抢时间。

牛大川怎么啦？他现在是我们的病人，你知不知道？

小　刘　我们的病人？牛大川也能叫人？他是人嘛？

小　王　就算他现在是病人，可……难道病人是人，（欲哭）我们的医务人员就不是人了？他什么时候把我们当人看了？（抹眼泪）

张爱珍　什么也别说了，赶快将病人转到肝胆外科！

小刘、小王　……

张爱珍　快去呀！

小刘、小王　（极不情愿）嗯！（下）

张爱珍　（望着二人的背影）唉！（坐在椅上欲休息）

〔内喊："张主任，6号床病人血压骤降。"

张爱珍　来了。（急奔急诊室）

李翰生 （上，恋恋不舍地望着，摇了摇头）

（唱）在医院转了一遍又一遍，

我心中五味杂陈波浪翻。

三十年兢兢业业为医院，

为患者尽职尽责苦犹甜。

谁料想平地起波澜，

被诬陷停职检查心不甘。

女儿妻子多次劝，

要我跳槽到外边。

唉！（摇头，手机响，接听）嗯，我是，雷局长你说，说吧，没事，都这个样子了，还有什么接受不了的。在媒体上公开道歉？这……

李梦瑶 （上）爸，你怎么跑到这了？

李翰生 （用手制止，继续接听电话）我倒没啥，只是……

李梦瑶 什么没啥？

李翰生 好！我考虑考虑，（挂电话）瑶瑶，你怎么来了？

李梦瑶 我找了你好半天了，打你电话，一直占线。

李翰生 什么事？

李梦瑶 好事！深圳又有一家中德合资医院要聘请你，年薪六十万，每年还有一个多月年休假。

李翰生 是吗？可是我不能走啊。

李梦瑶 什么不能走？他们不是一直在闹着撵你走吗？

李翰生 可医院出了这么大的事，我怎能一走了之？

李梦瑶 怎么不行？书记也免了，主任也撤了，工作也停了，啥也不是了，怎么不能走？

李翰生 可这事毕竟因我而起啊！

李梦瑶 爸！什么因你而起？爸——

（唱）患者年高寿终寝，

死在医院有原因。

当医生你已把职责尽，

他们是要无赖欺负好人。

都怪你步步后退一再忍，

到如今反成了众矢之的孤家寡人。

爸，难道你这气还没受够？走，这里还有什么可留恋的？

李翰生 唉！（下决心）走，我这就给医院领导打电话辞职。

李梦瑶 这下他们这些人就都满意了，领导不为难了，患者家属也不再找医院麻烦了，还有那些媒体也就消停了。

李翰生 是啊！为了医院的名声，我也只有这样了。

（掏出电话，欲拨）

张爱珍 （从急诊室出来，边走边接听电话）小刘，怎么样？小董大夫正在做治疗方案？好！好！（挂电话，自言自语）要是老李在就好了。（抬头看见李翰生）哎呀，老李。你怎

么就经不住人念叨呢？走！走！走！（拉着老李欲下）

李翰生　张主任，你这是？

张爱珍　肝胆外科有个急诊病人脾脏破裂，需马上手术，小董他没有把握，如今非你不可……

李翰生　走！（欲下）

李梦瑶　（上前拦住）爸，你现在正在停职检查。

李翰生　我……

李梦瑶　你不是要找院领导辞职吗？

李翰生　病人要紧，等做完这场手术，我立马就找院领导。

小刘、小王　（上，吃惊地）李主任。

张爱珍　病人情况现在怎么样？李主任这就过去。

小　刘　李主任？你去做手术？

小　王　不行，不行！

小　刘　是啊，李主任不能去！

李翰生　（不解地）小刘、小王，我李翰生平时待你们不错啊，你们也这样看我？谁说停职检查就不能为病人看病啦？治病救人是我们医生的天职啊！

小刘、小王　李主任，你误会我们了。

李翰生　哼！（转脸）

小刘、小王　这个病人你不能看！

李翰生　为什么？

小刘、小王　他……他……

李翰生　他怎么啦？

小刘、小王　他、他就是到处告你的牛——大——川！

李翰生、李梦瑶　牛大川！

〔全场灯暗。追光下，李翰生惊恐万分。（除李翰生以

外，其他人均为画外音）

牛大川 李翰生，是你害死了我妈，我牛大川与你没完。

众　人 唉！现在这医生啊！只知道收红包，草菅人命。

牛大川 想了？可以啊！一免去李翰生医院副书记、科室主任，并将其清除出医生队伍，还要追究其刑事责任；二给我妈披麻戴孝；三赔我一百万。

〔李翰生吃惊、不解、绝望……

李翰生 你们听我说、听我说、听我说……

〔全场大静。

雷局长 老李啊！我相信你，组织相信你，可是网民不依不饶，患者家属不理解啊！

李翰生 雷局长，咱们不是成立了联合调查组吗？一切用事实说话。

雷局长 事到如今，谁还有耐心"听事实说话"？老李！如今事情还在调查中，暂时免去你副书记、科室主任等一切行政职务，从现在开始，停职检查！

李翰生 免去行政职务可以，可这停职检查大可不必吧！我还有几个病人……雷局长、雷局长……

〔李翰生孤独无助地站在追光下。

李　妻 翰生，你看这才几天，你都憔悴得不成人样了，再这样下去……

李梦瑶 爸，不行辞职算了，又不是没有地方要你。

李翰生 唉。

李梦瑶 爸，咱们还有什么可留恋的？

李翰生 还有什么可留恋的？病人，还有病人！

李梦瑶 病人？你是医生，自然留恋病人，可如今你已停职，不是医生了。

李翰生 我不是医生了？我怎能不是医生？即便是停职检查，我还是医生啊！

〔全场光启。

小　刘 李主任，你不知道这个牛大川有多可恶，他是要到一家黑网络公司对你进行人肉搜索时，路上发生的车祸。

李梦瑶 爸，咱走。为了这个牛大川，你还要给这现代版“农夫与蛇”写续集吗？走。（拉李翰生欲下）

张爱珍 老李，对不起，我真的没有考虑你的感受，刚才在急救时，我根本没有时间想牛大川是谁，全心地投入。当小刘提醒他是牛大川时，我也气愤难耐。唉！老李，你还是和瑶瑶走吧！手术就让小董做吧！

李翰生 小董，他还没有独立地完成过此类手术啊！这可是人命关天啊！

张爱珍 可是这个牛大川……

李翰生 牛大川——

（唱）提起了牛大川我浑身打战，

这些天为此事我坐卧不安夜难眠。

职务免工作停还要逼我离医院，

领导约谈媒体曝光人肉搜索网民发难没了没完。

李翰生我成了过街老鼠丧家犬，

好像我十恶不赦罪滔天。

黑云压城天地暗，

有谁知我委屈知我冤？

牛大妈肝胆衰竭进医院，

本来就油尽灯枯耄耋年。

儿女尽孝医生尽力夕阳无限暖，
寿终正寝笑九泉。
谁料想牛大川无事生非大闹医院，
摆花圈设灵堂无故找麻烦。
媒体网络偏听偏信太片面，
民众起哄领导求安彻底把这是非颠。
面对这残酷的现实该咋办？
我只有把这难吞的苦果独自咽。
本应该辞职离医院，
躲开这令人伤心的是非圈。
谁知我难割舍深深眷恋，
还是这医院这职业让我踟蹰不前。
三十年一直在医院，
有笑有哭有泪有汗丝丝缕缕将我牵。
曾记得大学毕业到医院，
怯生生上班第一天。
曾记得前辈们无私提携乐奉献，
春风化雨身教又言传。
曾记得院领导为我把平台建，
才使我医术精湛学术领了先。
曾记得为鞭策为鼓励更为我成长，
市劳模省先进各种奖励我占全。
曾记得“非典”入党在一线，
汶川救援冲在前。
三十年当医生身份难改变，
三十年与医院结下了不解缘。

三十年与患者一起同病魔作战，

三十年与病属相处如同亲人般。

医院的一草一木患者的一颦一笑，

都让我梦绕魂牵。

事未了我怎能撒手不管？

一走了之心何安？

牛大川闹事上蹿下跳，

弄得我头疼不胜烦。

他如今车祸进医院，

他就是患者我怎能袖手观？

当医生不能心有偏见，

咱要把个人恩怨抛一边。

人命关天不容缓，

救死扶伤理当然。

只要咱走得正行得端心放宽眼放远，

总有云开雾散那一天。

张主任，走！

张爱珍 老李，你……

李梦瑶 爸，你不能去！

小刘、小王 李主任，我们也觉得，牛大川这手术你不应该做。

李翰生 什么应该不应该。

（唱）叫你们再莫把大川怪，

斤斤计较不应该。

把患者当亲人来对待，

就没有疙瘩解不开。

如今他患病需关爱，

咱就该不讲条件站出来。

当医生救死扶伤是担待，

更要有医者仁心大胸怀。

吃点苦受点累任劳任怨忍气吞声是常态，

哪有什么应该不应该？

救人要紧，别啰唆了，走！

〔拉上张爱珍欲下。

李梦瑶 唉！

小刘、小王 走！（二人站在李翰生、张爱珍身后）

〔定格。

（伴唱）爱是不求回报的奉献，

爱是不计恩怨的海涵。

救死扶伤是义不容辞的使命，

医者仁心是用生命践行誓言。

心中有爱人间暖，

以德报怨天地宽。
莫道人情似冰冷，
春在心头不觉寒。

〔切光。

（该剧由运城市盐湖区蒲剧团首演，导演：解广文，作曲：闫建平，主演：翟璞。该剧荣获山西省“群星奖”。）

作者与“梅花奖”获得者潘国良合影

【情景小戏】

双休日

时　间

2021 年 10 月

地　点

河东市绛州县

人　物

牛主任

小　刘

小　王

张二虎

政府工作人员、村民若干

（合唱）秋雨连天汾河涨，
　　古绛处处似汪洋。
　　百姓安危心头放，
　　夜以继日本寻常。

〔区政府办公室值班室，陈设简单：办公桌上放着几部电话，茶几上放着一个生日蛋糕，另外还有两把椅子和一张沙发。

〔刺耳的电话铃声此起彼伏，两个值班的同志正在忙着接听值班电话，（电话源源不断，两人轮番接听；本剧室内部分，一直以二人接听电话为背景，气氛紧张）还有一人坐在沙发上一边打着点滴，一边用手机给领导汇报工作。

小　王　啥？汾河桥东段又出现问题了？啥问题？怎么？又发现了多个管涌，好！我马上通知。

小　刘　（几乎在同时）噢！我是政府值班室，哪里？横桥西尉村几百户群众被淹？知道了，我马上通知包片领导以及相关单位。

牛主任　行！对！对！（挂断手机马上又拨打）是李副县长吗？你那边情况怎样？好！好！我也是刚听说……现已从天海泵业紧急调拨了五台潜水泵，正赶往三泉水库，水利局的同志与所在乡镇主要领导干部都在现场，请你立即赶赴现场指挥！好！再见。

（唱）阴雨连绵秋容淡，
　　一下就是几十天。
　　房榻屋漏道路断，

庄稼难收地里淹。
河水暴涨过桥面，
抢险救灾液难眠。
高烧感冒离河岸，
身在单位心难闲。
（正要拨打手机，电话又进来了）

张二虎 （上）老天爷憋啦！这雨都下了快一个月了也不知道停。把我那别墅(yě)也给淹了，也没人管！哼！（进门，大家都在忙自己的，没人搭理，阴阳怪气）你们就是这样确保人民群众的生命财产安全？坐在办公室遥控指挥？（看了一眼牛主任，不屑地说）哼。

牛主任 同志，你是……

张二虎 我是古城西街的张二虎……

牛主任 什么事？

张二虎 昨天晚上我就给你们政府值班室反映，我家的房子被水淹了，至今无人问津。

小　王 （立即查值班记录）昨晚 10:49 分，古城西街张二虎反映房屋被水淹了。

张二虎 我没胡说吧？

小　王 （看着值班记录）当时就通知了古城镇的负责同志，在凌晨 4:21 古城镇来电说已将你的问题解决了。

牛主任 这不都解决了吗？

张二虎 狗屁！那能叫解决？用一个水泵将水抽走就算解决了？再淹了怎么办？如果是政府领导家发生此类事情你们会如此应付吗？

小　王 目前，情况紧急，只能是这个样子了。

张二虎 （唱）表面文章不中用，

站着说话不腰疼。

小看群众好唬弄，

今日让你难安宁。

（看见茶几上的蛋糕）你们的日子过得还不错！我还没吃早饭哩！（说着就吃起蛋糕）

小　刘 （气愤）你……（手机响，急忙接听）嫂子，在！（将手机递给牛主任）牛主任，嫂子电话。

牛主任 她怎么把电话打你那儿去了？

小　刘 你的手机一直占线。

牛主任 （接听电话）你说，到底啥事？老家的房子塌了？（吃惊）咱爸没事吧？没事就好！没事就好！让他先到咱姐家（手机响），好！知道，我的身体没事，放心！我还有事（将手机递给小刘，接自己手机），哪里？万安镇，啥事？有人员伤亡吗？全力转移受灾群众，同时，要求乡村两级干部一户一户摸排，要确保人民群众的生命财产安全。（挂断电话，回头对张二虎）理解万岁！

张二虎 我……（态度不像之前那么蛮横，但嘴上还不饶人）这雨不停地下，我就是要看看你们这些人在干什么？老百姓的事你到底是管不管？

小　刘 你看这都在忙啥？（边说边接电话）

张二虎 给谁演戏呢？坐在办公室指手画脚不解决问题！

小　王 我俩是值班的，不然你要反映问题也没人接待。

小　刘 牛主任已在汾河堤坝坚守了三天三夜，人都熬垮了，高烧三十九度三，这才不得不回来。

牛主任 小刘，不说这些！

张二虎 （打量牛主任一番，刚好与牛主任四目对望）

（唱）看他们确实不容易，

不由得二虎把头低。

房被淹确实不算事，

如今我心里悔不及。

牛主任 老张，咱们整个市区排水不畅，小马拉大车。现在还有大量的积水排不出去！（手机响）什么？官道河的水倒灌入供销家属院，你们赶快组织群众自救，我马上通知应急局和消防大队前去支援（挂断电话）。小王，通知应急局和消防大队立即赶往北郊供销家属院。

小　王 是！（进行电话安排）

小　刘 （放下正在接听的电话）牛主任，外面的雨又下大了，新一轮降雨又来了。刚才单位李阳来电说，现在汾河堤坝的同志都干了一天了，还没吃饭，领导让你给大家准备一些吃的，马上派人送过去。

牛主任 那里的情况怎么样？

小　刘 不容乐观，目前过境洪峰流量超过一千一百立方米每秒，现在四大班子领导都在汾河堤坝上抢险。

牛主任 （唱）汾河流量超极限，

决堤就在转瞬间。

情况紧急不容缓，

群众安危一线悬。

统筹安排急调遣，

要与洪魔抢时间。

小王、小刘……

二　人 到！（二人用笔准备记录）

牛主任 你们马上通知汾河沿线的几个乡镇加强职守，一户一户摸排，确保人民群众的生命财产安全；通知县直所有单位加强值班值守；通知灶房给大家准备吃的，由后勤负责，务必在一小时之内送到汾河堤坝；通知单位其他同志立即赶往汾河堤坝。

小　刘 目前，单位除了我们俩在值班，所有同志都在一线，大家这些天一直没休息，有好几个同志都感冒了，还整天泡在水里。

牛主任 在群里通知大家，如果他们所在的乡镇情况不是太紧急，全部赶往汾河堤坝，你两个给咱值好班，等我这液输完再到汾河堤坝去。（回头对张二虎）老张，你的事我随后再给办事处的领导说说。保证让你满意！

张二虎 这……（理解地）你们……

小　王 老张——

（唱）老张心中有偏见，
　　大家其实都挺难。
　　主任一线连日战，
　　东奔西走夜难眠。
　　前日晕倒汾河岸，
　　抢救及时命才全。
　　稍有好转出医院，
　　坐阵指挥不得闲。
　　老家房榻难回转，
　　身不由己难安然。

张二虎 （内疚地）我都听见了，我不是这个意思。

小　刘 今天是双休日，是小王孩子的生日，本来说好中午陪孩子一起过生日，一直到现在都没……

张二虎 （唱）我不该到此来胡闹，

无事生非真无聊。

自己想想都害臊，

我要为抢险把腿跑。

小　王 不需要，只要你能理解！

张二虎 双休日，没想到你们双休日也这么忙。原以为……

牛主任 老张——

（唱）政府本来是枢纽，

一年四季不能休。

大事小事要过手，

轻重缓急要统筹。

时时刻刻要职守，

事事都要在前头。

阴雨连绵风雨骤，

如今到了多事秋。

汾河随时怕决口，

地里庄稼不能收。

哪有险情哪里救，

心中时时为民忧。

老张，双休日本来是休息日子，可对我们来说双休日加班加点已是常态了，我们一年三百六十五天天天都是这个样子！

〔急促的电话铃声，打断了他们的对话。

小　王 （急忙接听）什么？决堤了！

牛主任 （急切地）汾河堤坝决堤了？

小　王　（不知所措地点了点头）

牛主任　不行，我要马上赶往汾河堤坝。你俩有什么事，电话第一时间告诉我！（说着就拔掉点滴往外走）

刘、王　牛主任，你这身体？

牛主任　没事！

张二虎　牛主任，我……

牛主任　老张，请相信我，我一定会给你一个满意的结果的。

张二虎　牛主任，我那事算个啥？我同你一起到汾河堤坝抢险！你们那车肯定不行，咱是奔驰大G，方便，啥路况也不怕！走！

牛主任　不了，你忙你的。

张二虎　（坚定地）走！多一个人就多一份力量！

牛主任　真是太谢谢你了！

张二虎　应该是我谢谢你们，我代表全县三十万群众谢谢你们！走！

二　人　走！

〔画面显示2021年10月新绛县防汛抢险的情景。

〔背景音乐为歌曲《为了谁》。

〔大家在汾河堤坝上抢险：有挥锹的、有背沙袋的、有加固的、有推车的、有挑担的……

用舞蹈动作表现抢险。最后大家手拉着手，肩并着肩，做抵抗洪水的造型。背影为一面鲜红的党旗。

〔定格。

（合唱）　洪水肆虐汾河岸，
百姓安危一线悬。
党群同心连日战，

众志成城克时艰。

——剧终

作者与“梅花奖”获得者贾菊兰合影

【情景小品】

双休日

时　间

2021 年 9 月

地　点

河东市圣惠区

人　物

牛主任

小　刘

小　王

张二虎

政府工作人员、村民若干

〔区政府办公室值班室,陈设简单:办公桌上放着几部电话,茶几上放着一个生日蛋糕,另外还有两把椅子和一张沙发。

〔刺耳的电话铃声此起彼伏,两个值班的同志正在忙着接听值班电话,(电话源源不断,两人轮番接听;本剧室内部分,一直以二人接听电话为背景,气氛紧张)还有一人坐在沙发上一边打着点滴,一边用手机给领导汇报工作。

小　王　啥?姚暹渠金井段又出现问题了?啥问题?怎么?又发现了多个管涌,好!我马上通知。

小　刘　(几乎在同时)噢!我是政府值班室,哪里?安邑西街几百户群众被淹?知道了,我马上通知包片领导以及相关单位。

牛主任　行!对!对!(挂断手机马上又拨打)是李副区长吗?你那边情况怎样?好!好!我也是刚听说……现已从天海泵业紧急调拨了五台潜水泵正赶往八一水库,水利局的同志与所在乡镇主要领导干部都在现场,请你立即赶赴现场指挥!好!再见(正要拨打手机,电话又打进来了)。

张二虎　(上)老天爷憨啦!这雨都下了快一个月了也不知道

停。把我那别墅(yě)给淹了,也没人管!哼!(进门,大家都在忙自己的,没人搭理,阴阳怪气)你们就是这样确保人民群众的生命财产安全?坐在办公室遥控指挥?(看了一眼牛主任,不屑地说)哼。

牛主任 同志,你是……

张二虎 我是姚孟办曲渠村的张二虎……

牛主任 什么事?

张二虎 昨天晚上我就给你们政府值班室反映,我家的房子被水淹了,至今无人问津。

小　王 (立即查值班记录)昨晚 10:49 分,姚孟办曲渠村张二虎反映房屋被水淹了。

张二虎 我没胡说吧?

小　王 (看着值班记录)当时就通知了办事处主任,在凌晨 4:21 姚孟办来电说已将你的问题解决了。

牛主任 这不都解决了吗?

张二虎 那能叫解决?用一个水泵将水抽走就算解决了?再淹了怎么办?如果是政府领导家发生此类事情你们会如此应付吗?

小　王 目前,情况紧急,只能是这个样子了。

张二虎 哼!站着说话不腰疼,(看见茶几上的蛋糕)你们的日子过得还不错!我还没吃早饭哩!(说着就吃起蛋糕)

小　刘 (气愤)你……(手机响,急忙接听)嫂子,在!(将手机递给牛主任)牛主任,嫂子电话。

牛主任 她怎么把电话打你那儿去了?

小　刘 你的手机一直占线。

牛主任 (接听电话)你说,到底啥事?老家的房子塌了?(吃惊)

咱爸没事吧？没事就好！没事就好！让他先到咱姐家（手机响），好！知道，我的身体没事，放心！我还有事（将手机递给小刘，接自己手机），哪里？三路里石沟南村，啥事？有人员伤亡吗？全力转移受灾群众，同时，要求乡村两级干部一户一户摸排，要确保人民群众的生命财产安全。（挂断电话，回头对张二虎）理解万岁！

张二虎 我……（态度不像之前那么蛮横，但嘴上还不饶人）这雨不停地下，我就是要看看你们这些人在干什么？老百姓的事你到底是管不管？

小　刘 你看这都在忙啥？（边说边接电话）

张二虎 给谁演戏呢？坐在办公室指手画脚不解决问题！

小　王 我俩是值班的，不然你要反映问题也没人接待。

小　刘 牛主任已在姚暹渠坚守了三天三夜，人都熬垮了，高烧三十九度三，这才不得不回来。

牛主任 小刘，不说这些！

张二虎 （打量牛主任一番，刚好与牛主任四目对望）

牛主任 老张，咱们整个市区排水不畅，小马拉大车。现在还有大量的积水排不出去！（手机响）什么？官道河的水倒灌入供销家属院，你们赶快组织群众自救，我马上通知应急局和消防大队前去支援（挂断电话）。小王，通知应急局和消防大队立即赶往北郊供销家属院。

小　王 是！（进行电话安排）

小　刘 （放下正在接听的电话）牛主任，外面的雨又下大了，新一轮降雨又来了。刚才单位李阳来电说，现在姚暹渠的同志都干了一天了，还没吃饭，领导让你给大家准备一些吃的，马上派人送过去。

牛主任　那里的情况怎么样?

小　刘　不容乐观,又出现新的险情,现在四大班子领导都在姚暹渠上抢险。

牛主任　唉,雨再这么下下去真的要出大事。小王、小刘……

二　人　到!(二人用笔准备记录)

牛主任　你们马上通知南北两山六个乡镇加强职守,一户一户摸排,确保人民群众的生命财产安全;通知区直所有单位加强值班值守;通知灶房给大家准备吃的,由后勤负责,务必在一小时之内送到姚暹渠;通知单位其他同志立即赶往姚暹渠。

小　刘　目前,单位除了我们俩在值班,所有同志都在一线,大家这些天一直没休息,有好几个同志都感冒了,还整天泡在水里。

牛主任　在群里通知大家,如果他们所在的乡镇情况不是太紧急,全部赶往姚暹渠,你两个给咱值好班,等我这液输完再到姚暹渠去。(回头对张二虎)老张,你的事我随后再给办事处的领导说说。保证让你满意!

张二虎　这……(理解地)你们……

小　王　老张,你真不知道,牛主任爱人刚才来电说,他老家房子也塌了,都顾不上回去。还有他这身体……

张二虎　(内疚地)我都听见了,我不是这个意思。

小　刘　今天是双休日,是小王孩子的生日,本来说好中午陪孩子一起过生日,一直到现在都没......

张二虎　我……唉!

小　王　没事,只要你能理解!

张二虎　双休日,没想到你们双休日也这么忙。

牛主任　老张，双休日本来是休息日子，可对我们来说双休日加班加点已是常态了，我们一年三百六十五天天天都是这个样子！

〔急促的电话铃声，打断了他们的对话。

小　王　（急忙接听）什么？决堤了！

牛主任　（急切地）姚暹渠决堤了？

小　王　（不知所措地点了点头）

牛主任　不行，我要马上赶往姚暹渠。你俩有什么事，电话第一时间告诉我！（说着就拔掉点滴往外走）

刘、王　牛主任，你这身体？

牛主任　没事！

张二虎　牛主任，我……

牛主任　老张，请相信我，我一定会给你一个满意的结果的。

张二虎　牛主任，我那事算个啥？我同你一起到姚暹渠抢险！你们那车肯定不行，咱是奔驰大G，方便，啥路况也不怕！走！

牛主任　不了，你忙你的。

张二虎　（坚定地）走！多一个人就多一份力量！

牛主任　真是太谢谢你了！

张二虎　应该是我谢谢你们，我代表全区九十二万群众谢谢你们！走！

二　人　走！

〔画面显示二〇二一年夏天防汛抢险的情景。

〔背景音乐为歌曲《为了谁》。

〔大家在姚暹渠上抢险：有挥锹的、有背沙袋的、有加固的、有推车的、有挑担的……

〔用舞蹈动作表现抢险。最后大家手拉着手，肩并着肩，做抵抗洪水的造型。

（定格）。

——剧终

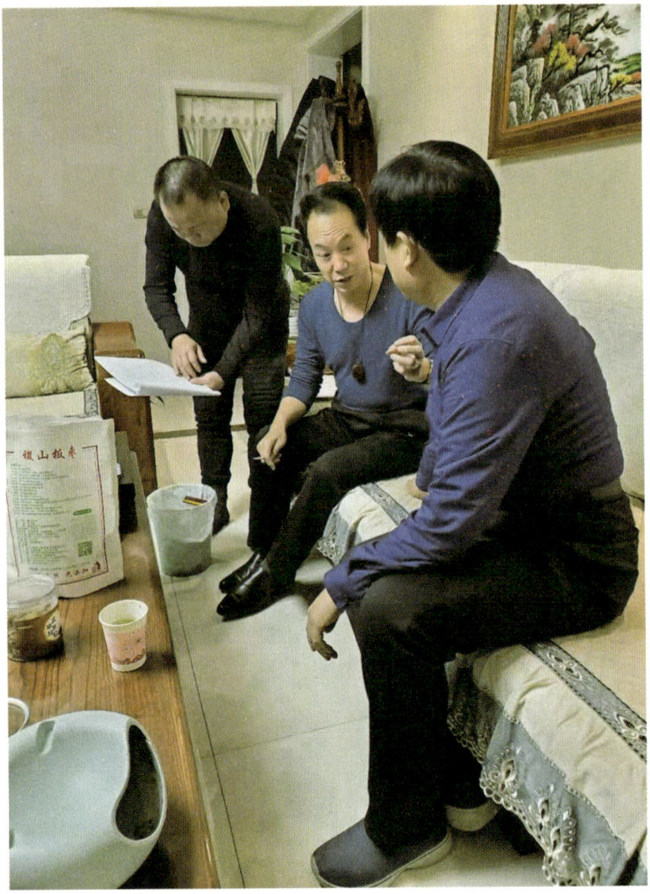

作者与“梅花奖”获得者王艺华合影

【荒诞剧】

拆

时　间

2021 年 12 月

地　点

神州大地某城中村

人　物

李掌印　李家堡村村长

董巧鲜　李掌印爱人

相富贵　李家堡村村民

刘香草　李家堡村村民

薛委员　李家堡村干部

雷村长　李家堡村干部

〔随着城市的迅速扩张，作为城郊村的李家堡已发展成为“准城中村”，早在几年前，就传说要对李家堡进行城中村改造，可是由于房地产业过剩，城市发展与城市管理不匹配，城市人口密度低等原因，李家堡村迟迟没有改造，与周边村、市区的发展极不协调，被老百姓戏称为“第三世界”，这里成了小商小贩、农民工、社会闲散人员的聚集地，人员成分复杂、素质低下，村里环境脏、乱、差……

〔夜深人静，相富贵鬼鬼祟祟，一手提着个油漆桶，一手用刷子在墙上写着“拆”。他边写边说：“嫌我穷，哼！假如李家堡一拆，老子立马就成了百万富翁。还是老杜高！”

一

〔第二天一早。

〔李掌印家客厅。李掌印在看报，董巧鲜在收拾家。刘香草风风火火上。

刘香草 巧鲜婶、巧鲜婶，(瞥见李掌印)李书记也在。

董巧鲜 香草来了。

李掌印 (不满地看了张一眼)啥事？一惊一乍的！

刘香草 婶，咱两家关系这么好，你对我也保密？不愧为干部家属。(说着看了李一眼)

董巧鲜 到底是啥事呢？你把我也搞糊涂了。我有啥事能瞒着你？

刘香草 事到如今，我就不绕弯弯了。李书记，不是香草我说你

哩,你这家法也太严了。

董巧鲜　有话快说,有屁快放!

刘香草　李书记,这事你肯定知道,我也敢肯定咱村也是你最先知道的。

李掌印　啥事呢?

刘香草　咱们村要拆迁。

李、董　拆迁?

刘香草　你俩就别演戏了,拆迁有什么大惊小怪的?

董巧鲜　我咋不知道?

刘香草　你能不知道?你问李书记。

李掌印　香草,你听谁说的?

刘香草　谁说的?你昨天下午在办事处开了一下午会,昨晚又连夜召开村干部会,之后又在村里大街小巷写上“拆”字,这事地球人都知道了。

李掌印　这,这都是哪跟哪?牛头不对马嘴。(手机响,接电话)噢,我是,拆迁?咱们村?没有的事,看朋友圈?好!好!我马上看!(挂电话)

刘香草　对,我怎么忘了这一茬,看朋友圈,到处都是咱村拆迁的事。

〔三人同看手机。

刘香草　(边看边说)李书记,这下该说实话了吧?

李掌印　什么该说实话了,还是那句话,我真的什么都不知道!

刘香草　你是咱们村的一把手,你能不知道?昨天下午到办事处不就是说关于拆迁的事吗?

李掌印　昨天下午到办事处参加“煤改气”工作推进会,没有说拆迁的事啊。

董巧鲜 他们是不是有意要瞒着你？

刘香草 他们哪能瞒着李书记呢？拆迁这事还要靠他呢。

李掌印 就是呀！不可能！这事绝对不可能！昨天下午的推进会，咱村还是重点，光"煤改气"这一项工程给咱村就要投资2000余万元，并且要求年底就要完成。（接电话）刘书记，您好，我正要问您这事呢，到底怎么回事？您也不清楚？这就怪了。谁？噢，有这么一个人，对，他表哥在市里，好！好！这么说我们村真的要拆迁？不拆关照什么？他的意思是如果拆的话你关照着。行！您再给咱打听打听，行！再见。（挂电话）

董巧鲜 办事处刘书记电话？

李掌印 刘书记说，二组牛二虎他表哥要我在拆迁时关照牛二虎。

董巧鲜 这难道是真的？看来这拆迁并非空穴来风。

李掌印 你想哪去了？刘书记都不知道，这能是真的？

刘香草 我明白了，李书记、婶，你们忙，我先走了。（急急忙忙下）

董巧鲜 香草，香草，这娃说话就不见了。老李，拆迁这事你真的不知道？

李掌印 不知道，办事处刘书记都不知道！

董巧鲜 上面是不是有什么事瞒着你们？

李掌印 不可能，拆迁这事哪能离开了乡村两级呢？没有的事，放心！（说着又拿起报纸看了起来）

董巧鲜 我到村里转转去。

李掌印 你闲的。（望着走远的妻子，放下了报纸，自言自语）我也得打听打听。（说着就拨打电话）

〔切光。

二

〔几天后。

〔李掌印家客厅。李掌印正在接电话。

李掌印 没有的事，别听他们胡说，这就不是瞒人的事，对，是啊，那肯定嘛！好！好！再见！（挂电话，自言自语地）嗯？这到底是怎么回事？莫名其妙……

董巧鲜 （上）一个人在那咕叨啥？

李掌印 没啥。

董巧鲜 老李，给你说个事。

李掌印 啥事？你说。

董巧鲜 从昨天就有村民在房子上面加盖，今天更多了，听说现在连工程队都找不下了。

李掌印 胡折腾！

董巧鲜 还不是听说要拆迁，这样就能多赔。

李掌印 一群神经病，不管他们，就是盖到天上，不拆迁，鬼给他们赔哩，到时候哭都没地哭！

董巧鲜 你好歹还是村里一把手，你应该管一管。

李掌印 咋管？人家在自个院子里折腾，上面也没有要求不让盖，怎么管？再说马上就要换届，咱惹那人干嘛？

董巧鲜 说的也是，这些人得罪不起。

刘香草 （上）李书记、婶。

董巧鲜 香草来了。

刘香草 李书记，咱们到底拆不拆？你给我交个底话，也让我心里有个底。

李掌印　香草，别跟着他们瞎闹，没有的事。我这几天上上下下问了多少领导与部门，都不知道这事，而且也没有官方消息。

刘香草　李书记，可外面传得有板有眼的，说是市里要打通人民路。

李掌印　笑话！那能打通？中间隔着引黄渠、河东大学、高铁站，还有……

刘香草　那算啥？国家有的是钱，人家只要想打通，就没有办不到的。听说，市委高书记一直提拔不了，专门找了个风水大师给看的，说是只要将人民路打通，高书记就能提拔，仕途也就顺了。

李掌印　胡说！

董巧鲜　是吗？

刘香草　真的！市里这次计划投资五十个亿打通人民路……

李掌印　哼！（苦笑）这没有影影的事，你们也相信？

董巧鲜　你让香草把话说完。

刘香草　估计很快就开工了，听说要在明年五一前竣工通车。

李掌印　香草，你知道得这么清楚还用问我？

刘香草　不是想让你给我吃个定心丸嘛，你毕竟代表的是官方消息。

李掌印　你说的都是高书记的意思，还不是官方消息？

刘香草　再进一步确定，我也好开工。

董巧鲜　你也盖呀？

刘香草　盖，一下盖到位，往上再加三层。

李掌印　加三层？你那地基能承受得了？

刘香草 本来要加五层，就怕承受不了，才改为三层。

李掌印 三层也承受不了。

刘香草 我都让匠人算了，能行。

李掌印 能行个鬼！

刘香草 李书记，你不知道，加盖楼房，都是为了赔偿，每层高度都不到两米，砖都是干摆的，肯定能承受了。

李掌印 你们就折腾吧，总有你们哭的时候。

刘香草 李书记！你可真沉得住气。婶，我走了。（下）

李掌印 唉……（摇了摇头）

董巧鲜 老李，我刚才从村里回来，现在大家都蠢蠢欲动，现在大概有一半的人家都开始动工了。

李掌印 爱怎么怎么去！（手机响，接电话）刘书记，你说，我知道，刘书记，你给我交个底话，我们村到底是拆还是不拆？你确定？那咱有什么害怕的，让他们盖去吧！看看到时候是谁吃亏。好！就按你说的办，我马上落实。（挂电话）

董巧鲜 啥事？

李掌印 刘书记让阻止这些私搭乱建的村民，说是影响不好，怕有安全隐患。（说着就往外走）

董巧鲜 你这是干啥去？

李掌印 马上到村委召集村干部开会。

董巧鲜 真的要拆迁？

李掌印 拆个屁！都跟你说了阻止私搭乱建！

〔切光。

三

〔又过了几天。

〔李掌印家客厅。一帮人在李书记家，董巧鲜正在给大家倒水。

董巧鲜 来！喝水，坐，坐！

众 你忙你的，别管我们，都是自己人。

〔董还是给大家一一倒了水。

甲 婶子，李书记干啥去了？怎么还不回来？

乙 李书记肯定有事忙嘛，还能整天和你一样？

董巧鲜 刘书记一大早就将他叫走了，估计快回来了。

李掌印 （上）哟，这么多人！

众 李书记，回来了！

李掌印 你们这是……

甲 找你开个证明。

李掌印 啥证明？

甲 分户。

李掌印 分户？你家就你和你爸妈三人，分什么户？

乙 李书记，这不是明摆着嘛，咱村就要拆迁，到时候，能多分一套房嘛！

李掌印 你们……唉！谁说要拆迁？就是要拆迁，政策肯定是按现有的房屋面积进行补偿，还能按户补偿？

丙 前年，西街村拆迁时，尽管按面积赔偿，但分户就可以多分一套指标，回迁房价格比市场低不少哩，转手就能挣几十万。

李掌印 你们想得可真美！这没有影影的事，你们倒当真啦？

甲 万一……

李掌印 没有万一！这事早都调查清楚了，是相富贵对象吹了，嫌他穷。他酒喝多了，开饭店的老杜开玩笑说，如果咱村一拆就立马有钱了，富贵就胡乱在村里写了几个“拆”字。

董巧鲜 事情没这么简单吧？

李掌印 监控看得清清楚楚，他本人也供认不讳，为此事他还被处罚了五百元，这全村人都知道。富贵你说是不是？

相富贵 书记说得对对的，都是我的错。

丙 你们就别再给大家演戏看！

李掌印 叫我怎么给你说你才相信！

丁 李书记，我们相信你说的话，可是你就给我们开个证明也没什么坏处。

李掌印 唉！真拿你们没法，（摇头）你们都是开分户证明？

乙 我是开离婚证明。

李掌印 老哥，你与嫂子过得好好的，离什么婚呢？

甲 与我们的目的一样，还不是想多分一套房。

李掌印 富贵，你呢？

相富贵 没事！看热闹。

李掌印 你呀！整天给我胡惹事。

〔又有一帮人进屋。

李掌印 你们这是……

众 开证明！

李掌印 （苦笑）唉……给你们开，全部到村委，由雷村长专门给你们开！走！

〔景换村委会，雷村长正在给大家开证明，队伍排得像长龙。李掌印正在与村里的薛委员说话。

薛委员 李书记，咱村这到底是拆还是不拆呢？

李掌印 肯定不拆。能问的我都问了，根本就没有的事！

薛委员 这些人呀，你越说这是假的，他们越盖得欢，你看这几天，大家像疯了一样，加紧盖房子、分户、离婚……我怎么也觉得这事是真的呢？

李掌印 听我的没错！哎，前几天让你领上各小组组长阻止私搭乱建，现在情况怎么样？

薛委员 怎么样？不怎么样！这你都看见了，这能挡住吗？

李掌印 不是每个路口都有村干部把守吗？

薛委员 村干部都不愿惹人，马上要换届，怕失选票，全都派了吃些闲饭的。

李掌印 不管是谁，只要能挡住就行。

薛委员 那还不是个样样，给他们一点好处就都放行了，这些天那几个看守人员可得不少好处！有头有脸的明目张胆地干，无权无势的偷偷摸摸地干，反正都没闲着。

李掌印 市里不是让办事处专门派人负责吗？

薛委员 乱就乱在这些上面派的人，乱送人情狠捞钱，彻底给弄乱了。

李掌印 市里不是还派了一支由各职能部门联合组成的专门执法队伍吗？

薛委员 别再提这些职能部门了，龙多不治水，相互推诿，土地局说建设用地不归他们管，住建局说他们只管有手续的，消防队说他们只管已建成房屋的消防安全，应急局说他们只管发生应急事件的处置……

李掌印　唉……

薛委员　李书记,如今真是八仙过海,各显神通！小鸡不尿尿,各有各的道,今天上午村东杨高升的儿子用救护车在运砖。

李掌印　有这事？

薛委员　这还能有假？看守人员又不能挡人家救护车。

李掌印　哼！让他们作吧。

〔切光。

四

〔一个月后。

〔李掌印家客厅。

董巧鲜　别抽啦,一直抽！你倒是说话呀！咱们到底是盖还是不盖？

李掌印　不盖！都给你说多少遍了！

刘香草　(上)巧鲜婶,李书记也在！

董巧鲜　香草,有事吗？

刘香草　如今村里就剩你们三五户没动工,其余的都盖了,人家不但将房子加高到不能再加,还将院子用玻璃钢瓦封了起来。

董巧鲜　封那干吗？

刘香草　封了就能算面积。

董巧鲜　原来是这么回事。

李掌印　净胡闹,总有他们后悔的时候。

刘香草　李书记,你怎么连这账都算不来呢？在房上加盖几层,就能多出好几倍的面积,再将院子一封这都是面积,这可都是钱,钱多还怕扎手呀!

李掌印 这明明就是相富贵在胡作怪哩吗,都查得清清楚楚,你们怎么就不信呢?

刘香草 你们那戏演得不高明,恐怕连你都不信!

李掌印 香草,听叔一句话,咱村肯定不拆!他们肯定会后悔的。花那么多钱,房子又不能住,还不美观,还给生活带来极大的不便,这不是自找苦吃吗?

刘香草 你说的不错,可万一是真的呢?再说你们村委那些干部现在也开工盖了,薛委员还与他的独生儿子分了户,还有三组的吕神仙都开始盖了,他的儿子在市住建局,知道政策。

李掌印 知道个狗屁!

刘香草 咱村目前除了你们少数几户,大家能盖的都盖了,能封的都封了,能分的户都分了,还有假离婚,五花八门,啥事都有!

李掌印 这好戏还在后头哩!一群不听劝的家伙。

刘香草 (摇了摇头)

〔切光。

五

〔又过了几天。

〔李掌印家客厅,李掌印焦躁地走来走去,董巧鲜在做家务。

董巧鲜 你能不能别在我眼前晃来晃去的?

李掌印　(不满地看了董一眼)上面这些领导也不知道是啥意思,大会上讲的让我坚决阻止村里的私搭乱建,私下却打电话让我关照某某,不要阻止他盖房,这到底是啥意思?

董巧鲜　啥意思?这不明摆着哩嘛,咱村肯定要拆。

李掌印　肯定不拆,能问的我都问了,我也看了城市规划,咱村近十年都不可能拆。

董巧鲜　你确定?

李掌印　确定!(心里含糊)可是……

董巧鲜　可是什么呢?

李掌印　(心神不定)没事。唉!(点了支烟)

董巧鲜　看你魂不守舍地!到底啥事?

刘香草　(上)李书记、婶。

董巧鲜　香草来了,这几天都没见你。

刘香草　终于忙完了,又在上面加盖了三层。

董巧鲜　这么快就盖好了?

刘香草　一不安门窗,二不用灰浆,简单,这下我就放心了。

李掌印　香草,一定要注意安全。

刘香草　没问题!

李掌印　哼!没问题?一阵风就能将你那房刮倒。

刘香草　没你想得那么悬乎,不过……李书记,如今咱村这安全的确是个问题,万一哪一家着火,消防车都进不来。这些人把门前能侵占的都侵占了,这你们也应该管一管了。

李掌印　谁说我们不管?

刘香草　刚开始你们是建一家拆一家,还行,自从二赖侵占了门前的拐角，你们不管，之后就乱套了。

董巧鲜　人家二赖关系硬，姐夫是市里的领导，办事处主任不让管，你叔他能怎样？

刘香草　我看咱村是真的要拆，你看村里有头有脸的在上面有关系的都盖了，他们的消息还能错？

董巧鲜　也是！

刘香草　婶，给你说个事。这些天咱村的小伙都成了抢手货，外村姑娘都争着往咱村嫁。

董巧鲜　是吗？这倒是个好事。

刘香草　婶，你听说了嘛，相富贵以前一直找不下对象，见一个吹一个。

董巧鲜　那娃不够数，脑子有点问题。

刘香草　就是，可是最近介绍对象的都挤破了门。

董巧鲜　这些姑娘都瞎了眼了？

刘香草　你不知道，这娃有两座院子，面积又大，听说能赔偿上千万元，如今这些女娃眼睛都亮得很。

李掌印　哼！白日做梦！

刘香草　叔，再给你说个确切消息。

李掌印　啥事？

刘香草　还是那个相富贵家里也盖了个五层。

李掌印　他哪来的钱？

刘香草　听说是市拆迁办的一个领导专门投资的，人家出钱以后拆迁赔偿一人一半。

李掌印　有这事？

刘香草　绝对是真的！你们忙，我先走了，又有一个女娃要见相富贵，我去给牵个线。（下）

董巧鲜　香草，你慢走！老李，咱们是不是也把咱这院子加盖上两层？

李掌印　唉！

董巧鲜　你倒是说话呀！

李掌印　这几天我一直在考虑这件事，正如香草所说的，万一真的要拆呢？

董巧鲜　就是！盖！

李掌印　盖！要盖就要加上五层。

董巧鲜　就是！

〔切光。

六

〔村大街上，相富贵正在接电话。

相富贵　（手机响，看手机）前女友丽丽，（接电话）噢，是丽丽呀，怎么？见一面？不见了，我正在忙！（挂电话）哼，早干什么去了？（手机响）烦人！（看手机）前前女友甜甜的电话，(接听）啥事？晚上一起吃个饭？改天吧，村里准备拆迁，一大堆事，过了这段时间我请你。（挂电话）呸！你不是嫌老子文凭低嘛。

刘香草　（上）富贵，你一个人在跟谁说话呢？

相富贵　香草嫂，找我有事？

刘香草　给你介绍个对象，是中心医院的医生，正儿八经的博士生，人也长得俊。

相富贵　人家能看上我这初中生？

刘香草　关键是要人好，我把你情况都给她说了，她一百个愿意。

相富贵 我暂时不考虑婚事。

刘香草 富贵,你是不是有对象了?

相富贵 没有。

刘香草 你可小心别耽误了,过了这个村就没这个店了。

相富贵 放心!嫂子,咱马上就是千万富翁了,有挑有拣的,对象多哩,不急不急!拜拜!哈哈哈……(下)

刘香草 (望着相富贵的背影)看你那鬼样,哪来一千万?呸!(抬头看见“拆”字)噢,马上要拆迁,人家可不就是千万富翁了?我算了算,我也能得到五六百万元赔偿,我也得谋划谋划今后的生活,先到新马泰逛一圈,再买个自动麻将桌,天天打麻将。还要再买一辆自动挡的小跑车,想逛哪逛哪,还有……(沉浸在幸福的畅想中)

——剧终

作者与著名蒲剧表演艺术家郭安存合影

桃花洞轶事

【新编现代剧】

时间

当代

地点

晋南桃花洞村

人物

刘广民　市乡村振兴督导组干部

张二赖　桃花洞村民

李彩换　张二赖妻子

刘诗雯　刘广民女儿

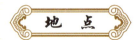

〔远处梯田高低错落，连绵不断，层层叠叠，依着山势，从山脚一直延伸到山顶，在云雾的笼罩下，就像从人间登上天堂的天梯一样，郁郁葱葱的树林、茂盛茁壮的庄稼给天梯铺了一层彩色的地毯，各种果园像绣在地毯上的无名野花……近处典型的晋南民居，朴素大方，干净整洁。

〔李彩换正在院里忙活。

李彩换　（唱）喜鹊枝头喳喳叫，
　　翠花忙得难直腰。
　　儿子对象要来到，
　　不由心喜上眉梢。
　　昨晚我就谋划好，
　　今天接待规格高。
　　家养土鸡慢火煲，
　　时令水果精心挑。
　　火锅羊杂野菜饺，
　　猪卷扣碗山楂糕。

〔边唱边收拾家，不时地张望门外。

李彩换　这个死老头子，一大早就不知道逛哪去了，也不说给我搭把手。

张二赖　（急上）停……

〔说着将床上的被子拉开弄乱，故意将家里整得乱七八糟的，李急忙阻拦。

李彩换　你疯了，我辛苦了老半天，你……

张二赖　你懂啥？市领导要来咱家检查。

李彩换　你闲得没事招惹那些人干啥？我可不管他什么领导，今日一律不接待，再说雯雯一会儿就到。

张二赖　憨婆娘懂啥？市乡村振兴的领导来检查，这可关系到咱是否是贫困户。

李彩换　什么贫困户？全国都脱贫了，你还在做"贫困梦"，再说帅帅的对象雯雯一会儿就来了，她可是第一次来咱家，净给娃丢脸。

张二赖　你呀！真真是啥也不懂！

（唱）老婆子你别叫骂，

应付领导来检查。

该做假时就做假，

二赖心中有章法。

李彩换　哼！

张二赖　听我给你讲讲形势。（掏出一张报纸，念）日前工作重点是实现脱贫攻坚与乡村振兴的有效衔接……

李彩换　（一把夺过报纸）你又不是干部，整天拿着个报纸，胡装化！

张二赖　这里面大有文章，我给咱们争取个贫困户，不，如今叫重点监测户。

李彩换　重点监测户？

张二赖　对！这个待遇同贫困户一样，省里要求四个"不摘"，能享受各种优惠政策。

李彩换　咱也不缺这点钱，你这是何苦呢？

张二赖　你也不看看，前两年后山蛋娃是贫困户，看病不花钱，一到冬天就住到县医院，又暖和还不花钱，据说蛋娃身上的"零件"都快换完了。

李彩换　你就再没有比的啦？和蛋娃比。看你那一点出息吧！

张二赖　哼！我就是心里不平衡，凭啥给卫掌印弄个重点监测户，他一年山楂收入好几万，儿子有房有车。

李彩换　这不是明摆着哩，人家是村长的小舅子。

张二赖　我就是看不惯，不给我弄，我告死他！

李彩换　村长不是都答应了吗？

张二赖　他敢不答应？谁知半路又杀出个程咬金，小卫又横插一杠，死活不答应。

李彩换　人家有条条框框，总是咱不符合嘛，关人家小卫啥事？

张二赖　哼，我这次连小卫一起告，让他们官官相护。

李彩换　你呀！真是不可理喻。

张二赖　我咋了嘛？

李彩换　就算是重点监测户，上面也没让你把家弄得像猪窝一样吧？

张二赖　这……关系到咱家能否达到重点监测户。今天市里领导来核查，我估计也是走走过场，我看咱这事能成。

刘广民　（上）老张在家吗？

〔张急忙上床，迅速钻进被窝，开始呻吟……

李彩换　你这是……

张二赖　就说我病了。

〔刘广民进门。张的呻吟声越来越大。

刘广民　老张，你这……

李彩换　（又是生气又是无可奈何）他……

张二赖　老毛病啦！几十年都是这个样子，你是……

刘广民　刘广民。

张二赖　刘广民？

刘广民　是专门来解决你的问题。

张二赖　噢！是市里领导，坐、坐，他妈快倒水！

李彩换　（边倒水边说）刘领导你坐，喝水。

刘广民　老张，家里挺好嘛！

张二赖　托共产党的福，这都是各级政府关心关爱的结果。

刘广民　（顺便拧了一下水龙头）吃水、上学、看病，这几个问题都解决了吗？

李彩换　解决了，解决了，吃水没问题，孩子都上大学了，老大研究生今年就毕业，老二在太原上大学……

张二赖　（急忙打断李的话）就是这看病的问题……

刘广民　你这是什么病啊？

张二赖　浑身是病，一年四季大部分时间在床上。

刘广民　噢！（点了点头）

张二赖　领导，你说咱这还不能算重点监测户吗？

刘广民　依你所讲，这确实还是个事。

张二赖　这一级就是一级水平，领导真是火眼金睛，不像县乡村振兴局那个小卫睁着眼睛说瞎话。

刘广民　小卫工作还是挺认真的，他可是全省扶贫先进工作者。

张二赖　哼！（不屑一顾地）认真？给村长小舅子弄成重点监测户，工作就认真啦？

刘广民　谁说村长小舅子是重点监测户？说话要有根据。

张二赖　秃子头上的虱子——这不是明摆着嘛？

李彩换　（电话响，接听）雯雯呀，你到哪了？刚下高速？……好！好！（挂电话）刘领导，我家的情况你都看见了……

张二赖　咱可是地地道道的重点监测户，你可要给我做主啊！

刘广民　老张啊，你家的主要收入靠啥？

张二赖 有几亩山楂，行情不好到现在还没有卖出去，忙乎一年还不够成本，说实话我家主要收入就是靠他妈打工那几个钱，还要供两娃上大学，这可都是事实。

刘广民 据小卫讲，你家去年山楂收入已过五万，还有……

张二赖 胡说！你怎能听小卫的呢？

刘广民 老张，你甭激动，小卫说前两年两个孩子上学的费用全由国家给出的……

张二赖 你怎能听小卫胡说八道呢？

刘广民 这些我们都核实了，基本都属实。

张二赖 你们这是官官相护。

刘广民 我怎么就官官相护呢？

张二赖 你清楚！如果你觉得我家不够格，你立马给我走！我就不相信没有说理的了。

李彩换 刘领导，他爹……

张二赖 （不耐烦地）你少说两句！

刘广民 （笑着说）真的假不了，假的真不了。

（唱）老张他信口雌黄不讲理，

这其中肯定有问题。

张二赖 （唱）原以为走走过场就了事，

谁知他不依不饶来真的。

李彩换 （唱）他爹真是难理喻，

我在一旁干着急。

刘广民 （唱）事实说话有依据，

定要让他把头低。

张二赖 （唱）我有我的老主意，

别以为百姓都好欺。

刘翠花　(唱)眼看儿媳到家里，

　　想法让他到别处。

刘领导说得对，真的假不了，假的真不了，我家这事……

张二赖　他不解决总有人解决！

刘广民　老张，我会给你个满意的答复。

张二赖　满意的答复？刘领导，可不是满意的答复，是满意的结果。

李彩换　好我的先人哩，你就别再抠字眼了，都啥时候了(焦急地望着门外)还在抠字眼。刘领导麻烦你了，我家的事你多多在心，你……可以走了！

刘广民　我今天就是专门来解决你家的问题的，怎能一来就走呢？

李彩换　这……(着急地看着张)

张二赖　就是，怎能一来就走呢？

李翠华　你！唉！

刘广民　从现在起我就住在你家了，你的问题不解决，我就不离开。

张、李　(吃惊)啊？

张二赖　好啊，欢迎欢迎。

李彩换　(着急地看着张)你！

(唱)老头子要起牛脾气，

　　就是不肯把头低。

　　巧使调虎离山计，

　　让领导离开莫迟疑。

刘领导，你应到村里再了解了解，也不能只听我们一面之词。

刘广民　这是肯定的，但你家的情况还没吃透，要不然老张又把我给告了。

李彩换 看你说的，不会的。（电话响，接听）噢，雯雯进村了。（挂电话）刘领导，家里要来客人，你先到别的户转转。

刘广民 下逐客令了！看来不走都不行了。

李彩换 情况特殊，情况特殊。

刘广民 也行！我先到村里转转，了解了解情况，一会可要在你家吃午饭。

李彩换 这……家里今天有贵客。

刘广民 我还不算是贵客？

张二赖 （不屑地）恐怕你不够格吧。

李彩换 （不好意思地）……怕……不方便。

刘广民 你这个老张呀！哈……（下）

张二赖 （急忙从床上起来）哎哟，可把我给憋坏了。（活动筋骨）

李彩换 活该！

张二赖 你懂啥？我就是要让这些人知道马王爷有三只眼，别以为老百姓都好欺负。

李彩换 （急忙收拾家）别贫了，快！叠被子！

〔二人正在忙活。

刘广民 （上）老张啊！

〔张迅速钻进被子，又开始呻吟……

张二赖 唉，唉……

刘广民 哈……（装作什么也没看见）我的眼镜。（从茶几上拿上眼镜就走）

（唱）无意之中露了馅，

老张急得无处钻。

我看见装作没看见，

他开锣容易收场难。

〔意味深长地看了看张。下。

〔二人愣在那里，一时不敢动。

李彩换　（惊魂未定）

（唱）正忙得晕头转了向，

冷不丁领导杀个回马枪。

一霎时不知所措惊万状，

站在这里心发慌。

〔二人同时示意对方到门外看一看，李才悄悄地到门外看了看。

李彩换　快！走得不见影了。

〔二人又一阵忙活。

刘诗雯　（上）阿姨好！叔叔好！

李彩换　雯雯来了！好，好！

〔二人急得手足无措。

李彩换　雯雯快坐，快坐！（对张）还不去倒水，傻站这儿干嘛？

张二赖　好！好！好！（急忙倒水）

李彩换　（端出果盘）雯雯这可都是你爱吃的水果，你稍等我就给你做饭。

刘诗雯　阿姨不着急，不着急！（电话响，接听）爸，什么？卖山楂？你哪来的山楂？好……行……没问题，好，不问不问，可你总得给我说个产地吧，你说，绛州汾北桃花洞。

张、李　这不是咱们村吗？

刘诗雯　爸，你怎么也关心起桃花洞了……知道，实话给你说吧，我现在就在桃花洞，什么？你在桃花洞下乡，真的？……别骗我？你在哪？咱们来个位置共享（拨弄手机）

……咱们只有 100 米,不用,我来接你。

张、李 亲家来了,快快有请!

刘广民 (上)我马上就到。父女二人都盯着手机往一处走。

(进门)

刘诗雯 (激动地)爸,你真在这儿!

〔父女二人拥抱。

张二赖 (高兴地)亲……(一看是刘,尴尬地转过脸去)

刘诗雯 爸,我给你介绍一下,这就是张帅的父母,张叔叔、李阿姨。

张、李 (欲避不能)亲……家……

刘广民 老张,你的病……

张二赖 肚子、头……我也不知道我哪病了。

李彩换 你……(看着张气得说不出话来)真丢人!

张二赖 ……

刘广民 哈……

刘诗雯 这是怎么回事?你们认识?

刘广民 何止认识,都是老朋友了。

张、李 这……

刘诗雯 这就好!这就好!

刘广民 你不是给我说帅帅的父母特能干吗?

刘诗雯 叔叔阿姨不能干吗?

刘广民 (对着张)整天卧床不起。

刘诗雯 (关心地)叔,你这身体?什么病?

张二赖 我……

李彩换 (对着张没好气地)神经病!

刘诗雯 神经病?

刘广民 雯雯,你不是说帅帅家的条件非常好吗?

刘诗雯 真的！去年仅山楂就……

刘广民 我刚才就是让你给他们销售山楂，你的电商平台不是经常帮助农民销售农产品吗?

刘诗雯 开什么玩笑,他家的山楂我早给销售完了,总共卖了七万六千五百三十六元,据帅帅讲除去成本,纯收入最少在五万元以上。

刘广民 (故意地)他家的山楂没卖出去啊,是吧？老张。

张二赖 (红着脸,吞吞吐吐)卖了点儿……

刘诗雯 叔,你不是说都卖完了吗?

李彩换 卖得一个也没了。别听他胡说,雯雯,亲家——

(唱)雯雯亲家听我讲,
别听老张哭恓惶。
全国扶贫打胜仗,
又有雯雯来帮忙。
农产品价好销路广,
早已脱贫达小康。

刘广民 老张,这……

张二赖 唉！亲家……

(唱)都怪我心不平衡乱告状,
看不惯村长小舅沾了光。
卫掌印有房有车光景旺,
还弄个监测户太不应当。
我扬言要告状村长阻挡,
给我个监测户顺理成章。
小卫他死心眼寸步不让,

将他告为的是如愿以偿。

刘广民 （唱）嫉恶如仇是好样，
胡乱告状不应当。
欺骗组织耍伎俩，
假装贫困愿难偿。
村长办事不敞亮，
优亲厚友不应当。
问题彻查民心向，
严肃处理不彷徨。
掌印重点监测户，
竹篮打水空白忙。

张二赖 亲家，你就是那传说中的包青天，都像你这样，世上就没有不平事了。

李彩换 又胡说开了，亲家，稍等，我去做饭去！（下）

张二赖 （对着李的背影）还不快去！标准要高。

刘广民 你呀！好好过自个的光景，有问题通过正当途径解决。

张二赖 亲家，你不知道，如今这社会呀，你不通过一点非常手段，你的事就没人管。

刘广民 净胡说，你反映过吗？

张二赖 别人都这么说，亲家，听帅帅说你在市发改委上班，你怎么也管起乡村振兴了？

刘广民 我现在抽调在市乡村振兴督导组。

刘诗雯 爸，咱们现在成了一个战壕的战友。

刘广民 你怎么……

刘诗雯 爸——
（唱）信息时代风云变，

电商平台不一般。
去年销售过千万，
利润突破百万关。
农产品销售是重点，
乡村振兴走在前。
我与帅帅细盘算，
农产品网络要健全。
绛州地处汾河岸，
名优特产品种全。
拿着金碗去讨饭，
有价无市销售难。
合作社抱团来取暖，
订单农业农民欢。

刘广民 好啊！

刘诗雯 爸，帅帅研究生就要毕业，我们几个同学计划将汾河两岸的名优特产品牌打出去，通过电商销售真正破解农产品销售难的问题。

刘广民 这正是目前乡村振兴的瓶颈。

刘诗雯 把咱们汾河两岸的农业产业做大、做强，真正实现农业强、农民富、农村美。

刘广民 老张，这收入高了，可能会影响你重点监测户的声誉。

张二赖 （不好意思）咱本来就不是重点监测户。

李彩换 （上）饭做好了！亲家，咱们吃饭！

刘广民 （看张）恐怕我不够格吧？

张二赖 亲家你还见我怪哩！

李彩换 够格！够格！完全够格！咱如今是亲家嘛！

刘广民　（看李）这方便吗？

李彩换　（不好意思）这……方便方便！

〔众笑。

（合唱）脱贫攻坚沧桑变，

乡村振兴正扬帆。

春意盎然汾河岸，

踔厉奋发谱新篇。

〔切光。

——剧终

作者在首届蒲剧艺术节上

作者与“梅花奖”获得者武俊英合影

【微电影剧本】

拆迁风波

时　间

2019 年初夏

地　点

某县城关镇

人　物

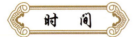

刘级升	男	城关镇副书记
杨笑天	男	城关镇党委书记
老　董	男	城关镇东郊村村民
牛二蛋	男	城关镇东郊村村民
张主任	男	县纪委党风室主任
王组织	男	城关镇组织委员
武干事	男	县纪委工作人员

〔空镜头　市区鸟瞰景：高楼大厦，笔直宽阔的街道，人来人往，车水马龙；景换，城中村拥挤不堪，私搭乱建，很不和谐，到处悬挂拆迁的标语，之后，路人骑摩托离开；景换，城关镇政府大院干净整洁，国旗飘扬，办公大楼前办事人员进进出出。刘级升骑摩托车进入大院，停车，进大楼，上楼梯。

第一场　日内 镇党委书记办公室

〔镇党委书记杨笑天坐在办公桌前办公。

〔刘级升敲门。

刘级升　（风尘仆仆，推门进）杨书记，这两天东郊村城中村改造正马踩住鞒着。你着急叫我啥事？

杨笑天　你先坐下。

刘级升　（没动，站着）杨书记你说，我还着急走哩，刚刚与东郊村老董约好，得马上过去。

杨笑天　（上前将刘按到椅子上）你坐下，老刘。

刘级升　啥事？

杨笑天　好事！今天早上县里推荐乡镇长人选，你得票最多，排名第一。

刘级升　（表情木然）是吗？

杨笑天　怎么看着你一点不兴奋？

刘级升　杨书记，如今我这满脑子都是东郊村拆迁的事，你突然这么一说我一时还转不过弯！这好事能轮到我？

杨笑天　如今县里的用人导向就是要把干事创业的干部用起来，就凭你这满脑子都是拆迁，就该轮到你啦。

刘级升　有这事？

杨笑天　老刘，听我的没错，你可要认真对待，别不把这当一回事！

刘级升　（应付的口气）知道了。没别的事吧？我先走呀！（起身欲走）

杨笑天　还有一件事差点忘了，公安局赵副局长找过你吗？

刘级升　找过，他说的事我就办不了，想给东郊村他表弟拆迁多补偿点，还要把这次拆迁所有工程包给他表弟，这哪能行？

杨笑天　在不违反原则的情况下，能照顾尽量照顾照顾。

刘级升　没法照顾！村里想干的人很多，他表弟是什么人我还不清楚？他根本就干不了。

杨笑天　就是不让他干，也要注意方式方法，现在是你的特殊时期，别有啥闪失。

刘级升　放心吧！我先走啦！（下）

杨笑天　（看着刘背影，摇了摇头）这个老刘。

第二场　日外 东郊村巷道

老　董　刘副书记，你这么着急地叫我干啥？到底有啥事？

刘级升　这次村里拆迁这活决定让你干。

老　董　我干？村里那帮人争得死呀活呀的，能轮上我？

刘级升　怎么轮不上你，你群众基础好，大家认可，拆迁组一致认为非你莫属，东郊村要成立个工程公司，专干拆迁、土方、垃圾转运等活，计划让你当法人，村里人愿意干活的都能参加。有机械车辆的欢迎加入，按工计酬，剩余收益归集体。这样既可以解决村里剩余劳动力就业问题，还可以解决村集体经济破零问题。

老　董　可这……

牛二蛋　（骑电动车过来）刘副书记，可算找到你了。

刘级升　二蛋！啥事？

牛二蛋　我表哥没给你打电话？

刘级升　你、你表哥是……公安局赵副局长。

牛二蛋　我是他亲表弟，就说我的房子拆迁补偿和拆迁工程的事，你看……

刘级升　二蛋，你搭的那还不如鸽子窝哩！墙都没有一人高，还没门没窗，叫人怎么弄。

牛二蛋　刘副书记（递一支烟），能不能弄，还不在你一句话。补偿不补偿的都是小事，关键是这工程让我干就行。

老　董　二蛋，你要是干的话，估计也就没有咱们村集体和群众的事了。

刘级升　看到了吗？老董这是代表群众，群众的眼睛是雪亮的。

牛二蛋　（对着老董）老董！你少管我这事。

老　董　好！好……我不管，刘副书记，咱继续说。

刘级升　村里拆迁这活就你干了，再没有合适人选了。你人正直、有公心、在群众中有威望。

老　董　我能行吗？

刘级升　绝对能行，众望所归，这事就这么定下了。

牛二蛋　刘副书记，老董不干，你就别赶鸭子上架了，让我干吧！（给刘使眼色做个数钱的动作）

刘级升　你哪凉快哪歇着。正事没一下，搞歪门邪道一个顶几个。

牛二蛋　他不想干嘛！

刘级升　不想干，也轮不上你。老董，这事咱就这么定了吧？

老　董　好吧！恭敬不如从命。

刘级升　二蛋，你的拆迁协议什么时候签？

牛二蛋　你答应让我干工程，我就签！

刘级升　（用手指着牛，笑着说）你再好好想想！别把黄花菜都等凉了。

牛二蛋　我……我让我表哥给你谈。

刘级升　就你难缠。

牛二蛋　刘副书记，都这个点了。走！到前面饭店吃点。

老　董　好！走！我请客。

牛二蛋　我请，刘副书记走！

刘级升　走！老董、二蛋，今天我请你们吃面。

〔牛二蛋故意放慢脚步，跟在两人后面悄悄地打电话。

牛二蛋　哥，你这是啥伙计？一点面子都不给你。连我才盖的房都不给补偿。还工程哩！咱就别想啦了，人家根本就不尿你这一壶，拆迁工程给了老董了，你说我咋办？抓他的把柄！怎么抓？噢！对！对！对！好！（挂电话）

第三场　日内 东郊村口饭店

老　董　（拿着一瓶啤酒在倒）刘副书记，喝一杯。

刘级升　不！不！我不喝，我喝点茶水就行。

牛二蛋　就一杯。

刘级升　一杯也不行，现在有规定，我们中午吃饭是不能喝酒的。

老　董　没事，就咱三人，怕啥？

牛二蛋　(心里一震)是啊！谁还举报你？

刘级升　我就喝水，改天再请你们喝酒，来！我以茶代酒，咱们碰一个。

〔三人碰杯，又各自满上。

老　董　刘副书记，我敬你一个。

〔董、刘碰杯，牛假意玩手机，给二人拍了一张照，二人都没注意。

刘级升　(手机响，接电话)喂！杨书记，你说……行……行……行！我马上过去……好！(挂电话)老董、二蛋，我有事吃不成了，你俩吃，我先走了。

老　董　吃了面再走！啥事这么急？

牛二蛋　就是嘛！

刘级升　不行！西岭村有人“三烧”，我得马上过去处理，你俩还吃啥？再点些，(二人摇头)我先把账结了。

老　董　(推刘出门)你快走吧！

牛二蛋　(殷勤地)就是嘛，哪能让你算账呢？

刘级升　好！我随后给你转个红包。

老　董　你别逗人啦！走吧！

〔董、牛二人欲送刘。

刘级升　你俩都别动，继续吃！我先走！

牛二蛋　(坚持地)那怎么行？(随在刘旁)刘副书记，你看咱这事……

刘级升　二蛋！你就死了这条心，肯定不行，找谁也不行！这是原则问题。

牛二蛋　刘副书记，我知你和我表哥的关系，不能……

刘级升　关系是关系，原则是原则。二蛋，这个事就到此为止，

别再找人了！（出门）饭钱我结了啊，边说边给老板娘一百块钱。（出门）

牛二蛋　刘副书记……（看着刘的背影，自言自语）原则问题？切！（满脸的不高兴）

〔牛二蛋打电话。

牛二蛋　哥，我刚才拍了一张刘级升吃饭饮酒的照片，不知有用吗？好，我发给你，你看看。（挂电话）哼，让你再张！（边发微信边得意地说）

第四场　日内 杨书记办公室

〔杨正在批阅文件，刘级升风尘仆仆地进来。

杨笑天　回来啦！老刘，啥情况？

刘级升　杨书记，不知谁把路边的杂草给点着了，幸亏我们发现得早，火没有烧起来。（边说边自己倒水喝）

杨笑天　没事就好，你也赶快休息休息。

刘级升　不行！我还得取一下拆迁表，还得到东郊村去做群众工作，不然就会影响进度。

杨笑天　辛苦你了。（电话响，接听）哪位啊？

刘级升　（小声地）我先走了。（蹑手蹑脚地推门出）

杨笑天　你要反映情况？你说，什么？刘级升接受拆迁户吃请，还违规饮酒？（挂电话）不可能吧？（欲拨电话，王组织敲门进来）

王组织　杨书记，这是刘副书记的六查表，上面要对老刘进行“六查”。

杨书记　马上叫老刘回来。

王组织　（拨电话）老刘，我是小王，杨书记让你马上回来，有事呢，你快点！

杨笑天　（夺过电话）少废话！马上回来！（挂电话）这个老刘！（生气地在办公室走来走去，王组织急忙为杨倒水）

刘级升　（推门进）杨书记，啥事？这么急？

杨笑天　你中午吃饭了吗？

刘级升　就叫没吃。

杨笑天　什么就叫没吃？

刘级升　刚坐到饭店喝了杯水，你就叫我处理西岭着火的事去了。

杨笑天　没喝酒？

刘级升　没啊！

杨笑天　这就怪？你都和谁一起吃饭？

刘级升　东郊村的老董、牛二蛋。

杨笑天　牛二蛋是谁啊？

刘级升　就是公安局赵副局长的表弟。

杨笑天　赵副局长的表弟？你与他谈得怎么样？

刘级升　什么怎么样？根本就没理他那茬。

杨笑天　（若有所思）

第五场　日内 杨笑天办公室

〔外景切入杨笑天办公室，正在看文件。有敲门声，张主任和武干事走进杨笑天办公室。

杨笑天　请进！张主任，啥风把你吹来了！（急忙起身）坐、坐。（二人落座，急忙倒水）

张主任 杨书记别客气！

杨笑天 张主任，你可是无事不登三宝殿，到底啥事？

张主任 是这么回事！（武干事拿出笔和本准备记录）有人举报刘级升违规接受拆迁户吃请，且午间饮酒。

杨笑天 是这事啊！也举报给你们了？我也接到举报电话。

张主任 到底是怎么回事？

杨笑天 据我们初步了解，前天中午老刘与两个拆迁户一起吃饭，只喝了一杯茶，就有事离开了。

张主任 喝的茶？

杨笑天 没问题，我让镇纪检干部走访了两个当事人、饭店老板，基本可以确定是诬告，不过你们还要进一步核实。

张主任 今天，我们过来就是核实这件事。

杨笑天 老刘这人有担当、敢作为，是个好干部，这次作为镇长候选人正在“六查”，可不敢有啥闪失。

张主任 这也是我们这么快就下来的主要原因。

杨笑天 我替老刘谢谢你们了。

张主任 谢什么，应该的，当务之急就是要尽快弄清事情真相，一方面要对违纪违法行为严肃查处，另一方面也要理直气壮地为清白干部澄清正名，体现组织关怀的温度，激发干部干事创业的积极性。

杨笑天 谢谢啊，张主任。

张主任 根据我们纪委日常监督了解的情况，刘级升同志是一位敢于担当、讲原则的好干部。如果是诬告陷害的话，一定要查清是谁在背后指使。

杨笑天 一定要查出来，太可恶了！

张主任 对诬告陷害一定要严肃处理。这就是在落实我们最近出台的激励干部担当作为，打击诬告陷害的规定。咱们也不要轻易下结论，一切以证据为准。这个案子虽小但很典型，可以以小见大。

杨笑天 一定要快啊。

张主任 不打扰了，我们这就下去核实。

杨笑天 我把这几个人通知到镇上……

张主任 不麻烦了！我们还是亲自下去吧。

杨笑天 那我陪你们一起去？

张主任 不了不了。（二人起身离开）

〔切纪委两名工作人员，走访调查、现场取证，依次是饭店老板、牛二蛋、老董，音乐铺垫。

第六场　日外 东郊村拆迁现场

〔空镜头　拆迁现场：刘戴着安全帽与老董正在指挥拆迁，远处几辆车正在转运垃圾，还有群众搬家的车辆，王组织气喘吁吁地跑来。

王组织 （大声叫喊）老刘！老刘！

王组织 （等刘过来，对着刘耳朵大声说）县委朱书记要找你谈话，杨书记让你马上去。你是镇长人选。

刘级升 朱书记？镇长人选？纪检委不是还正在调查我的问题吗？这不可能吧？

王组织 什么不可能，纪委当天就到东郊村进行了核实，给你澄清正名了。

刘级升 真的？怪不得牛二蛋刚才打电话找我主动说签协议的事。

王组织 据说牛二蛋的表哥还受到了纪律处分。

刘级升 这事闹的。(摇头)

王组织 不说这了,赶快走吧!

刘级升 可你看我这一摊摊,我能走开吗?

王组织 这里有我,你放心走吧。

刘级升 (把安全帽给王)小王!一定注意安全,还有……

王组织 你就放心走吧!(推刘)走吧!

刘级升 好,有事第一时间给我打电话。(不放心地走,不时地回头,看着小王开始指挥,发动摩托车)

〔空镜头:刘骑着摩托车不时地同周边的工人打着招呼,最后走出东郊,奔向整洁、宽敞、现代的市区大街。

——剧终

(该剧由运城市盐湖区纪检委制作成微电影,导演:徐如鹏。)

千古风流数河东

泱泱华夏多胜景，
千古风流数河东。
造化钟灵毓神秀，
物华天宝赋峥嵘。
条山吕梁南北峙，
鹾海银波颂升平。
黄河踯躅览胜景，
东流回眸无限情。

踏朝露登历山风光无限，
恍惚惚犹闻曙猿啼鸣声。
夕阳下风陵古渡野舟横，
隐约约西侯圣火依稀明。
乘汉风历唐雨吊凭怀古，
徜徉在华夏历史长河中。

古今人文有见证，
尧舜禅让禹凿龙门后稷稼穑嫘祖养蚕万代功。

共 运 城 市 委
城 市 广
省蒲剧艺术
协会 山
省 蒲 剧 艺
团（原

古往留痕皆胜景，

圣母后土唐代铁牛西厢故地道教祖庭千秋名。

人杰地灵多龙凤，

圣人傅说忠义关公诗佛王维名相裴度贯长虹。

遥拜先贤心崇敬，

而今河东乘长风。

文化昌盛，

经济繁荣。

人民幸福，

社会文明。

古中国，新运城。

千古风流数河东。

（此曲发表于《运城晚报》，由“梅花奖”获得者吉有芳演唱。作曲：张志勇。）

表演唱

逛安邑

禹都安邑越千年，
文化厚重不一般。
古都古镇名声远，
史有记载莫谈嫌。

故纸堆里讲古今，
听你说这就心烦。
你也不去看一看，
就在这里胡侃川。

嗯——
你莫摇头把气叹，
我把安邑表一番。
交通堵，门面乱，
占道经营乱摆摊。
环境卫生没人管，
下雨到处水滩滩。
空中成了蜘蛛网，
各种电线绕成团。

停停停，慢慢慢，
没有调查就不要胡发言。
再莫把那老皇历看，
如今安邑不一般。

哼！
莫要不服翻白眼，
咱到安邑看一番。

走！看一看。
转眼来到禹都南，
开车不敢再往前。

咋了嘛？

道路堵，秩序乱，
坑坑洼洼如坐船。
坐车不敢开窗看，
垃圾满地味道全。

眼放远，心放宽，
道路畅通车不颠。
咱们今天慢慢看，
非让你的观念变。
高标准路面平展展，
各种标识写得全。

两边路灯新更换，
绿化讲究把景添。

嗯呀！这总是安邑吧？

禹都大道过水校，
往东你说是哪哒？

变化为啥这样大？
就是安邑没嘛哒。

坐井观天井底蛙，
安邑改造一年啦。
今天领你转一转，
千年铁树开了花！
要知变化有多大，
事实不会欺骗咱。

嗯呀！你快看，你快看。
红绿灯，电子眼，
还有交警站岗前。
转眼再往两边看，
占道经营清理完。
门面也都变了样，
明清古建入眼帘。
招牌讲究门匾换，

平遥古城有一比。
看你快成老憨憨，
刘姥姥进了大观园。

莫停车，莫长站，
小心交警来罚款。
咱到别处再转转，
彻底让你的观念变。

边走边说咱边看，
旧貌咋就换新颜？

专业团队来规划，
市区两级都来抓。
四街改造要提档，
环境整治凯歌扬。
“三线”入地很时尚，
“三化”更是靓一方。

安办领导走在前，
村组干部不简单。
拆违治乱最难缠，
依法整治莫谈嫌。
进村入户赔笑脸，
耐心细致慢慢谈。
一共涉及几百家，

规定时间都拆完。
环境整治最麻烦，
处处都是烂摊摊。
小广告，垃圾山，
杂草长到街中间。
生活垃圾随处见，
苍蝇嗡嗡人心烦。
事情再难也要干，
领导干部走在前。
党政军民齐参战，
广大群众做后援。
钩机挖，铲车铲，
千吨垃圾清理完。

不简单，不简单，
我给政府点个赞。
环境差，人心乱，
整成这样不一般。

一下说到点子上，
干部为此把心伤。
说信访，谈以往，
安邑形势非寻常。
建投禹都和空港，
发展迅速凯歌扬。
征地标准不一样，

群众利益放一旁。
惹得他们去上访，
因小失大不应当。
全力以赴抓信访，
新班子上任有担当。

化解信访有经验，
一件一件仔细谈。
依法打击不手软，
以理服人标准严。
依情感人耐心劝，
以心换心是良方。
化解信访百余件，
息诉罢访没反弹。
陈案积案化解完，
如今没有新案添。
总结经验就一点，
群众利益放心间。
群众支持活好干，
没有过不去的火焰山。
安邑四街转一遍，
翻天覆地不一般。

序幕拉起才开演，
更有好戏在后边。
安邑古城有内涵，

挖掘保护意非凡。

太平兴国寺塔，
安邑古县衙。
建设保护有规划，
魏豹城上景色佳。
嗯呀呀，嗯呀呀，
不说啦，不说啦。
说的我都看见啦，
看来你们没胡夸。
变化为啥这样大？
各级领导关怀咱。
总书记山西来考察，
指明方向把油加。
省市区领导巧谋划，
干活还得靠大家。
办事处干部有办法，
安邑干群没嘛哒。
干群同心，
党政同向。
古城安邑大变样，
明年更有新篇章。
咱们同把新路蹚，
盐湖明天更辉煌。

歌曲

盐湖岸边歌丰年

古老的盐湖 神秘的鹾海，
美丽传说从远古飘来。
后稷稼穑降五谷，
廿四节气由此排，
垦畦晒盐识五味，
嫘祖养蚕暖心怀。
五谷飘香，
四季花开，
瓜桃梨果，
造化天择。
物阜民丰泽及万代，
农耕文明 从此滥觞摇曳来，摇曳来。
奋进的盐湖 神奇的死海，
三农神话在这里铺开。
稷麓金槐林似海，
硝池鱼虾滩里来，
葡萄酥梨冬小麦，
油桃冬枣温室菜。

订单农业，
扬帆出海，
设施农业，
驰名品牌。
休闲观光乡村溢彩，
盐湖农业　阔步迈进新时代，迈进新时代。

表演唱

初心不忘乐为民

大雪飘飘哎
天气寒
盐湖而今喜事连
这一年　这一年
咱区的各项工作
走在前　走在前
咋　你不信
走一走来看一看
眼见为实不空谈
城市建设大开展
三大战役凯歌喧
断头路中梗断

道路不畅人人烦
代表提　群众盼
多年的现状难改变
科学部署巧安排
领导牵头大包干
陶上地处高铁站
二百多户要拆迁
短短三个月
无强迁　无上访
干净　彻底　漂亮
实现了北站微循环
原王庄五百余户
大拆迁
动之以情　晓之以理
以人为本　标准统一
两个月任务完
中银路打通平又宽
大路通天好景观
好景观
机场要扩建
事关安邑　北相　陶村
三镇七个村
征地一千七百亩
走村入户　大街小巷

一户一户　一家一家做动员
加班干　连轴转
只要功夫下到
没有难过的关
条条街道平展展
个个小巷换新颜
高标准　高质量
没有死角全改造完
到村里　你再看
人居环境大改观
污水处理　厕所革命
卫生乡村　垃圾治理
拆违治乱
五大专项行动
成效大
再不是脏乱差
和城里一般般
城镇建设为原点
东郭北相三路里
高标准规划占了先
快捷生活圈
完善服务圈
繁荣商业圈
有机农机圈

配套公园要开建

新建的社区设施全

设施全

五个必须领航

“115”工作方法

“三个一”工作要求　“三加一”目标考核

不忘初心　牢记使命

党政同心　干群同向

美好的日子

一年胜一年

胜一年

剧作评述

在《贤相裴度》首演式上的讲话

◇周跃武

各位领导、各位来宾：

清风扬正气，廉韵沁人心。由运城市纪委监委、河津市委市政府联合主办的大型廉政历史剧《贤相裴度》，今天在这里举行首场正式演出。在此，向前来参加活动的各位领导和嘉宾表示热烈的欢迎！向长期关注支持运城纪检监察工作的广大干部群众表示衷心的感谢！向本次演出中付出心血智慧、洒下辛勤汗水的全体工作人员表示诚挚的问候！

习近平总书记考察山西时指出，要深入挖掘尧舜德孝文化、关公忠义文化、能吏廉政文化等优秀传统文化，引导广大干部群众提升道德情操、树立良好风尚、增强文化自信。近年来，在省纪委监委和市委的坚强领导下，市纪委监委坚持一体推进不敢腐、不能腐、不想腐，做实做精“后半篇文章”，深入挖掘运城优秀传统文化中的廉政基因，先后打造了10余个以“铁汉公薛瑄”“宗臣史家司马光”“公而忘私姚天福”等历史名人为主题的廉政文化示范点，举办了一系列“清风河东”摄影展、书画展等专题活动，创作了一大批廉洁教育微电影、微视频，以文化人、以廉润心，引导党员干部坚守初心使命、筑牢思想堤坝，引

导广大群众树立清正廉洁的价值理念。2021 年、2022 年，我们重点围绕裴氏家风文化打造两部作品，一部是纪录片《家国千秋》，另一部就是今天首演的历史戏剧《贤相裴度》。

发祥于我市闻喜县裴柏村的裴氏家族，是中国历史上的名门望族，先后出过 59 位宰相、59 位大将军，正史立传与载列者 600 余人，名垂后世者不下千人，形成了“重教守训、崇文尚武、德业并举、廉洁自律”的家规家训，这种信念坚守和价值追求，不仅是裴氏家族留给河东大地的宝贵精神财富，更是中华传统文化史上的一颗璀璨明珠。为了进一步宣传好、推广好裴氏家风文化，提升作品的感染力、渗透力和亲和力，我们将历史文化与戏曲艺术相结合，邀请戏剧新秀青年编剧、裴氏后裔裴军强同志进行剧本创作，国家一级导演、河南省导演学会会长罗云同志执导，中国戏剧“梅花奖”二度获得者景雪变同志担任艺术顾问，为打造一流作品奠定了坚实基础。

《贤相裴度》既是一部新编历史剧，也是一部廉政主题戏剧，运用广大群众喜闻乐见的蒲剧艺术形式，将裴度的事迹搬上舞台，以裴度力排众议、舍生忘死、平定淮西叛乱为主线，展现了忠心报国、敢于担当、清正廉洁的名臣风范，彰显了以严谨家训修身立业、以优良家风荫泽后人的文化自信。全市各级党员干部特别是领导干部，要以史为鉴、以人为镜，见贤思齐、崇德向善，坚定理想信念、坚守初心使命，时刻把对党绝对忠诚铭记于心、外化于行；要敢于担当、善于作为，攻坚克难、锐意进取，把心思放在“真干事”上、把精力用在“干实事”上、把功夫下在“干成事”上，时刻保持干事创业的火热激情；要守住底线、不踩红线，清清白白做人、干干净净做事，管好身边人、树立好家风，时刻保持共产党人清正廉洁的政治本色，为高质量转型发展营造风清气正的政治生态。

最后,预祝此次演出取得圆满成功,谢谢大家。

(本文为时任运城市纪委书记周跃武在《贤相裴度》首演式上的讲话)

作者与著名晋剧表演艺术家郑芳芳合影

以戏化人　以廉润心

大型新编廉政历史剧《贤相裴度》首演背后

◇ 陶登肖　范楚乔

近年来,运城市纪委监委不断挖掘全市优秀传统文化中的廉政基因，大力推进廉政文化建设，开展系列廉政文化活动。2020 年 11 月 20 日,由运城市纪委监委和河津市委、市政府联合主办,河津市纪委监委承办,河津市文旅局、河津市蒲剧团编排的大型新编廉政历史剧《贤相裴度》,在盐湖会堂成功首演,获得各界好评。

该剧以唐代贤相裴度平定淮西叛乱为主线,展现了裴度忠心报国、敢于担当、清正廉洁的名臣风范,彰显出以严谨家训修身立业、以优良家风荫泽后人的文化自信,具有深刻的现实意义和教育意义。

筹备:选定题材　组建团队

《贤相裴度》既是一部新编历史剧,也是一部廉政主题剧。该剧旨在以戏化人、以廉润心,引导党员干部坚守初心使命、筑牢思想堤坝、树立清正廉洁的价值理念。

该剧由裴氏后裔裴军强创作,国家一级导演、河南省导演学会会长罗云执导,中国戏剧"梅花奖"二度获得者景雪变担任

艺术顾问，蒲剧演员郭安存饰演裴度。

发祥于闻喜县礼元镇裴柏村的裴氏家族，是我国历史上的名门望族，先后出过59位宰相、59位大将军，名卿贤相，英才辈出，形成了“重教守训、崇文尚武、德业并举、廉洁自律”的家规家训。裴氏家族之所以声名显赫、历久不衰，与其严格的祖训家规有着密切的关系。

裴度，字中立，河东闻喜人，是再造大唐的贤相之一，是时人敬仰的中兴名臣。他历仕德宗、宪宗、穆宗、敬宗、文宗五朝，数次拜相，被封为晋国公，世称“裴晋公”。

作为裴氏后裔，裴军强对裴度的敬仰之情早已有之。多年前，他就创作了戏曲剧本《裴度平淮》。2021年上半年，他将剧本进一步完善、改编为《贤相裴度》，以裴度力排众议稳朝纲、平定叛乱保盛世等故事情节，塑造了一个心系百姓、爱国爱民的贤相形象，歌颂了裴度在优良家风家教的熏陶下，以崇高的历史使命和责任担当，为国家长治久安，力排众议，平定叛乱的家国情怀。

"裴度是裴氏家族中具有代表性的人物，他一生最大的功绩就是平定淮西叛乱。这段历史真实可考，而且被刺杀等情节能产生矛盾冲突，有较大的艺术创作空间。所以，我以裴度平定淮西叛乱为主线进行剧本创作。"裴军强说。

在各部门的支持下，2021年6月初，主创人员开始在全国范围内选择合适的导演，最终选定了国家一级导演罗云。罗云今年75岁，至今共为8个剧种导演了170多部作品，还曾在20世纪90年代导演过蒲剧《琼玉公主》，对蒲剧有着特殊感情。得知请他执导蒲剧《贤相裴度》时，他非常感兴趣，欣然加入创作团队。

排演：精雕细琢　守正创新

为呈现出最好的舞台效果，打造精品蒲剧，主创人员从剧本创作、戏剧编排、舞台表演等方面，不断调整、修改，用心、用力地排演。

"裴度心系百姓，有为国解忧、为民解疾苦的家国情怀，是我在导戏过程中着重表现的一点。同时，这部戏中还加入了多个蒲剧特有的、观赏性很强的技巧表演，配合高亢激昂的声腔演唱，能充分展现蒲剧独特的艺术魅力。"罗云说。

饰演裴度的郭安存为了演好角色，专程前往裴柏村参观裴氏宗祠，向专家、学者请教，查阅相关史料，对真实的裴度有了较全面地了解。

"裴度虽说担任的是宰相，属于文职，但他是一个文武双全的人物。这个角色很难拿捏，演过了让人感到傲气，演不够又觉得站不住脚。"郭安存说，塑造裴度这个角色对他有很大的挑战性。

为更好地诠释人物，郭安存认真听取编剧和导演的编排思路，并向国家一级演员、中国戏剧“梅花奖”获得者王艺华和运城文化艺术学校高级讲师李凯请教。王艺华多次为郭安存指导唱腔演唱和人物塑造技巧；李凯专门针对重要表演节点，对郭安存的一招一式进行规范、加工，两人曾在蒲景苑的舞台上练习一周时间，仔细打磨动作。

“与其说我在塑造裴度，不如说裴度的精神在塑造我。这部戏对我的人生境界和艺术修养都是一种提高。”郭安存说。

2021年6月下旬，该剧正式开排；9月中旬，基本排演结束。3个多月里，100余名演职人员通力合作，从剧情编排、音乐设计、服装舞美、灯光音响等多方面精心筹划，为打造一流作品奠定了坚实基础。

演后：广受肯定　反响热烈

首演当晚，演职人员为现场观众奉献了一场精彩纷呈的戏剧盛宴，剧场内不时响起阵阵掌声和喝彩声。还有许多戏迷通过网络收看直播和回放，并留言、点赞，“江山代有忠良臣，河东之地出名人”“主角演得好，配角也不含糊”“好，浑身是戏”……演出受到广泛肯定。

剧中，裴度力排众议主张削藩、乔装改扮探访民情、送给贫困百姓银两、一心平定叛乱……都表现出他勇于担当作为、廉洁奉公、爱国爱民的高贵品质。裴度自觉践行和诠释的，正是裴氏家族的优良家风家训。

同时，裴度被叛贼刺杀受伤后，裴母唱道：“我裴门祖有训家风久远，才有这忠臣孝子世代传……要知道人间正道方致远，咱不做明哲保身太平官！”以裴母之口，歌颂了一代又一代

的裴氏族人严守祖训、传承优良家风家训的可贵精神。

让观众拍手叫好的，不仅有引人入胜的故事情节，还有精彩的蒲剧技巧表演。

除正气凛然、爱国爱民的裴度外，剧中狼子野心、众叛亲离的吴元济，良言相劝丈夫、被逼自刎的吴夫人，拒绝被收买、遇刺身亡的忠臣武元衡，深明大义、鼓励儿子忠心报国的裴母等角色，也给观众留下了深刻的印象。

河津市戏迷杨先生通过网络直播观看了首演。他说《贤相裴度》这部剧从题材到剧本，再到编排都很有特点，演出很成功。

“裴度为了了解叛乱的真实情况，主动作为，不顾个人安危，到叛乱地区探访民情。当发现吴元济确有不臣之心、百姓遭到战乱祸害之后，他更加坚定了平叛的决心。这一点有很强的教育意义，值得我们深思。”盐湖区纪委常委赵艳芳看完演出后说，这部戏的艺术性比较强，有几处大段唱词慷慨激昂，让人听得很过瘾，很适合传唱。还有演员表演的身段和技巧，也体现出了蒲剧的独特魅力。

（作者系运城晚报记者　摘自《运城晚报》）

挖掘河东廉政文化资源的可贵尝试

◇ 樊峻峰

11 月 20 日晚，由运城市纪委监委、河津市委、市政府主办，河津市纪委监委承办的新编大型廉政历史剧《贤相裴度》在市区盐湖会堂成功首演。河东先贤裴度通过蒲剧的艺术形象，栩栩如生地呈现在舞台上，让我们再次穿越历史烟云，心怀敬意地走近这位老乡。

致敬河东先贤　激扬清风廉韵

作为中华优秀传统文化的一部分，廉政文化占有相当重要的分量。这其中，河东元素分外夺目。2017 年 4 月，在北京全国人大会议中心，由山西省纪委监委、山西省委宣传部主办的“齐家治国·传承致远——从裴氏家族看家规家训的当代社会价值”座谈会隆重召开。会议间隙，笔者采访了著名文化学者、北京大学教授张颐武先生。张先生对运城的裴氏家族文化表现出浓厚的兴致。他从裴氏家族文化的活化和转化角度讲，现今传承、转化、弘扬裴氏家族文化，把家风家训与传播优秀传统文化、净化社会风气、促进精神文明建设结合起来大有裨益。

近年来，由中纪委着重挖掘、整理的裴氏家族、司马光家族

家规家训家风文化在全国范围内引起广泛影响。这是河东地域文化对全国廉政文化的一个积极贡献。在省纪委监委和市委的坚强领导下，市纪委监委坚持一体推进不敢腐、不能腐、不想腐的思想工作，做实做精“后半篇文章”，深入挖掘运城优秀传统文化中的廉政基因，先后打造了10余个反映运城籍历史名人廉政事迹的作品，以蒲剧为例，有《铁汉公薛瑄》《宗臣史家司马光》《公而忘私姚天福》，等等。新近推出的《贤相裴度》更是这方面的有益尝试。

《贤相裴度》以裴度力排朝堂众议，不顾身家安危、平定淮西叛乱等真实史料为主线，刻画了裴度忠心报国、敢于担当、清正廉洁的名臣风范。同时，该剧展示了河东裴氏一族先贤英才在优良家风家训熏陶下一代族人一步步成就辉煌的真实场景。

历数裴氏家族历史上众多名臣名将，他们是集中反映中华民族优良道德的典范，也是中华优秀传统文化的精神标识。近年来，众多学者都在深入探寻和深究裴氏一族代代绵延的文化密码和精神基因，无论从哪个方面切入，最终大都指向该家族千年沉潜结晶出的历久弥新、独树一帜的裴氏家族文化。蒲剧《贤相裴度》的适时推出，本身就是一种文化担当。众所周知，裴度是再造大唐的“三大贤相”(狄仁杰、裴度、郭子仪)之一，是时人敬仰、名垂史册的中兴名臣，后世尊称“裴令”“裴晋公”。其威望远达四夷，号称“以一身维系国家的安危”，对时局产生重大影响达20多年。这样一位名相，要在地方戏剧舞台上呈现，其难度不难想象。

以文化人，以廉润心。在当下，弘扬优良的家风家规家训，对涵养和践行社会主义核心价值观具有积极的借鉴意义，对净化政治生态、倡树新风正气更具有鲜明的现实意义。

主角形象生动　气韵荡气回肠

该剧把历史人物的激荡人生，通过平淮西这一重大历史事件，聚焦式、特写式集中展示了出来。把一个忠心报国、刚正无私、敢于担当、清正廉洁、勤勉敬事的廉相风范成功还原，让人们近距离穿越到历史情境，感悟到这位河东先贤在历史进程中的铿锵足音。剧中，通过反面人物的反衬、身边亲友的担心和体恤，尤其是意涵丰赡、一脉正统的家规家训文化滋养，展示出了由此而培植和化育出的裴氏家族文化代表性人物的精神内核。

由蒲剧名家郭安存领衔主演的裴度，气宇轩昂，一身正气。在唱腔处理上，他将蒲剧的高亢苍凉发挥到了极致。同时，又兼具行腔的舒缓、错落，与剧情的发展脉络相契合、相呼应，形成有落差、有对比、有节奏的舞台效果，调动了观众的情绪和看点，随着历史人物的情感起伏而引发强烈的共鸣。在表演方面，郭安存准确把握人物内心世界，在装扮算卦以察敌情，在得知王义和武大人被害时，他缜密、智慧、刚毅、执着的品性得到完美呈现。面对杀机四伏的险境，他沉着无畏的气概与老母、夫人的担忧和爱怜，于舞台方寸地，充分展示出强大的内心世界和勇毅担当的家国情怀。

真实的历史事件，在文艺创作中不见得省事。越是观众耳熟能详，相对讲，观众对出新预期越高。这给编导等主创人员的想象空间更加逼仄，创作中的约束、拘谨也可想而知。但编导知难而进，勇于探索新的创作手法。在人物设计上，以险取胜，令人耳目一新。对应人物关系时，吴元济夫人出淤泥而不染，心怀正义、正气，宁死也不同流合污的刚烈形象，更比对出叛贼吴元济的失道寡助和众叛亲离。而裴氏家中，裴母、裴夫人也明

大理，晓大义，但面对儿子、丈夫的险境，所流露出的优柔、迟疑、恐惧也不难理解，也正是复杂的人性底色中更为真实的一面。

吴元济曾经尝试拉拢裴度，给他送田宅，裴拒绝时，没有丝毫犹豫，在义利、公私、安危选择中，意志如磐、信念似钢，以强大的定力彰显了裴氏一门良好家风长期熏陶而成的高标人格。郭安存依托扎实的表演功底，紧扣人物性格发展走向，利用抬步、扑卧、仰倒、帽翅功、髯子功等传统蒲剧绝活，细腻、完整地刻画了裴度的舞台形象。

角色不分大小　守正才能出新

司崇晋饰演的反派也很成功，他把一个凶狠、阴险的叛将吴元济演得真实、可信。在府中生活场景中，通过大段蒲白，把内心的恶欲、性格的暴戾、处事的狡诈表露出来，与夫人的几段对唱和对白中，更将外强中干、色厉内荏的真实表露无遗。这场戏在细节处理上极其生活化，演出非常成功。各个角色在使用水袖、髯口、台步、梢子功等方面，都十分娴熟，于传统程式中又多有创新，让古老的蒲剧艺术焕发出新的生机。

几位旦角的精彩表演也为本剧的成功增加了角色分量。剧中裴母、裴夫人、吴元济夫人，包括瞎婆等，都把小角色演出了大光彩。本剧还有一个亮点即武生的强势亮相。多年来，因种种原因，地方戏剧中的武打场面渐渐式微。在当晚的演出中，整个打斗场景的设计、演员的精彩对打等，都让喜欢看武戏的观众眼前一亮，心头一振。为了打磨每一个角色的每一个动作，尤其是武打场面，在舞台上，市艺校高级讲师李凯对包括主演在内的演员的一招一式皆有强化式训练。

为了打造戏剧精品，在前期创作当中，主创团队就下足了“笨”功夫：组织主演深入闻喜县裴柏村参观裴氏宗祠，现场感悟家规家训文化。编剧裴军强作为裴式后裔，他一头扎入浩繁的文史典籍中，查阅大量资料，请教专家学者……联排、彩排后，市纪委监委专门邀请有关专家召开了研讨会，把脉问诊，集思广益，整理讨论后，主创团队再进行剧情的调整和修改。

在裴度被吴元济爪牙刺杀受伤后，裴母豪迈宣示：“我裴门祖有训家风久远，才有这忠臣孝子世代传……要知道人间正道方致远！……”这段激越的唱腔，升华了裴氏一门严守祖训、传

承家风的可贵精神，进一步点染和深化了作品的题旨。

音乐设计和舞美设计的成功让蒲剧吸附了更多年龄层级的观众。一些青年观众对结尾的合唱非常认同，这种基于传统文化的大胆设计，吸引了地方民歌中的舒缓、抒情、柔美，丰富了蒲剧音乐的内涵，拓展了唱腔的外延，增强了传统戏曲的感染力。

运城市纪委监委还将进一步深挖中华廉政文化中的“河东元素”，做大做火廉政文化，充分利用“以文化人，培植内心”的功能，为实现“不想腐”提供文化支撑。作为河东人，我们要更加礼敬裴氏家族、柳宗元、张嘉贞、司马光、赵鼎、姚天福、薛瑄、曹于汴、张岫、陶琰等家乡先贤，从他们师垂典则、范示群伦的修为中，汲取能量，赓续优良家规、家训、家风，在新时代大潮中，以史为鉴，以人为镜，见贤思齐，崇德向善，锻造廉洁品格，不负时代担当。

（作者系运城日报社副总编辑　摘自《运城日报》《运城晚报》）

新编历史剧创作的新高峰

观新编历史蒲剧《贤相裴度》有感

◇ 王笑林

近日观看了在山西省运城市纪委监委、河津市委、市政府大力支持下，由河津蒲剧团创作排演的新编历史剧《贤相裴度》的演出。该剧由裴军强编剧、罗云导演，著名蒲剧演员郭安存担纲主演。

历史上的裴度(765年—839年)，字中立，汉族，河东闻喜人，是唐代著名的贤相，中国历史上极为出名的人物。他坚持正义，辅佐唐宪宗实现“元和中兴”，曾担任宰相20余年，引荐韩愈等名士，重用一些名将，还保护刘禹锡等忠臣名仕，为唐代中期国家强盛做出了许多贡献，被唐宪宗赐封为“晋国公”。

新编历史剧《贤相裴度》以裴度平定淮西叛乱为主线，从裴度力排众议稳定朝纲、不顾安危勇探敌情开始，到平定叛乱保唐盛世等故事情节的铺开，展示了裴度忠心报国、勇于担当、无私无畏的铮铮铁骨风范，表现了裴氏家族先贤英才在优良家风家训的熏陶下，成就辉煌人生的高尚品格。这出新编蒲剧非常恰当地处理了历史真实与艺术真实之间的辩证关系，把我省新编历史剧的创作水平提高到一个崭新的高度。该剧从选材到演出都具有极为强烈的艺术感染力，给观众留下了非常深刻的印象，是近年来我省表现历史人物剧目中不可多得的佳作。

裴军强是我省编剧人才中的后起之秀，曾创作了多部表现当代和历史题材的戏曲作品，并由各剧种的院团搬上舞台，获得过全国和省、市文化部门领导的多次奖励和广大观众的一致好评。他虽说是业余创作起家，但已经在省内外戏剧界颇有名气。

《贤相裴度》是裴军强在戏曲创作园地中，多年辛勤耕耘的结晶。裴度在唐代相位上有20多年的经历，是三朝元老，不仅是杰出的政治家，还是一位在中国历史上著名的文学家。如何反映这样一位名震华夏的历史人物，在戏曲舞台上展现曾经出过59位宰相的裴氏家族的辉煌业绩，是摆在作者面前的一项光荣而又艰巨的任务。作为裴氏后人的编剧裴军强，在塑造裴度这个真实人物形象时，首先在选材方面既没有拘泥于历史记载，又没有离开裴度在历史上的真实生活，而是选择了裴度在他的人生历程中最为辉煌的“平淮叛乱”主要事迹为贯穿主线，用艺术虚构细节的手法，非常集中地把裴度为国为民、廉洁奉公、勇于担当的高尚品德展现出来。

有些虚构的情节为塑造人物起了很大的推动作用。在“平淮叛乱”这一重要事件中，历史记载只提到裴度曾经探明敌情，并没有说明他如何去了解对手的真实状况。编剧专门在第三场安排了扮作算卦先生的裴度见到吴元济，借算卦明白了吴元济底细的场面，使戏剧矛盾的后续发展有了坚实的基础。

剧本中，安排吴元济的夫人出场也非常有戏剧性，借助吴夫人的出场和对其丈夫反叛朝廷的劝说，运用人物性格的展示，既塑造了富有正义感的吴夫人，也凸显了野心家吴元济贪婪残忍的本性。这些虚构的艺术情节，都是作者在剧本创作中非常精心而又成功的安排。

又比如裴度和武元衡遇刺，历史上真有此事。据《旧唐书》记载，元和六年(811年)十月，成德节度使王承宗、平卢节度使李师道都曾派刺客刺杀宰相武元衡，同时指使他们刺杀裴度。武元衡被乱箭射杀，裴度被刺三剑，头一剑砍断了裴度的靴带，第二剑刺中背部，刚刚划破内衣，末一剑伤及裴度的头部。裴度跌下马来，幸好他头戴毡帽，因此伤得不深。刺客又挥剑追杀裴度，其随从王义以身掩护，才使裴度受到掩护。裴度跌进路边的沟中，刺客以为他已死，罢手离去。

在剧本创作中，作者没有正面表现武元衡之死，只表现了裴度被刺的场面，这样就给演员留出了在家中养伤时的裴度听到武元衡的死讯后的激愤心情，为在艺术上塑造人物提供了极为准确、宽裕的余地。

著名老导演罗云老师利用剧本为演员提供的塑造人物的机会，使主演郭安存展示了自己的几乎所有表演才华。让观众拍手叫好的，不仅有引人入胜的故事情节，还有精彩的蒲剧技巧表演。郭安存是蒲剧表演艺术家王艺华的高徒，是一位非常优秀的蒲剧小生演员。我曾经观看过他表演的《黄鹤楼》《周仁献嫂》《小宴》等剧目，在省内戏剧界有很大的反响。《贤相裴度》中他改变戏路主演须生裴度，同样具有非同一般的表演。据《运城日报》上对他表演的描述，剧中表现裴度上早朝这一情节，郭安存创造性地同时运用水袖、髯口、台步等经典的蒲剧表演技巧，既表现出了裴度“上早朝急赶路不觉气喘，哪顾得步履蹒跚行走难”“深一脚浅一脚疾步向前”的焦急心情，又呈现出和人物性格相吻合的艺术效果。在表现裴度得知武元衡被杀后，悲愤交加、怒发冲冠的情绪时，郭安存通过形式多样的梢子功技巧和高亢激昂的唱腔,使该情节增添了许多艺术魅力。郭安存是那种表演性和演唱性都非常优秀的演员。一般来说,须生以唱腔突出为主,小生的表演重点是“做功”,郭安存在该剧中把两者结合起来,使观众既享受到蒲剧唱腔的魅力,又观赏到蒲剧高超的表演技巧,可谓精彩绝伦。

从剧目的演出风格来说,《贤相裴度》更像是一出流传已久的传统剧目,这是剧作者在编剧风格上的一种成熟的表现。该剧的对白和唱词更加符合蒲剧传统剧目的要求,当今的剧作者就应该达到这样的创作水平,才能够把我国戏曲传统艺术传承下来。我们看到,剧中的各个人物的表演都非常的流畅、自然,一举一动、唱念做打完全是传统剧目的再现,看不出那种当代新编戏曲“话剧加唱”的弊端。这当然也同导演、艺术家罗云老师的功力分不开,但是没有剧组人员对传统艺术的熟练掌握是完不成的。

传统艺术的传承,首要的任务是拿出能够表现传统技艺、技巧和唱腔念白的剧本,这是多年来我们在戏曲创作中想努力而又力不从心的问题。应该祝贺《贤相裴度》主创人员的成功,希望剧作者和表演、导演更加努力地为我国戏曲事业,特别要为具有悠久历史的蒲剧艺术在新时代取得更大的成就。

(作者系山西戏剧文化促进会会长、山西戏剧家协会原常务副主席兼秘书长　摘自《运城晚报》)

历史精神和现代意识的交融与升华

评大型新编历史廉政剧《贤相裴度》

◇ 杜流程　申翠霞

11月20日晚，1200多年前的唐代贤相裴度猛然“出现”在人们的视野，不过，他是在舞台且是家乡河东的舞台上。

厚重的历史画卷扑面而来，高亢激昂的唱腔声震长夜，名臣风范令人肃然起敬，心潮澎湃。

无疑，《贤相裴度》是一场精彩纷呈的大戏，一场借古喻今的好戏！

深邃的思想性：透视历史精神，让人物在舞台上活化

思想性是艺术的基本属性之一。它既是艺术家对历史和社会生活的审美评价，同时也是作品的激情和灵魂之所在。“剧本构思和创作时，我首先考虑的，就是如何将中心人物置于广阔的历史背景下，通过戏剧艺术的表现手法，揭示人物丰富的内心世界，塑造心系百姓、爱国爱民的贤相形象，最终体现裴度忧国忧民的宏博思想和历史精神，引发观众强烈的认同感和情感共鸣。”《贤相裴度》编剧裴军强在谈到创作的核心理念时如是说。

谈起裴度，不能不提裴氏家族。

裴氏家族、柳氏家族、薛氏家族并称“河东三大望族”，其中裴氏家族尤为光耀。发祥于闻喜县礼元镇裴柏村的裴氏家族，

“自秦汉以来,历六朝而盛,至隋唐而盛极,五代以后,余芳犹存,在上下二千年间,豪杰俊迈,名卿贤相,摩肩接踵,辉耀前史,茂郁如林,代有伟人,彪炳史册”。裴氏家族先后出过59位宰相、59位大将军,可谓公侯一门,冠裳不绝,在中外历史上绝无仅有。

裴度(765年—839年),字中立,出身河东裴氏东眷房,是再造大唐的贤相之一,是时人敬仰的中兴名臣。他历仕德宗、宪宗、穆宗、敬宗、文宗五朝,数次拜相,被封为晋国公,世称“裴晋公”,被后人赞誉为“唐中兴以后,称贤相者独举裴晋公”。

“裴度是裴氏家族最具代表性的人物,他一生最大的功绩,就是平定淮西叛乱。”裴军强说,《贤相裴度》所表现的,是裴度督统诸将平定淮西之乱的不朽功勋。

唐宪宗元和年间,朝廷出兵讨伐跋扈不朝的淮西吴元济,历时四年之久,战事迁延未决,吴元济更是觊觎朝位,野心勃勃。宪宗力排众人姑息论调,任用主战的裴度为宰相,倚以调度讨伐蔡州之事。元和十二年(817年)七月,裴度以宰相衔为淮西宣慰处置使,督师讨伐淮西,于十月生擒吴元济。至是,40年不服王化,专制蔡、光、申诸州的淮西悍镇被收复,归于中央大一统政权。

裴度虽为儒臣,却“身系国之安危、时之轻重”,“泰山崩于前而不变色,麋鹿兴于左而目不瞬”,在地方藩镇频起叛乱的危难之际,他亲赴前线,躬督战阵,激励将士,终获大胜。淮西之役是宪宗削藩最为关键的一战,淮西的剪灭,不仅解除了东都和江淮的现实威胁,而且极大地提高了中央政权的政治威望,奠定了“元和中兴”的根基。

《贤相裴度》截取平淮西历史的横断面,深度挖掘裴度精忠报国、百折不挠的高贵情操,集中体现了裴度为国锄奸、为民除害的坚定意志，完美诠释了裴度无惧个人安危、敢于担当的历史精神。在选材和凝练主题上，实属难能可贵。

更重要的是，“和”的思想在全剧的渗透。“和”是中国文化源远流长的法宝，是中国人最高的价值追求。后人赞誉289年大唐盛世，却不知其背后隐藏着战伐求胜趋于和为一统的诸多史实。战争是为了和平，和平是为了发展，发展是为了强大，离心离德是衰败的前兆，唯有上下同心，才能让“和”得以永续。这是历史的必然规律，也是带给后人的深刻启示。

作为裴氏后裔，编剧裴军强近年来在工作之余笔耕不辍，创作颇丰，先后有13部新编历史剧、现代剧、话剧等多种戏剧作品问世。其中《大清御史》《巡盐御史》被搬上晋剧舞台和蒲剧舞台。对裴度的敬仰之情，裴军强早已有之。多年前，他就创作了戏曲剧本《裴度平淮》。2021年上半年，他将剧本进一步完善、改编为《贤相裴度》，塑造了一个心系百姓、爱国爱民的贤相形象，歌颂了裴度在优良家风家教的熏陶下，以崇高的历史使命和责任担当，为国家长治久安殚精竭虑。

恢宏史剧，匠心营造。正是由于编剧在思想上和创作上具有高度概括广度和深度的能力，坚持以时代眼光观瞻河东历史，以现实主义手法讲述戏剧故事，在塑造人物上又注重主人公思想性的挖掘和历史精神的展示，二者完美融合，从而让裴度在舞台上活化了灵魂，有了温度、厚度和张力，也有了震撼度和感染力。

高超的艺术性：注重戏剧表达，以华章满足观众审美

《贤相裴度》启幕便先声夺人，直击唐宪宗时期藩镇割据、中央难敌、危机四伏的政治情势，空间广阔而具备特定性，观众入戏迅速而不突兀。

第一幕，在朝中两派纷争、宪宗左右摇摆难以定夺的时刻，裴度亮相登场，晓之以理、动之以情，力主抗战，主动请缨，终使皇帝下定决心讨伐逆贼吴元济。裴度忠勇、贤良的形象，在观众的脑海里确立。

力排众议稳朝纲、不顾安危探敌情、不畏危险勇担当、平定叛乱保盛世……《贤相裴度》强化戏剧故事元素，注重艺术形象表达，用情节的发展和组成来确定主要矛盾，展现了善与恶、正义与非正义的激烈较量。随着剧情正叙双线结构更丰富、饱满地向纵深推进，《贤相裴度》不但组织了强烈的戏剧矛盾冲突，而且有着人性善恶的情感表达；既有战争的宏伟壮阔，又有情感交融的细腻深刻。通过强烈的艺术对比手法，该剧基本达到历史精神和现代意识的交融和升华，在赋予蒲剧新的风貌及现代感的同时，进而实现了舞台艺术的真实。

“史学家是发掘精神的历史，史剧家是发展历史的精神。”《贤相裴度》特邀总导演罗云说。

罗云，国家一级导演、河南省导演学会会长，在戏剧界享有极高的声誉。著名戏曲评论家刘景亮称他是“河南导演队伍中，导戏最多、涉猎戏剧样式最多、得奖最多、整体成果最丰富的导演”。作为业界泰斗，罗云善于挖戏、抠戏，将《贤相裴度》的思想性和艺术性升华到一个崭新的高度。同时，中国戏剧“梅花奖”二度获得者景雪变担任艺术顾问，为该剧的成功首演打下了良好的基础。

“郭安存能吃苦，肯下功，形象好，是一个非常难得的演员。没有安存的参与，可能这个戏我就排不成。”罗云这样评价裴度饰演者郭安存。

来自古蒲州的郭安存，本身就有着扎实的蒲剧表演功底。

被特邀确定为主演后，郭安存多次请“梅花奖”获得者王艺华、运城市文化艺术学校高级讲师李凯对自己的唱腔、舞台动作进行指导。特别在蒲剧表演艺术大师景雪变的精心指导下，郭安存潜心琢磨，演技更臻成熟。

令观众印象深刻的“上早朝”这场戏，郭安存创造性地运用水袖、髯口、台步等经典的蒲剧表演技巧，既表现出裴度“上早朝急赶路不觉气喘，哪顾得步履蹒跚行走难”的焦灼心态，又呈现出与人物性格相吻合的艺术效果。在表达裴度险遭被害、武元衡被杀所产生的悲愤交加、怒发冲冠的情绪时，郭安存通过形式多样的梢子功技巧、高亢激昂的唱腔等增添了全剧的艺术魅力。

除了正气凛然、忠君爱民的裴度外，剧中狼子野心、众叛亲离的吴元济，良言相劝丈夫、被逼自刎的吴夫人，拒绝被收买、遇刺身亡的忠臣武元衡，深明大义、鼓励儿子忠心报国的裴母等角色，均起到了烘云托月的作用，同样给观众留下深刻印象。

鲜明的现实性：弘扬时代旋律，将家国情怀永世赓续

习近平总书记考察山西时强调，要深入挖掘尧舜德孝文化、关公忠义文化、能吏廉政文化等优秀传统文化，引导广大干部群众提升道德情操、树立良好风尚、增强文化自信。

大型新编廉政历史剧《贤相裴度》的成功上演，正是贯彻落实习近平总书记重要指示精神的一个成果。

近年来，运城市纪委监委深入挖掘裴氏家风家训、司马光训俭等河东优秀传统文化的廉政基因，大力推进廉政文化建设，开展系列廉政文化活动，以文化人、以廉润心，在引导党员干部坚守初心使命、筑牢思想堤坝，在引导广大群众筑牢清正廉洁的价值理念上取得了丰硕的成果。《贤相裴度》的上演，为进一步弘扬本土廉政文化开了一个好头。

党的十八大以来，习近平总书记在不同场合多次谈到要“注重家庭、注重家教、注重家风”，强调“家庭的前途命运同国家和民族的前途命运紧密相连”，提倡“大力弘扬中华民族优秀传统文化，大力加强党风政风、社风家风建设，特别是要让中华民族文化基因在广大青少年心中生根发芽”。

细心的观众会发现，《贤相裴度》里有裴母演唱家风家训激励儿子裴度的情节。裴氏家规文化形成日久，源远流长。据记载，北朝名臣裴良奉公之余，着手整理祖上口碑相传的遗训，动笔撰写了《宗制》十卷。隋唐时期，河东裴氏发展到鼎盛阶段，其家规的打造和修炼也日臻完善。明万历二十四年(1596年)，裴氏五十五世孙裴濂修订《河东裴氏族戒》九条。历经漫长的历史沿革和传承实践，现存裴氏家规于清末民初最终修订，计有《河东裴氏家训》《河东裴氏家戒》两大部分。

裴氏家族是儒家所标榜的“修身、齐家、治国、平天下”的典范，裴氏《家训》《家戒》的核心是“重教守训，崇文尚武，德业并举，廉洁自律”。《家训》《家戒》不仅是裴氏修身立命的规矩，是裴氏家族留给河东大地的宝贵财富，更是中华优秀传统文化的璀璨明珠。

文以载道，文以化人。正如市委常委、市纪委书记、市监委主任周跃武在演出前致辞时所指出的，全市各级党员干部要以史为鉴、以人为镜，见贤思齐、崇德向善，坚守理想信念、严守初心使命，深刻把对党的绝对忠诚铭记于心、外化于行；要敢于担当、善于作为，攻坚克难、锐意进取，把心思放在真干事上，把精力放在干实事上，把功夫下在干成事上，时刻保持干事创业的工作激情；要守住底线、不踩红线，管好身边人、树立好家风，时刻保持共产党人清正廉洁的政治本色，为全市高质量转型发展营造风清气正的政治生态。这,恰恰就是《贤相裴度》鲜明的时代性、政治性以及教育意义之所在。

从当下时代中找问题,在过去时代中找答案。以唐代贤相裴度平定淮西叛乱为主线,展现裴度忠心报国、敢于担当、清正廉洁的名臣风范,彰显出以严谨家训修身立业、以优良家风荫泽后人的文化自信,是《贤相裴度》的艺术特色。该剧的深刻寓意还在于,以国家的统一、国家的长治久安为基调,坚决反对分裂。因而说,该剧同样具备积极的现实意义和深远的历史意义。

当然了,作为大型新编廉政历史剧,《贤相裴度》尚存在裴度清廉方面展现单薄、集体武打动作呆板等些微瑕疵。但是,瑕不掩瑜,随着剧本的进一步精心打磨和舞台艺术的进一步提升,相信《贤相裴度》将会给观众呈现一场更加厚实、更加多彩的戏剧饕餮盛宴,带给人们审美的享受、无穷的遐思和前进的动力!

(作者杜流程系运城日报社原编辑、运城电视台原编辑、剧作家 摘自《运城日报》)

家国情怀的展示和升华

◇ 范安军

少时学习语文课本里的《李愬雪夜入蔡州》,佩服大将军李愬的沉着勇敢和谋略过人,学习古代记叙文叙事的条理清晰,感悟史学家、文学家司马光的大家风采,但并不了解这件事的历史背景。观赏蒲剧《贤相裴度》后,才知道这段历史与赫赫有名的大唐名相裴度有关系。

裴度居官勤于职守,尤其在唐宪宗继位后,不断加官进职,最后直至执政宰相。20余年间,裴度先后在宪宗、穆宗、敬宗、文宗四朝历任显职,他“执生不回,忠于事业,时政或有所阙,靡不极言之”,屡遭皇帝冷落和权臣嫉恨。他虽三次为相,却五次被排挤出朝廷,外放任节度使或地方官。尽管如此,裴度的威望德业,一直为世人所重,史赞裴度“以身系国家轻重如郭子仪者二十余年”。裴度一生功绩卓著,曾出使魏博、平定淮西、参戎入辅、迎立江王、辅佐敬宗,为唐中后期政治稳定作出了重大贡献。

由运城市纪委监委,河津市委、市政府主办,河津市蒲剧团演出的新编历史剧《贤相裴度》,形象再现了裴度站在维护国家利益高度,坚持正道、力排众议,知人善用、身先士卒,斩杀吴元济、结束淮西战事的真实历史事件。这部戏内容选题准确、戏曲矛盾集中、人物形象突出、唱腔表演精彩，是一部创新廉政警示教育形式、加强干部理想信念教育的“活教材”。

励志正心，激发干部担当作为

矛盾冲突是戏曲作品的基础和本质。裴度刚一出场，就深陷三重矛盾冲突：一是淮西军阀吴元济反叛，朝廷征讨久未有功，大唐统治陷于危机；二是朝廷内以宰相武元衡为代表的主战派和以翰林学士钱徽为代表的主和派之间的矛盾斗争，唐宪宗犹豫不决；三是裴度夫人“劝老爷再莫要固执己见、做一个安安稳稳太平官”的规劝，裴度左右为难。

面对解朝廷于倒悬之大危机，裴度审时度势、刚强果敢，做出了“选贤任能平叛乱、换将易帅莫迟延，重整旗鼓再作战、不杀吴贼国难安”的重大战略判断，并向宪宗举贤李光颜、李愬；面对主战、主和两派无休止的争吵，裴度据理力争、鞭辟入里，分析出“切莫轻谈将贼免、藩镇效仿统领难，养虎为患自作茧、

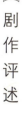

乾坤倒置是非颠”的严峻形势，统一起文武思想；面对被刺后母亲和夫人的担忧，裴度毅然先国家后小家，置自身安危于不顾，谨遵母命，“精忠报国记心间”。这些都充分体现了裴度在国家遇到重大风险挑战时，头脑清醒、立场坚定，把握住斗争的正确方向。

党的十九届五中全会擘画了我国社会主义现代化建设的宏伟蓝图，在推进这项伟大事业的漫长征程中，少不得跋山涉水、风吹雨淋、荆棘载途，各级领导干部都应向裴度学习，做到明方向、练胆魄、磨意志、长才干，在大是大非前敢于出鞘亮剑，在危机困难前敢于挺身而出，在矛盾冲突前敢于迎难而上，确保我们党制定的宏伟目标能够如期顺利实现。这正是这部戏最直接、最重要的政治意义。

劝化浸染，弘扬优秀家风

闻喜裴氏家族千余年来，将相接武、代有伟人，实属中外历史上的一大奇观。这样的望族、门第，其背后有着深刻的思想文化内涵。穿透千年风云，我们可以看到，裴氏家族正是儒家标榜的“修身、齐家、治国、平天下”之典范。

深究其因，重视家庭教育和内在修养，注重家道、家风传承，才是根本。裴氏十二句家训，既强调了忠孝仁义，又明确了处世之道，涵盖了对后人“德、能、勤、绩、廉”的要求。正是一系列严谨的家庭教育机制，加上正确的教育方法和内容，才从根本上促进了裴氏家族的千年不衰。

这部戏中，裴度被刺后，其母看在眼中、疼在心里，但在面对国家利益和小家利益的冲突时，依然谨记“裴门祖有训家风久远，才有忠臣孝子世代传”，坚决要求裴度“不做明哲保身太平官”。这段唱词既慷慨激昂、扣人心弦，又鼓舞人心，塑造了一位识大局、明大义、懂大理的伟大女性形象。

戏曲具有“美教化、移风俗”之功能，这部戏“以文化人、以廉润心”，对观众心灵潜移默化的作用是持久而深入的。“欲治其国者，先齐其家”，家风是社会风气的重要组成部分。在当下，弘扬优良的家风、家教、家训，对提高社会文明、倡导公平正义、净化政治生态、加强廉政建设都具有鲜明的现实意义。

守正创新，教育深入人心

戏曲是距离化程度很高的艺术，但又是一种共鸣的艺术。从努力争取观众入戏，到让观众产生共鸣甚至感动，戏曲需要克服时间感、空间感上的跨度，必须用生动、丰富的人物形象来反映特定社会条件下真实的人与人之间的真实关系、真实的思想感情和真实的性格特征，才能使观众“快者掀髯，愤者扼腕，悲者掩泣，羡者色飞”。

蒲剧《贤相裴度》无疑是这方面的优秀之作，继承了优秀戏曲作家和戏曲演员所坚持的宝贵传统，塑造出了真实生动的人物形象。

把人物置于矛盾冲突中来刻画人物，是戏曲最基本的表现方法。在大唐统治岌岌可危的社会大矛盾中，裴度出场。他在战、和两派纷争中说服唐宪宗；他联合武元衡对抗吴元济、王承宗等；他乔装改扮深入险境详察细看；他严词拒绝了李师道的苦心收买；他还要在家国两难前作出抉择……这些矛盾冲突，无论是外在型的还是内在型的，都是为塑造裴度忠心报国、勇于担当、刚正无私、勤勉廉洁等性格特征服务的。

戏中的大反派吴元济也很成功。这个人物首场亮相就气势

汹汹、张牙舞爪，视“唐军兵败如同山倒”，“踞淮西自在逍遥”。面对夫人“对抗朝廷、迷途不返”和“僭越犯上、愈行愈远”的警醒，他妄自尊大、执迷不悟。与夫人的对唱和对白，充分暴露了他的恶欲膨胀、残暴乖戾和阴险狡诈。

也正是在这种强烈的正反对比中，两个主要人物性格特征才更加鲜明突出。

剧中其他人物也各有特色，给观众留下了深刻印象。如武元衡的忧国忧民、裴夫人的温良贤淑、吴元济夫人的断然决绝等，都把小角色小人物演出了大光彩。

当然，人物的成功塑造离不开演员的精彩表演。扮演裴度的蒲剧名家郭安存系科班出身，善工小生，唱做俱佳。其高亢的嗓音略显沙哑，给人以饱经沧桑之感，扮相气宇轩昂，表演细腻传神，能够准确把握人物的内心世界，一招一式、一坐一站，既符合表演程式，又具备生活真实，达到了“情动于衷而形于外”的戏曲美学追求。饰演吴元济的司崇晋、饰演裴母

的畅燕珍、饰演吴元济夫人的牛爽等，都为本剧的成功增了光、添了彩。

蒲剧《贤相裴度》无论是从选题立意、思想高度、素材采用，还是从人物品质、教育感召、实践意义来看，都是一部在新形势、新要求下弘扬新时代精神不可多得的廉政题材文艺作品。其通过观众喜闻乐见的戏曲形式反映重大的社会课题，让人们在观赏气氛中接受了教育。古人云："文章合为时而著，歌诗合为事而作。""为时"就是发时代之声，"为事"就是在时代中有所作为。蒲剧《贤相裴度》的创作演出，认真遵照了这个要求，具有一定的精神高度、文化内涵、艺术价值和社会效应。

（作者系运城市直工委书记　摘自《运城日报》《运城晚报》）

传承优良家风家训
弘扬清廉担当精神

——《贤相裴度》研讨会发言摘要

2021 年 05 月 26 日

乔俊宝(太原市群众艺术馆一级编剧)

《贤相裴度》是一部意义深远的好戏。这部戏把具有特色的运城历史人物裴度的事迹搬上舞台,不仅反映了有关家风方面的内容,还是一部爱国主义好教材,有很大的现实意义。

演员阵容强大、舞台干净、服装精良,整个演出就像是一幅流动的、精美的图画。经过打磨,肯定是一部精品。

我建议,把唱腔、道白、细节再进行调整。每个演员在不同的环境,甚至一样的环境中都有自己的态度和情绪。所以演员脸上的表情还可以再丰富一些。

肖桂叶(山西晋剧院一级导演)

河东裴氏家族留下了丰厚、珍贵的精神文化遗产,是山西的一大文化名片。裴氏家族故事题材众多,方方面面都值得弘扬。

剧本是一剧之本，裴度一生最重要的事情之一就是平淮西，剧本以此为切入点，为演出打下了很好的基础。

这部剧蕴含的意义让人很受教化，看后我们每个人都受到了很好的教育。“暗访”这场戏，将裴度在平乱中的智慧表现得淋漓尽致，通过虚构更加深化了裴度的智慧。该剧舞美灯光给演员很大的表演空间。

我希望，放大、深挖“暗访”这场戏。同时，在唱腔布局上再梳理、再细化。

景雪变（“梅花奖”二度获得者、《贤相裴度》艺术总监）

感谢专家们的“会诊”。下一步，我们将在剧本提升、舞台呈现、演员唱腔等方面继续打磨，发挥好这部剧的正能量。

这部剧能够走到今天，真是太不容易了。就在演出前半小时，我们还在不断调整舞台背景等，直到开演前才定好。

感谢市纪委监委给我们剧团参演这部戏的机会，让我们有机会用我们擅长的方式，讲好运城故事。这部剧首先是为人民服务，为政治服务，打造好这部剧，是我们的责任和义务。

安　兰（山西艺术研究院副院长、一级编剧）

舞台呈现、剧场效果都非常精彩，的确让人眼前一亮。

首先，选材非常好。家风建设很接地气，裴度忠君报国的宰相形象也很有高度，对党史学习教育有特别强的现实意义。

其次，戏剧程式化发挥得好。舞台简洁、大方，演员用一招一式很好地塑造了人物形象。

如果作为一般剧目已经很好，但还有丰富和提升的空间。

作为一名编剧,我认为一号人物还可以更丰满,把裴度母亲和妻子出场往前推,使其家风基础更丰富、完善。腾出笔墨,丰富、完善裴度抉择、犹豫部分,让裴度形象更立体。

王勇慧(省曲艺团原书记、副团长,一级编剧)

廉是永恒的主题,运城市纪委监委打造的《贤相裴度》就抓住了这一主题。看了戏后,最大的感触就是增强了文化自信。运城在历史上出过不少名人, 我们应该把自己的文化耕耘好、传承好。

本土编剧对当地地域文化和本家故事有了解,有情、有料、有一定的文学底蕴。

我建议:裴度人物形象,可以更丰满;裴母作为第二主角,角色分量可以增加;上朝三个场景,可以重组,使其更为合理。

尚勤学(运城市纪委常委、监委委员)

感谢各位专家的精彩点评。十年磨一戏,到省城演出也是一个磨炼的过程,河津剧团属于县级剧团,水平还有很大的提升空间,还需要各位专家的指导。

我们的目的是通过演出把家风、家教,以及忠诚、干净、担当的精神传给党员干部和群众。

教育、监督是纪委监委工作的一部分,通过各种廉政文化活动教育广大党员干部,做到以戏倡廉、以戏促廉,以文艺形式助力全面从严治党。我们会认真把各位老师的意见收集整理,从剧本打造、演出编排上进一步打磨,力争将这部作品打造成精品。

王　辉（省戏剧家协会副主席、一级编剧）

这部戏整体气势大，舞台干净、故事连贯、情节抓人，人物形象很成功，观赏性、教育性强。演员整体表演水平不亚于省级剧团。

故事切入点非常巧，以学生课本上有名的片段为切入点，有可能将青年学生吸引到剧院观看演出。

这部戏很有潜力，整个故事构架很好，但细腻程度有点欠缺。人物情节心理上最深刻的东西是自己和自己斗争，我觉得，可以加入裴度内心冲突，让人物形象更加丰富。有些细节还需要完善，暗访、刺杀等片段都非常精彩，完全可以作为折子戏来打造。

孔令剑（中国作家协会会员）

我对文本更敏感，所以先看的剧本。毋庸置疑，五千年文明历史为我国历史题材创作提供了取之不尽、用之不竭的资源。史实是历史研究的起点，也是历史题材创作的起点。

中国古代戏曲基本是根据历史现实进行创作的。《贤相裴度》选择以历史人物裴度进行刻画，这就是这部戏成功的基础。

当然，这只是开始，要想继续走下去，需要继续打磨。艺术家们应该用自己独特的思想、情感、审美，不断创作出既属于这个时代，又具有鲜明特色的优秀作品。

任红玉(运城市文旅局党组成员、副局长)

各位专家对这部新创剧目予以充分肯定,我听到最多的一个字,就是“好”——题材好、主演好、音乐好、效果好。各位专家和运城戏剧都有着很深的渊源,从30多年前的《西厢记》到近几年的《枣儿谣》《党旗飘飘》,大家一直在关注、支持运城戏剧的发展。

下一步我们将根据各位专家的意见和建议,在市纪委监委和相关部门的大力支持下,力争把该剧目打造成一部精品,为弘扬裴氏家风家训文化作出贡献。

温江鸿(山西艺术职业学院副院长、研究员)

好演员、好角色、好情节、好享受,是看完戏后的现场感觉。这部戏很好地落实了“守正、创新、培根、铸魂”,把好传统传承好就是好戏。

历史是最好的教科书,编剧从历史出发,很好地诠释了礼、信、德、行。制作简单,很符合中国传统戏曲的美学,把历史性、艺术性、思想性、欣赏性非常好地统一在一起。

这部戏很可能成为蒲剧经典保留剧目,希望能传得开、留得下。

赵银邦(山西省文化厅原副厅长)

这部戏能够获得成功,首先得感谢运城市纪委监委。他们找准载体,运用富有地方特色的蒲剧表现形式,扩大运城优秀家风文化和廉政文化的影响力和传播力，是以文艺形式助力全面从严治党的创新实践。

这部剧挖掘河东文化，是文化自信的表现。学校剧团和社会剧团结合很重要。学校剧团的学生在演出时得到锻炼，这对人才培养很有帮助。

我建议集中一点，层层剥，通过一件事来挖掘主角人物的廉洁自律、能力担当。剧本经过再加工，有可能拿到全国奖项。

祁爱斌（山西艺术职业学院戏研所所长）

运城以县剧团为龙头，以梅花团为基础，做到县县有剧团、团团有好作品。

这部戏立意很高，主题思想鲜明，以历史观照现实，对当代人爱国、报国、崇德都有深深的启迪。该剧思想精深、艺术精湛、制作精良，观众的掌声就是对该剧的肯定。

面向全国，还需要在剧本结构上做一些调整，把握好家国、母子、夫妻关系，做好唱腔与道白分量的调整。

樊峻峰（运城日报社副总编辑、运城晚报总编辑）

该剧的隆重推出，有几点启示。首先，依托本土廉政文化资源，塑造了可敬可亲的河东先贤形象。其次，表现手法多样化，巧妙地将蒲剧绝活融入其中，增强了艺术的表现力和感染力。再次，现代音乐元素的融入，吸引了更多年龄层级的观众。再精心打磨，将会成为一出立得起、传得开、留得下的作品。

运城市纪委监委近年来一直积极探索、深入挖掘河东廉政

文化资源，取得了可喜可贺的成绩。这本身就体现了一种责任意识和担当精神，是坚持推进不敢腐、不能腐、不想腐工作思路的生动体现。

我市已推出的以河东廉吏为原型的系列精品蒲剧，如果用“展演季”强势推出，一定会发挥出“以文化人、培植内心”的效能，一定会赓续优良家风，不负时代担当。

罗　云（《贤相裴度》导演）

很感谢专家们对我们的鼓励。特别感激运城市纪委监委，给我们提供了广阔的发挥创造空间。

再排练时，我们会尽可能多地运用戏曲元素，继承和发扬蒲剧的优良传统，通过不断改进，力争让这出戏走得更远。

裴军强（《贤相裴度》编剧）

感谢各位老师从专业角度提出的意见和建议。我是一名业余编剧，此次研讨会对于我来说，是上了一堂精彩的专业课。

我们主创人员会认真吸收消化。下一步，我们会着重打磨细节，尽最大努力把这部戏打造得更好。

（摘自《运城日报》）

为信仰与情怀而歌

◇王　棉

11 月 20 日晚，由运城市纪委监委，河津市委、市政府主办，河津市纪委监委承办的新编大型廉政历史剧《贤相裴度》，在市区盐湖会堂成功首演，获得各界好评，反响热烈。

12 月 2 日，该剧编剧裴军强接受了记者的专访。他说："《贤相裴度》的成功首演是对整个剧本的一大肯定，同时，裴度这一形象的塑造彰显了运城优秀传统文化中的廉政基因，也承载了我对裴氏家族家风家训的理解和新时代核心价值观的弘扬。"

自幼爱戏　兴趣使然

裴军强对于戏曲的感情，是从小培养起来的。他出生于盐湖区上王乡子涑村，小时候村里每年会办两场庙会，每逢庙会都会有剧团搭台唱戏，他就和家里人去看戏，慢慢地就喜欢上了。

"小时候的梦想就是长大以后唱戏。唱戏对我来说有着很大的吸引力，我对舞台上的人物和演员们的一招一式都非常感兴趣。初中的时候，家里养了一头牛和一头驴，每个周末我都要清理圈里的畜粪。每次干活前我都会提前把录音机打开，干着活儿，听着戏，往往戏还没听完，活就干完了，一点都不觉得累。"裴军强说。

从幼年到现在，长期喜欢戏曲的这段经历，对裴军强来说十分重要。这不仅让他受到了戏曲文化的熏染，更重要的是，传统戏曲文化传递的内涵影响了他的人生观、世界观、价值观。"这些戏曲里所蕴含的'仁义礼智信''善恶有报'等充满正能量的中国传统文化精髓，深深吸引并影响着我。这也是我后来决定进行戏曲创作的情感基础和依据。我是基于对中国传统戏曲文化深深的情感共鸣进行创作的，所以我的作品都带着我的热爱和感情，每个作品都像是自己的孩子一样。"他说。

"对于戏曲，我喜欢的是它所传达的背后的意义，所以无论是京剧、昆曲，还是越剧、豫剧、黄梅戏、蒲剧等，所有的戏剧剧种我都非常喜欢。"在裴军强眼中，京剧行当全面、表演成熟、气势恢宏；昆曲风格清丽柔婉、细腻抒情，表演载歌载舞、程式严谨；越剧温婉传情、极富浪漫主义色彩；蒲剧音调高亢激昂，音韵优美，长于表现激情……

从喜欢听戏到开始写戏，再到后来把自己笔下的人物一个一个地呈现在舞台上，裴军强感慨道："兴趣是最好的老师，我最终还是走上了和戏曲有关的道路。看着演员们在舞台上演绎着我创作的剧本，我觉得自己也像在舞台上一样。"

坚持学习　受益匪浅

12 月 2 日，记者见到裴军强的时候，他正在用手机播放前一天参加的戏曲研讨会视频，边看边做笔记。对于他来说，学习是终身受用的事情。

1972年出生的裴军强今年48岁,从1997年毕业参加工作开始,他就一直和文字打交道。“自从参加工作,我就给自己立了个规矩:认真干好本职工作,充分满足个人爱好。这个规矩一直在指导着我的学习和工作,如今也20多年了。”因为一直负责单位材料的相关工作,长时间和文字打交道,裴军强渐渐喜欢上了写作。慢慢地,他想要利用文字表达属于自己的声音,于是开始在工作之余写一些散文。

裴军强说，最开始他只是写一些短小的散文向报刊投稿，时不时还会收到一点稿费,虽然并不多,但对他来说是莫大的鼓励。后来,他还写过小说、杂文等。一次偶然的机会,他发现自己一直喜欢的戏曲更能表达自己的思想,而且自己写起来更得心应手,于是他就一头扎进了戏剧创作的道路上。

2007年,裴军强在仔细阅读了程步的《真商鞅》后,结合自己的理解,几经易稿,终于创作出了自己的第一部剧本《大秦长歌》,主要讲述了商鞅在变法过程中,为让“依法治国”成功植入秦国的血液中而不懈努力的故事。

第一部剧本的成功问世，给了裴军强很大的信心。他明白自己有能力写出剧本，于是开始寻找自己感兴趣的人物、素材，同时对自己创作中的不足进行弥补，以提高自己的能力，让自己写得更好。

写剧本时，他还发现，因为自己普通话不好，导致对戏词中的平仄把握不准确。刚开始，他只能求助于女儿，让女儿帮忙把每个字的平仄都标注好，然后再自己斟酌、修改。后来，他开始自己学习，一遍一遍地听戏，遇到感兴趣或者自己把握不了的就记录下来，再向女儿“请教”。

裴军强自豪地说，因为一直学习，他受益匪浅，现在基本可以独立标注平仄了，不需要再向女儿“请教”了。同时，他的文学知识也有了丰富的积累。

每天坚持学习对裴军强来说，已成了他生活的必需。在他的办公室，记者见到他这些年的部分读书笔记，书写认真的笔记本上，还有他用红笔做的标注，正反两面密密麻麻。

除了读书笔记外，裴军强还会记录自己每出剧目每场演出后的观看感受和演出中需要调整之处。这样的笔记也已多达几十本。

采访中，记者一直有一个疑惑，作为盐湖区政府办的一名副主任，日常工作十分繁忙，到底怎么挤出时间来创作呢？裴军强说，每天早上 6 点他就来到办公室了，利用早上上班前、下午下班后的零散时间，以及节假日、休息日进行创作。十几年如一日，他从未间断。

一戏一格　转化求新

近年来，由中纪委着重挖掘、整理的裴氏家族、司马光家族家规家训家风文化，在全国范围内引起广泛影响。在省纪委监委和市委的坚强领导下，市纪委监委坚持一体推进不敢腐、不能腐、不想腐的思想工作，做实做精“后半篇文章”，深入挖掘运城优秀传统文化中的廉政基因，先后打造了10余个反映运城籍历史名人廉政史迹的作品。以蒲剧为例，就有《铁汉公薛瑄》《宗臣史家司马光》《公而忘私姚天福》等。

在这种大环境下，2007年，裴军强开始关注运城当地的历史名人、风土人情，以及特定时代背景下的人和事。他在《巡盐御史》中，塑造了不畏权贵、匡扶正义、刚正不阿、情系百姓、清正廉洁的清官范祥一角；在《梁轨治水》中，刻画了梁轨一心一意为民办事、清廉能干、有担当、敢作为的父母官形象；在《贤相裴度》中，将裴度心系百姓、爱国爱民的贤相形象搬上舞台……

为塑造出不同的廉政人物，裴军强一头扎入浩繁的文史典籍中，查阅大量资料，请教专家学者，分析每位人物所处的时代背景和人物自身特点，力争打造出个性鲜明的廉政人物。

裴军强说，历史剧的典型人物是根据其所处的历史时代、历史环境、社会阶层和社会地位，以及各个时期先进思想和理想的不同而产生的，所以千差万别。他们必然受历史局限性和阶级局限性的制约。

具有高贵品质的人物有共同之处，也有不同之处。没有共同之处，我们就无法理解他们、同情他们和学习他们，没有不同之处，他们就显得千篇一律，且不符合历史真实。

“要打造戏剧中的典型化，不仅需要把剧本的主要人物写

得富有典型意义，还要把主要的、次要的一切人物，搭配得富有典型意义，把人物之间的矛盾冲突所构成的情节，安排得富有典型性和戏剧性。”裴军强说。

每一部戏剧创作的背后，编剧都发挥着举足轻重的作用。在他们细腻笔触的描绘之下，一幅幅人生的图景在舞台上呈现，一个个人物或悲或欢的人生故事也由此展开。

“作为一名编剧，从写剧本开始，心中就要有人物、有舞台、有演员，要做到对这三者了然于胸，才能写出好的剧本。戏曲是在讲故事，却又不是单纯地讲故事，必须要反映现实意义。”裴军强说，戏剧不同于电视剧，戏剧编剧也不同于影视编剧，戏剧是一种舞台艺术，需要在方寸之间呈现时代背景、故事发展、人物性格、矛盾冲突等。

裴军强介绍，一部剧作的成功与否，最要紧的在于人物的设计，首先是正反面人物的对立，这样才能引起矛盾冲突。正反面人物不仅在思想上不同，在外形、脾气和说话方式上都有显著差异。比如一个是粗心大意的，一个是考虑周详的；一个是勇敢的，一个是胆小的；一个是拘谨有礼貌的，一个是自由散漫、随意任性的。

正反面人物性格的对立主要根据主题思想来定，为了突出他们的对立性格，两方面的差别越显著越好。即使他们是同属于一个阶级、一个类型的人物，也得在性格上找出他们之间的显著差别来。有了显著的性格对比，才能产生尖锐的冲突，继而推动事件发展，引起观众的共鸣。

“我在塑造每一位人物的同时，他们也在塑造我。每一部戏的成功对我来说都是一种提高。”裴军强说，只有深入角色、走进角色、成为自己笔下的角色，才能塑造出打动自己的角色，才能感动观众。

截至目前，裴军强已创作完成了16部剧本。接下来，他还将继续创作讲述乡村扎实推进移风易俗的新剧本《红白喜事》，以及描写农村道德重建、文明新乡风形成的新剧本《花落花开》。这些讲述的都是盐湖区本地的故事。

裴军强说，未来他希望自己能够继续创作出既有思想价值又有艺术价值、能经得起考验的、长演不衰的作品。近些年在时代的大背景下，他创作了一批具有河东元素的廉政人物，用极具地方色彩的蒲剧，进一步弘扬了新时代的正能量。这种命题式的创作使他体会到：作为编剧，不能回避“命题”，为时代命题而作，为信仰与情怀而歌，是应尽的文化责任。要把命题作品写成艺术作品，这也是他一直以来创作的目标和方向。

（作者系《运城晚报》记者）

弘道扬清　润于心田

——裴军强《巡盐御史》剧作选述评

◇ 崔世来

“志者，学之师也；才者，学之徒也。学者不患才之不赡，而患志之不立。是以为之者亿兆，而成之者无几，故君子必立其志。”书案上山西人民出版社出版的《巡盐御史——裴军强、裴抒悦剧作选》，展卷细阅，那种游剧作之林府，嘉丽藻之彬彬，情瞳胧而弥鲜，物昭晰而互进，倾群言之沥液，漱六艺之芳润。浮天渊以安流，濯下泉而潜浸，言恢之而弥广，吐滂沛乎寸心，播芳莛之馥馥，发青条之森森，祭风飞而犬竖，郁云起乎之翰林，剧言情而绮霏，语言事而浏亮之感油然而生。

细细品味剧本《巡盐御史》《贤相裴度》《大清御史》中的范大人、裴度、梁中靖等人物的念白唱词，舞台上的演员扮相，那种君子对青天而惧，闻雷霆而不惊，履平地而恐，涉风波而不疑，风霜之色，日月之光，啸虎之风，涌山之浪感人肺腑。剧中裴母的家国情怀，范夫人、梁夫人那浅翠娇青，笼烟惹湿。清可漱齿，曲可流觞。对丈夫的担忧与牵挂，对贪官的憎恨，这不正是东方女性的真实胸怀与情感的写照吗？

中国的戏曲源于原始的图腾歌舞，在民谣、诗、词、歌、赋的基础上，经过先秦、汉、唐、宋、金、元多个朝代上千年的磨合，才形成了比较完整的戏曲艺术。在通信、交通不发达的古代，读书人少之又少。戏曲成为始于离者，终于和，离形而取意，得意而忘形的传播教化工具。九州大地方言甚多，不同地域的剧种多达 360 个，但异曲同工，都是高台劝话，寓乐育人。隋唐以前，河东这块华夏民族发祥之地，便出现了吆喝腔、棒棒腔，以至乱弹，后为蒲州梆子。山西四大梆子中，蒲州梆子为首，是其他梆子的鼻祖。上千年中，蒲剧洋洋洒洒，浩瀚的剧目多达 1400 个。这些剧目的完成，都是历代编剧人呕心沥血、殚精竭虑之成果。元代关汉卿的《窦娥冤》，王实甫的《西厢记》……这些流传下来的剧目，久唱不衰，其思想性、艺术性不正是这些戏曲大师的心血结晶。剧本能流传百世，但演员可以代代相迭。戏曲的音乐、曲调，乃至演员的生、旦、净、末、丑都是依照剧本的要求而设置，没有剧本何谈演出。所以说剧本是戏曲之魂、戏曲之母、戏曲之源、戏曲之本。

裴军强乃河东望族裴氏之后裔，大学毕业后一直在党政机关工作。闲暇之余寻根觅史，醉心于物华天宝、人杰地灵的河东

热土上的文化积淀与遗存。节假日、星光夜成了他遨游书海的最佳时机。他以敏锐的观察力,以借古喻今、借史明今的文化使命与担当,选择了创作戏曲剧本,借以弘道扬清,润于心田,不忘初心,不负韶华。短短的十年间,他创作出了新编历史剧、现代蒲剧20余本,这不能不说是一个高产剧作家。这不正是扎实的史料收集、深邃的文化底蕴、高超艺术创作的体现吗?《大清御史》《贤相裴度》《巡盐御史》……相继在北京、太原、运城等地演出,场场爆棚,掌声雷动,剧情跌宕起伏,弘扬真善美,鞭挞假丑恶,无不感动着每位观众。

戏曲的本质就是大家在一起,创造性地把历史与虚构变为现实。净化社会风气,增强文化自信,铸就民族之魂。情感是剧作家创作的源泉,情动于中,则形于色。愿裴军强在戏曲的创作上,九十为半,百里为程,成为河东乃至山西青年剧作家之翘楚。

(作者系运城新闻图片报社原总编辑　摘自《运城晚报》)

军强笔下出角色

◇ 裴孟东

不管别人怎么说，我总认为，世上角色形形色色林林总总，无非就是两种——现实角色和理想角色。这当然是站在自身角度看的。站在他人的角度，你也许就是社会舞台上的生、旦、净、末、丑，也许几种兼而有之。这一点，很少有人认领，尤其是反角。胆壮的是军强，他说，我就是我笔下的每一个角色。

军强创作的戏剧，观看过几出。这次回乡，他又专程送来《巡盐御史——裴军强、裴抒悦剧作选》，大开本，400 多个页码，山西人民出版社 2021 年 2 月出版。虽然过了不少时日，但仍像刚出锅的馒头，热得烫手，又不得不翻捡。一边翻捡，一边用手机播放相关视频，耳边便会响起或婉转或高亢的声腔。

且以冠以书名的《巡盐御史》为例。该剧讲述的是北宋仁宗年间，新任河东巡盐御史范祥，经过明察暗访，终于掌握知县谭荣培与盐商勾结，巧取豪夺，贪污贿赂，失职渎职，最终导致盐池被淹的犯罪事实。就在要惩处谭荣培时，他发现谭正是他失散了 30 年的同胞弟弟。第七场的主旨是兄弟相认和生死诀别，地点在监牢。这场戏也是蒲剧名家孔向东、王青丽和后起之秀翟璞的组合，一个胡生，一个正旦，一个三花脸，三人的共同特

点是音色优美、技巧娴熟。当确认无疑时，随着范夫人的伴唱，“不敢信不想信又怎能不信？欲认亲亲难认不认也是亲”，兄弟俩一边犹疑，一边张开双臂，继而迎面扑来，紧紧相拥。在回首往事、倾诉衷肠中，范祥猛然醒悟，“相逢之日是离分”，围绕着是“斩杀”还是“袒护”，展开了激烈的交锋。范夫人求情步步紧逼，谭荣培用膝当脚、跪着游移，接着三个侧翻落点下跪，挡住范祥的退路，无奈范祥又从另一面“突围”，这一回，谭荣培在前跪行，情急时竟然蹦起来磕头，范夫人在后紧紧相随。范祥上前拥住弟弟，弟弟喜出望外，仰起头亲昵地高喊“兄长——”，没成想，迎来的却是一记响亮的耳光，打得弟弟连滚带爬，打得哥哥心悸手颤。亲情与法纪，负疚与无奈，正义与邪恶，就像两座相向移动的大山，在挤压着范祥，终于迸发出炸雷一般的声腔，一声凄厉的“娘”后是悲愤的呐喊，“望天灵喊娘亲我肝肠寸断”，再接着是弟弟一声凄厉的“娘”，范祥徐徐倾诉，“盼相见今相见魂碎梦坍”，范夫人、谭荣培各喊一声“老爷”“兄长”，一左一右跪下，那心绪就像御史头上的帽翅，上下翻飞，摇摆不定，“骨肉情血脉连我该咋办”，双手捧起长须，“此时间有谁知我裂肺撕肝”，长须落下，唱词仍像滚烫的岩浆缓缓流淌。至此，范祥那忠于职守刚正廉明的形象、范夫人不负婆母重情守义的孝道、谭荣培陷入诱惑执迷不悟的固执，直抵人心，涤荡灵魂。

再看近来产生广泛影响的《贤相裴度》。裴度乃唐朝“中兴名臣”,该剧将其主要事迹搬上舞台,充分展现了裴氏家族的家风家训以及裴度本人“选德报国”的高尚情怀。如果说,前述《巡盐御史》以演唱取胜,那么,裴度的扮演者郭安存则是以“绝活”赢人。该剧第五场,主要讲述裴度上朝路上险遭暗算,在家疗伤又忽闻武元衡遇刺身亡、暴尸街头的残酷事实。裴度手抓前来报信的许孟容,浑身筛糠,站立难稳,左旋一圈,头一扭,齐腰梢子便从身后甩到脸前,轰然倒地。“裴大人——”,在许孟容一声高于一声的惊呼声中,裴度右腿抬起,左腿用力一旋,就势蹲起,右脚前,左脚后,梢子如瀑,直下面部。音乐声中,裴度用悲腔唱词,回忆与武元衡同进翰林院、待漏五更天、除奸同上谏、平淮荐良贤的一幕一幕。这段唱词的最后两句,“恨不能”三字唱出,从左向右,身转,梢旋,从胸前甩到身后,“平淮西”,又是三字唱出,从右向左,身旋,这回是梢子转梢子飞,“立赴阵前”唱出,伴随着音乐,梢子左转右转,飘到头顶旋转,直到连同身子一起旋转。“靖国难告慰兄英灵在天”,在久久回荡的余音中,一个“为人以诚、做事以恒、居家孝悌、精忠报国”的形象悄然定格。

有人说,这是演员演得好。岂不知,戏是唱出来的,不是演出来的,演员的一招一式、一来一往、一悲一喜、一唱一和、一觞一咏,全在唱词里,没有好剧本,再好的把式也唱不出好戏。

军强已创作了 16 部剧本, 绝大多数已被各类剧团采纳上演,主配角少说也有数十人。人上一百,形形色色。剧情不同,角色各异。要进入到每一个角色,既入情入理,又引人入胜,没有几把刷子,焉能办到。我了解军强,知道其中的奥秘。

我和军强同村,村子位于稷王山南麓,在无数个放射状壕

沟的一条沟里。居民以裴氏为主，据考，该村是裴度的第十四代后裔迁居到此，聚族而居，繁衍至今。要论辈分，军强得叫我叔叔。如果沟宽能比得上八车道大街的话，军强家就是我家的斜对门。老辈人常爱说，咱可是家戏闹了一百年。远的可追溯到清光绪年间，天遭大旱，便有年轻人外出谋生，到戏班子里跑龙套、学唱戏。民国时，"红来小旦""财娃小丑""四生小生"开始叫响晋南，当时，民间便流传着"挂画看红来，不用看存才"。这些人回到村里，以红来为首，农闲时开始组织闹家戏。没有道具，自己出粮出钱租借；没有幕布，几个小媳妇各自拿出炕单，缝在一起，钉上铁环，一根铁丝一穿，挂上便成。照明点上麻油灯，后来又购置了汽灯。抗战前，村里已经能唱六本十八回戏。中华人民共和国成立后，妇女加入，生旦净末丑、吹拉弹唱打，各类人才，一应俱全。1956年，村里成立了子谏村先锋剧团，外出巡演，剧团曾与某县蒲剧团同台演出，名震一时。写到这里，猛然想起，我母亲少女时代便跟上红来学戏，后来认了干爹，每年春节和老人家的生日，我都要跟着母亲去磕头。有了这个底子，每到腊月，家戏便开始排练，正月演出，几乎年年如此。高中毕业那年，我曾有幸被选中当演员，也就有缘见识了几位好把式。多的不说，单说板胡师裴永胜，不识谱，自制的琴筒又圆又小，没有底座，放在腿上，无论怎么运弓，就是纹丝不动，配起音乐，支棱着两只耳朵，眯着眼，你怎么唱，他怎么拉，你的腔调怎么扭，他的声调便怎么变。有的上场是演员，下场是演奏。到了农忙时节，你看吧，土岭上、山坡下，犁地的一边挥舞鞭子，一边吼着蒲剧，遇到人多的场所，你方唱罢我方唱。不会唱的，脖子上挂个收音机，干活也不忘听戏。裴军强就是在这样的氛围里出生成长的。遇到村里唱戏，他总要早早搬上凳子，在前排站位，甚至要把四条腿埋进土里再夯实。每当假期，他常爱捧上个收音机听戏，竟然忘记了父亲交代的活计，不是母亲护犊，还不知要受到何种惩罚。逢年过节或遇到村里有人家婚丧嫁娶，他总要拿上个小本本，抄录别人家门上的对联。偶尔见面攀谈，他津津乐道的总是新发现的好唱词、好对联。“母寿儿岁一天庆，孝心爱意两结合”，就是听他讲的，说的是村人将母亲的寿辰与儿子的生日一起庆贺，事情简单不过，村里的裴光前先生编写了这么一副对联，就增色不少。

这就是熏染。有了这样的熏染，写起剧本来，自然就会把自己当作笔下的某个角色，自己感动了，演员演好了，观众想不感动也难。近日读书，读到韩石山先生几句话，“熏染不是根基，但不能说不重要，它最大的作用，是能开启灵慧之门，使之接近智商的上限”。据此看，再加上入迷和勤奋，裴军强在戏剧创作上取得如此成就，就一点也不奇怪了。

（作者系中国冶金地质总局中南局原党委书记、副局长，中国自然资源作协全委会委员，山西省作协会员）

裴军强与他的《贤相裴度》

◇ 李养龙

5月21日晚,由河津市蒲剧团、运城市蒲剧青年实验演出团、运城市艺校联合演出的新编蒲剧历史剧《贤相裴度》,在省城山西大剧院进行首场汇报演出,获得圆满成功,反响热烈。

该剧运用蒲剧艺术表现形式,将裴度的历史故事搬上舞台,为省城观众奉献了一场精彩纷呈的“戏剧大餐”。演出当中,剧场内不时响起阵阵掌声和喝彩声。该剧以唐代贤相裴度平定淮西叛乱为主线,歌颂了主人公在优良家风的熏陶下,以崇高

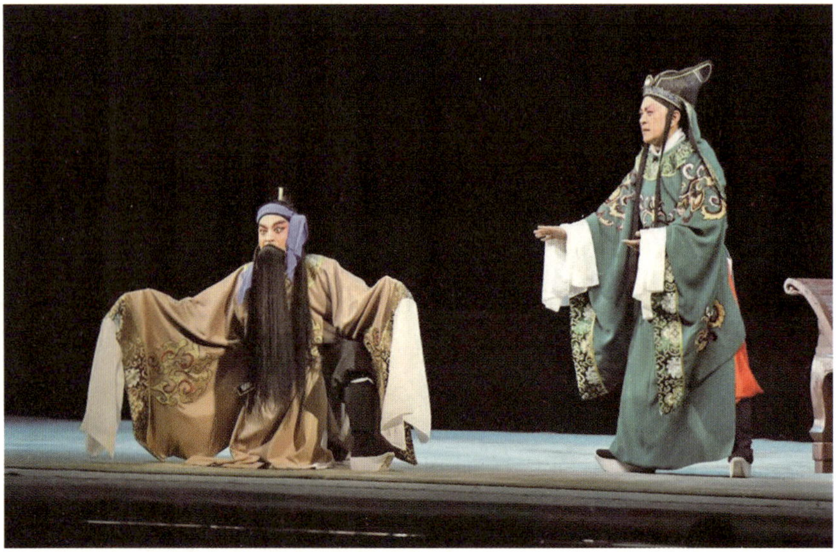

的使命和担当，为了国家长治久安，平定叛乱的家国情怀，彰显出裴氏家族以严谨家训荫泽后人的文化自信，具有深远的历史意义和重大的现实意义。

裴度，字中立，闻喜人，是再造大唐的贤相之一，是世人敬仰的中兴名臣，被封为晋国公，世人称“裴晋公”。

发祥于闻喜县礼元镇裴柏村的裴氏家族，是我国历史上的名门巨族，先后出过59位宰相、59位大将军，名卿贤相，英才辈出，逐渐形成了“重教守训、崇文尚武、德业并举、廉洁自律”的家规家训。裴氏家族之所以声名显赫、历久不衰，与其严格的祖训家规有着密切的关系。

该剧正是由裴氏后裔、青年剧作家裴军强创作，国家一级导演罗云执导，中国戏剧“梅花奖”二度获得者、蒲剧表演艺术家景雪变担任艺术顾问，著名蒲剧演员郭安存饰演裴度。

剧作家裴军强是笔者的邻村老乡，也是朋友，他对于戏曲的感情，是从小培养起来的。他们村的先锋剧团在周边村庄很有名，号称“誉满百里三县”。从幼年到现在，长期喜欢戏曲的经历，对他来说十分重要，这不仅让他受到戏剧文化的熏染，更重要的是，这些戏剧里所蕴含的传统文化深深吸引并影响着他，这也是后来他进行戏曲创作的情感基础。

裴军强从1997年参加工作开始，就一直和文字打交道，渐渐喜欢上了写作。他和多数人一样，刚开始写一些散文、小说等，后来，他发现自己一直喜欢的戏曲艺术更能表达他的思想情感，且自己写起来比较得心应手，于是就一头扎进了戏剧创作的领域中。

2007年，裴军强在仔细阅读程步的《真商鞅》后，结合自己的理解，数易其稿，终于创作出了他的第一部戏曲剧本《大秦长歌》。该剧主要讲述了商鞅在变法过程中，为让“依法治国”成功植入秦国而不懈努力的故事。第一部剧本的成功问世，给了他很大的信心，从此，他开始剧本创作之路。

他告诉笔者：“戏剧不同于电视剧，其编剧也不同于影视编剧。戏剧是一种舞台艺术，作为一名戏剧编剧，从写剧本开始，心中就要有人物、有舞台、有演员，要做到对这三者了然于胸，才能写出好的剧本。”

裴军强的戏剧创作，使传统戏曲艺术在现代重新焕发出活力和生机，相信他的戏剧创作事业充满希望，前景无限……

（作者系山西省水文水资源勘测局基建办主任、教授级高工，太原市作协会员）

在河东文化时空骋怀放歌

◇ 张建群

2022 首届蒲剧艺术周期间，高颜值、高演技的青年演员们一个个亮相，让人们欣喜于蒲剧艺术的后继有人。然而，一些有识之士也不无忧虑地说，蒲剧的传承，演员有，缺的是好编导，尤其是编剧人才很缺。于是，一个名字被人们一次又一次地提起，大家说，盐湖区政府有个干部，这几年在工作之余，写运城本土文化元素戏剧，很有看点，在运城、晋中乃至省城都小有影响。这个能写剧本的小伙子，便是裴军强。7 月 13 日，记者走访了他，聆听了一段不平常的人生故事。

一

1972 年，裴军强生于盐湖区上王乡子谏村。村子位于稷王山下，位置相对偏远。也许正因为偏远，南宋末年，河东望族裴氏一支族人逃兵祸来到这里，开枝散叶，繁衍了一个村的人丁。直至今天，子谏村仍以裴姓居多。

先祖的荣光渐远，少年的裴军强在村子里读书劳动，除了爱看戏，学习成绩也并不出奇。因是家中唯一的男孩，小学毕业后，他去上王读了乡中。他在学校声名鹊起，源自一次奥数竞赛。那次全地区组织竞赛，不少学生考了几分、十几分，裴军强考了79分。从那时起，他成了数学老师牛全家最欣赏的学生。牛老师经常表扬他，夸他是最有前途的孩子。

老师的鼓励点亮了村里娃裴军强的希望，他开始认真学习。中考时，他的数学成绩全校第一，物理成绩满分。进入运城中学读书后，他的数理化成绩依然在班中遥遥领先。偶尔见到牛全家老师，老师总会热情地鼓励他："军强，好好学，你的脑瓜子好，是清华北大的料。"

然而，高考时，因为偏科严重，英语成绩太低，裴军强只收到了山西农大的录取通知书。农村的孩子上农大也不错，他背上了行囊，走进了农大。在这里，一位姓常的老师对他很是关爱。毕业前，深深了解裴军强认真朴实直爽性格的老师告诉了他两句话：一、勤观察，多思考，少发言；二、永远不要轻易否定自己。

裴军强人生中的第一个单位是盐湖区人事局。接收他的领导问他，大学生，能写材料吗？本是理工科学生的裴军强想了想说，能。到单位后，他认真学习写材料，很快上了道。他写的材料清晰、完整、流畅，很受同事好评。不久，他被调至盐湖区人大常委会工作。写材料之余，他喜欢读书，也喜欢写些散文、小说和评论，作品在《运城日报》和《山西日报》都发表过。文章变成铅字，还有些稿费，让年轻的裴军强感受到了工作之外的小喜悦。

二

1998年，裴军强在走向人生第一个工作岗位时便有个小小的心愿：认真做好本职工作，努力实现个人爱好。乡村出来的农家娃，从小不会打麻将，不懂时髦的娱乐，只知道父母的叮嘱，要把工作当事，要兢兢业业。工作之余，他喜欢听戏、看戏。市区老百货大楼北门旁边那几家音像店里的戏曲光盘和磁带，他几乎全买过。蒲剧、豫剧、秦腔、晋剧、越剧、黄梅戏、京剧，他统统收入囊中。一下班，他便听戏、看戏，琢磨不同剧种的同一部戏有什么区别，听那些唱词的雅致或者粗犷。中央电视台的《空中剧院》栏目，他也几乎每期必看。他爱戏爱得痴迷，乐此不疲，乐在其中。

2007年8月的一天，裴军强在旧书摊上用一元钱买了好几本书，正是全国发行的《剧本》杂志。他看了一本又一本，觉得很有意思。其中，程步写的剧本《真商鞅》，他看后很激动，很快从邮局订阅了《剧本》。激动之后，他决定自己动手写剧本，同样是以商鞅为主人公，剧本的名字叫《大秦长歌》。当时，他写剧本是希望发表，虽然后来没发表，但他慢慢明白了剧本的架构、人物对话、情节铺垫等特点。

那时候，运城正在挖掘本土盐文化，各级各部门共同努力想做些盐文化文章，提升运城的城市影响力。裴军强便从北宋发明盐引的清官范祥入手，查阅了大量史料，创作了《巡盐御史》剧本。当时，省纪检委与省剧协联合举办廉政文化剧本征文活动，他将自己创作的《巡盐御史》寄了过去。没想到，很快，他接到了省剧协一位老师的电话。这位老师了解了他的职业、年龄等，电话通知他，剧本写得不错，剧协将其评为一等奖。

这个电话让裴军强很受鼓舞，他从此更加留意搜集素材，为剧本创作做准备。有一天，他在《山西日报》副刊文化专版上，看到了一篇关于晋中清代廉吏梁中靖的文章，文章很长，但在结尾的人物档案处有几行字深深吸引了裴军强。那几行字说，梁中靖作为御史，不畏强权，曾经一下扳倒过七个贪官，人称“一锤七印”。他看得眼前一亮，这不就是最好的戏剧材料吗？想明白后，他立即搜集有关梁中靖的史料。在一个星期天的中午，他一点钟进办公室，一直写到晚上十二点，用了整整十一个小时，完成了以梁中靖为主人公的《大清御史》创作。

后来，晋中市廉政文化建设需要剧本，选用了裴军强的《大清御史》，并由晋中市晋剧团排演，剧目大获成功，多次赴省进京演出。演出时，根据需要，剧名改为《打虎记》，在平遥古城外的察院中天天上演，备受游客观众喜欢，让晋中市的廉政文化宣传很有声势。

而在运城，裴军强创作的《巡盐御史》也由盐湖区蒲剧团排演，面世后备受关注，为宣传运城的盐文化起到了积极的作用。

三

“成功的花，人们只惊羡它现时的明艳，谁知道它当初的芽儿，却浸透了奋斗的泪泉，洒遍了牺牲的血雨！”这句话用在裴军强身上应该比较恰当。创作剧本不同于写散文、小说，它需要作家心中有舞台、有演员、有观众、有历史、有现实，更需要有一个重大的思想主题，有切合时代的文化元素与背景。只有这样，剧本排成戏后才能够有效地发挥它的寓教于乐，有效地与现实互动。做到这一点，很是不易。

每天清晨，冬天 6 点半，夏天则在 6 点以前，当人们在健康步道上健走，在公园水边打拳，在花圃旁晨练时，裴军强已经走进办公室，开始了他独特的修炼：读书、写笔记、创作。8 点以前，他已完成一天的功课，8 点以后，全身心投入工作。

爱吾所爱，无怨无悔。裴军强读的书，有晦涩难懂的史书，有地方志，有名著，还有文化专著。家中的几万册书都是他平时买的，为了创作剧本，为了将历史装在心中，也将理想信念装在心中。他不仅认真读，还会认真摘抄记录。剧本中的大量唱段需要发人深省的语言，需要信达雅的词句。平时积得一江水，用时自取一瓢饮。裴军强以他惊人的勤奋与自律，完成着心中的一次次建构，一次次创作。剧本创作，需要理性的思考，感性的写作，神性的专注。事实证明，裴军强做到了。

当记者问他累不累、苦不苦时，裴军强说："你喜欢唱歌，唱歌便不苦；你喜欢跳舞，跳舞便不苦。"兴趣是最好的老师。作为理工男，在大学里学食品加工，少年时以数理化独步乡中的裴军强，在兴趣的引领下，完成了他人生的华丽转身。他不会说标准的普通话，甚至小学时没有学懂拼音的平仄，却写出了抑扬顿挫、悦耳动听的戏词、道白。这背后，他付出了比常人更多的艰辛。不懂平仄，写出的句子演员唱时便不顺当。为了让演员说唱时流畅响亮，他向女儿求教，一次次改动剧本中的词句。天长日久，他慢慢悟出了平仄的规律，用他自己总结的特殊方法，完成了剧本的创作。

把剧本创作比喻成唱歌、跳舞一样，也并不十分准确。剧本创作毕竟是艰苦的脑力劳动，每一部戏的主题提炼，便令作者颇费心血。

裴军强创作《台湾知府仝卜年》时，在提炼主题的过程中发现，仅用廉吏概括仝卜年是远远不够的。因为仝卜年作为台湾第一任知府，他的贡献和功劳非常之大。是他，把版筑之术带到了台湾，让台湾人民告别了草房子；是他，带领当地人开荒种地，发展了种植业；还是他，把中原的文明礼仪带到台湾，让岛上的人们亲近文明；也是他，带领台湾人民三次打退了英国侵略者的入侵。在查找仝卜年的有关史料时，裴军强发现，仝卜年与林则徐是同年进士。两个人息息相通，都是在大清风雨飘摇之时，忠于国是，明知不可为而为之，在屈辱中抗争，为民请命，为国建功。为此，裴军强设计了一段时空对话：一代人有一代人的责任和使命，人活着首先要完成自己肩负的时代使命……与新时代的主旋律如此契合又感人肺腑。

裴军强还创作了《贤相裴度》，在省城上演引起不小的轰动，人们说，剧中不少细节真是动人心弦，这也是裴军强创作的剧本的一个特点。此外，他还创作了《王之涣》《风雨澄泥砚》《蒲州彦子红》，以及反映河东农村德孝文化建设的《花落花开》《红白喜事》等，前后共有16部剧本面世，让他积累了丰富的创作经验。

最近，他正着手创作以介子推为主人公的剧本，表达介子推一心为百姓着想，不愿为个人争功引发矛盾，以至于影响老百姓安宁生活的道德风骨。这些都是运城文化中的宝贵元素。

他还在研究有关“元曲四大家”之一关汉卿的史料。在那些富含河东人文与史学营养的典籍中，他享受着读书的快乐，也品味着精神的富足。他被河东先贤的高风亮节所鼓舞，怀着感动去做好本职工作，也去创作感染世道人心的剧作。在学习与创作的过程中，他悄悄传承历史文明。

采访裴军强时，是清晨7点，他的办公室门敞开，办公桌上摊开着一本作家乔忠延的《关汉卿传》，旁边是他写笔记的本和一支派克钢笔。本子上的字迹工整遒劲，窗外晨光清净明亮。

（作者系山西省作家协会会员、省女作家协会理事、运城市作协主席团委员、运城晚报副刊中心主任　摘自《运城晚报》）

人生经行处　盛放戏与文

◇ 张建群

“这世界有那么多人……”这是韩红演唱的一首歌，记者也曾有类似的感慨。这世界不仅有那么多人，而且不仅长相上形形色色，精神世界也形形色色。日前，“学习强国”推出两部戏，一部《打虎记》由榆次区文化艺术中心演出，另一部《巡盐御使》由盐湖区蒲剧团演出。

认真在线上看完两部剧，只觉得血脉偾张，几次被触动，跟着演员的纠结、悲喜、大义凛然而情感起伏。《打虎记》中，御使梁中靖为民请命冒死力谏，让皇上收回成命，他一锤七印，扳倒七个不法官员，令人瞠目。《巡盐御使》主人公范祥与百姓心心相印，为盐民奔走呼号，融入了发生在老运城史上的“好汉”决坝救村之事，还草蛇灰线，铺陈了县令之女与“好汉”的感情戏，以及范祥与县令的兄弟戏，让人看后觉得很是牵心。再看编剧，两部戏出自同一人之手，他就是在盐湖区人民政府工作的干部裴军强。

一

文章千古事，得失寸心知。写文章已不易，创作剧本就更不容易了。作者的心中要有人物，有故事，有冲突，有情怀，有天理，这也难免，写小说都需要有这样的基本功，但剧作家心中还得有舞台，有演员，有观众，为时代量身打造是需要探究的，艺术效果是要追求的。最难的是大段唱词，既要叙事清楚，还要文采优美，唱起来慷慨激昂、掷地有声，或者情思绵绵、如泣如诉。

这样的作品，考验作家的文学积累，考验作家驾驭文字的功夫造诣，搬到舞台上，演员还愿意唱，观众愿意看，更是不容易的事情。然而，裴军强好像不动声色地完成了这些准备。而此前已知道，他毕业于山西农大，从小数理化好，语文、英语成绩很一般。大学时，一位姓常的教授告诉他，踏入社会，不要轻易自己否定自己。因为这句话，他初到单位开始写原本并不擅长的材料，抡起了笔杆。他小时爱戏，工作后便常买磁带和光盘听戏、看戏，后来工作之余，写些小文章，再后来觉得写戏更过瘾，他竟然写开了戏。

裴军强写戏的过程，是在学习中学会了学习，而他的学习很有意思。每天早早到办公室，泡上一杯茶，翻开书，拿起本和笔，边看边记，一笔一画。他的早是确数而不是约数，夏令时，他6点钟到办公室；冬令时，他6点半到办公室。8点钟上班以前的这段时间，他全都交给了学习。上班时间他这样，节假日他如果没有特别的事情，也是这样。认认真真地看，孜孜不倦地写，连自己写的读书笔记，裴军强有时也反复看，看得津津有味，执着得有些不可理喻，但他有他的道理。

二

在政府部门工作，随时有任务是一种常态。而他家离单位不近，本人又不会开车，所以不管什么时候，人在办公室，心里便特别安宁。单位随叫,他可以随到。农村出身的他,从小听父母的教导,信奉工作是立身之本,爱工作爱得不顾眉眼,这是妻子“抱怨”他的话,也是他的习惯和人生信条。

对许多人来说,家是放松的地方,但对裴军强而言,读书却是最放松的事情。而在家读书,可能会先坐在沙发上,坐着坐着有些不舒服了,便靠在沙发上,靠一会儿又觉得不够舒服了,便移步卧室床上。至此,撂下书本,睡得昏天黑地,生物钟打乱了,学习时间也耽误了。也正因此,在裴军强看来,办公室是需要正襟危坐的地方,那种环境最利于学习。

从家走到办公室,裴军强需要走 50 分钟,每天天不亮,他就离开家,朝单位走。熟悉的路径,他心无旁骛,一门心思考虑工作,有时还琢磨剧情。多年步行、健走,他脚力、脑力、笔力同练,走路中有灵感迸发,好的词句涌入脑海,他会立刻打开手机录制下来,到办公室再进行播放,誊写到笔记本上。十几年来,他的行走成为一种特殊的修行。专注思考,在繁华中不觉喧闹,在市井中远离红尘,只一门心思沉浸在他的工作与文章中。

三

倘若把剧本创作比作烹制一桌精神大餐,那学识修养就是原料。自从近 10 年前裴军强的第一部戏《巡盐御史》问世,被山西省剧协选为一等奖作品后,他就深深意识到,写一部戏,需要许多部书的积累。盐文化、宋史、盐史、钞引法,甚至近代史、乡村史,各种老书都要查阅。

浩如烟海的史料需要查阅、爬梳,故事需要安排、架构、进行艺术创造,是一件相当烧脑的事情。裴军强却在其中找到了

乐趣，找到了幸福。素材不足时，他求助于书本。语言不够美时，他求助于书本。在剧本与书本间，他成了那座引渡文化历史到现实，又把现实观众引渡到波澜壮阔的历史事件、戏剧舞台的虹桥。

为了完成这项工程，他孜孜不倦地读，认认真真地写。一部又一部戏，一本又一本书，不，应该是一柜又一柜书。家中几万册书，大部分是他买的，还有些书是在朋友处发现后，喜出望外地“蹭”的。他写戏、看戏，也看演员传记。越剧名旦王文娟、舞蹈明星黄豆豆……他们的传记和文章，他都看，不仅看，他还摘抄：“每一个舞蹈作品，我是在塑造人物形象，但作品也在锻造我的心灵。”黄豆豆这样想，裴军强也这样想。

“在学习中学会学习”，这句话听起来有些拗口，却是裴军强的切身体会。有的放矢，充满饥渴感，如饮甘醇地选书品读，在舒适甚至幸福的感觉中读书，他乐此不疲。可以想象裴军强的读书之乐，他专注、投入，乐在其中。介子推、王之涣、范祥、关汉卿、梁中靖、仝卜年、祁彦子……河东文化厚土上走来的先贤，裴军强热切地想让家乡人通过戏剧认识他们，在他们的故事和操守中，沐浴文化之光的温暖洗礼。

裴军强的桌上放着张潮的《幽梦影》，还有《易经》，还放着运城本土人物传记《关汉卿传》《司空图传》。“有时候也粗读，读书有些功利。”裴军强说。但是十几年中，以这样的方式精进学习，以这样的姿态绽放人生，裴军强走出了一条值得借鉴的学习之路。

再打开“学习强国”，观看裴军强任编剧的戏剧时，忽然理解了戏中的许多东西，人物、故事、思想、唱词、冲突、悲喜，荡气回肠，情怀激荡。

（作者系山西省作家协会会员、省女作家协会理事、运城市作协主席团委员、运城晚报副刊中心主任　摘自《运城晚报》）

后 记

戏剧之于我，可谓欲说还休，而又一言难尽……

我从小就浸泡在“戏窝子”里，耳濡目染的全都是戏。逢年过节、古会集市，或是谁家遇上红白喜事，要么村里的戏剧爱好者聚在一起演出一场家戏，要么请县一级的专业戏班到村里热闹助兴。那个时候人们的娱乐方式很少，没有电视、更没有电脑手机，除了一年半载的一场电影之外，就只有戏剧了。戏剧自然而然成为人们日思夜想的娱乐方式，为看一场戏跑几十里山路是常有的事。记得村里一位长者曾经对我讲：以前，先生对于逃学的学生总是严惩不贷，但有一个例外，就是看戏。对此我没有考证，但觉得有一定道理。戏剧曾对中国人的人格塑造起过很大作用，这也是为什么过去人们常常称戏剧为“高台劝化”的原因。我就是在这样的环境中长大成人的。

我所说的戏剧，主要是指晋南的蒲剧、眉户，其次是秦腔、豫剧、碗碗腔。20 世纪 80 年代初，我家买了一台红灯牌收音机，我如获至宝，父亲将每周几点几分播放戏剧的时间专门总结出来，贴在家里最显眼的地方，到时准时收听。父亲听，我也听。碰上下地干活，还要将收音机带到地里。如果哪一天戏剧节目因故取消，真的会失落好一阵子。下学后，或是假期里，在七沟八梁的黄土地里行走或是劳动时，总会猛然间听见不远处有人吼上几句蒲剧，虽然有些荒腔走板，但飘入耳际，犹如春风拂面，那份亲切、那份舒坦，着实让人陶醉沉迷。

上大学时，我们宿舍有一台录音机，一有空我就会播放一段蒲剧或者眉户。每当此时，舍友就会戏称“运城之音”又开始“放毒”了，而我全然不顾，就这样让他们在“运城之音”中煎熬了几年。我把省出的零花钱大多用来买了磁带，一些经典唱段可以说是耳熟能详。凡是蒲剧、眉户，只要听一句就知道这是什么戏，哪个演员唱的。我甚至能记住一本一本的唱词，很多唱段都能哼唱下来。

刚上班那会儿，手头一有了钱，就购置了 VCD，凡是市场上能买到的蒲剧、眉户戏的光碟，几乎全买了，一部一部反复欣赏。后来又涉猎秦腔、豫剧、京剧、黄梅戏……特别是一些经典剧目和新编剧目。经典剧目是几个剧种对比着看，同剧种的名段对比着看不同的名家；新编戏主要是看人家的编导手法、排演技巧。那个阶段，我对戏剧近乎痴迷，只要剧院里有戏，不管刮风下雨，不怕路远夜深，我都要去看。市里每年的戏剧调演，我就像小时候过年一样欣喜。中央电视台的空中剧院、河南卫视的梨园春、陕西卫视的秦之声，特别是运城电视台的蒲乡红，成了我的必看节目。

从看戏到写戏，是从 1999 年开始的。那年运城地区戏剧调演，我同样一场不落地观看了各县剧团的参赛剧目，有新编的、有移植的，大部分都是我没看过的，巧妙的戏剧结构、曲折的戏剧冲突、新颖的排演手法，让我大开眼界，不知怎么忽然就冒出了写戏的冲动。可编戏写戏对我来说简直是天方夜谭。我什么也不懂，更可笑的是我连剧本长啥样都没见过，想找个剧本作参考也没找下。我就通过VCD反复看，一句一句地整理出一个剧本，严格地讲，充其量算个字幕。后来根据自己对舞台表演的理解又加上了说明性文字，勉强凑成了一个“剧本”。当时也想通过订阅戏剧杂志来学写剧本。曾经订过好几种类似杂志，一直到2003年才订到了《剧本》，能够按真正的剧本学习写“戏”了。

我写的第一个剧作是《巡盐御史》，反复斟酌推敲后，觉得能拿出来让人品评指正了，但又不认识这方面的老师，只得托文友戈米让万荣的一位老师看了看，反馈回来的意见是，戏里的情节要表演出来，而不是让演员叙述出来。根据这条意见，又进行了大幅度修改。后来有幸结识了河东戏剧界名人王思恭先生，就请王老师对我的剧本进行加工提升。通过王老师逐字逐句修改、手把手地指导，才使《巡盐御史》得以面世。正好当时山西省征集廉政剧作，我便贸然投稿。过了很长时间，接到一位省城的专家电话，他说《巡盐御史》剧本可以，计划给个奖项，此后就再没有了下文。尽管如此，这个电话对我的鼓励还是很大的。之后，我又写了《大秦长歌》《大清御史》等十余部剧作，每一部剧作都由王思恭先生修改把关。

我想着重说一下《大清御史》。2016年4月1日，《山西日报》刊登了清代御史梁中靖“一锤砸七印”的故事，我看后深受启发，觉得这是个很好的题材，可以写一部戏。当天就查阅了有关梁中靖的资料，并开始构思。那几天，我被梁中靖搅得坐卧不宁。4月5日是清明节，回村为母亲上坟之后，早早返回单位值班，从中午一点开始，一直写到晚上十一点半，用完了两支签字笔一本稿纸，几乎是一口气就完成了《大清御史》的初稿创作，经过几次修改，呈请王思恭先生把关。王老师看后说：“不错！这个戏排出来一定好看！”该剧在2017年底由晋中市榆次晋剧团排演，果然如王老师所说的那样，得到广大戏迷与专家的一致好评，先后两次在晋中市各县巡演，2018年参加全省戏剧调演，2019年又代表山西省赴京参加“中华人民共和国成立七十周年地方戏调演”。

戏剧创作把我从繁俗的社会生活中拯救出来，让我充实，伴我成长，给我荣誉，使我欣喜，让我有机会重新审视和不断修正自己的人生。这些年，我对戏剧创作情有独钟，几乎放弃了杂文、随笔、小说等文体的写作，把业余时间都用在了研读史实和戏剧创作上。就这样，在闹市中离群索居，累并快乐着，用行动诠释自己“认真干好本职工作，充分满足个人爱好”的初心(这是我上班第一天给自己定的基本准则)。我的工作岗位在政府办，日常工作十分繁忙，经常加班加点。要在有限的业余时间满足自己的爱好，真的是想说爱你不容易。我主观认为，干自己爱干的事就是休息。就像一个人爱好户外运动，工作再忙再累，也要抽出时间去锻炼，只有这样才觉得爽。在这爱好的“引诱”下，我已学会如何充分利用业余时间，早上早起，下班迟走，就这样硬生生逼自己养成了“黎明即起”的习惯。每天早早到办公室读书、写作，也不失为一种惬意，一份快乐。当然还有更多的乐趣，自己创作的都是一些主旋律题材，主角都是些“人之楷模”，走进他们的精神世界也是对自己人生的洗礼，胸怀眼界也在他们的潜移默化中提升。生活中难免会遇到一些烦心事、难缠人，不由自主地便将其带入自己的创作。他们为什么会这样？经历了什么？遭遇了什么？还原他们的心路历程，自己也就释然了，甚至还有意外收获……就这样越陷越深，不可救药地在戏剧创作道路上愈行愈远。

一路走来，不知不觉竟然忝列剧作家行列。截至目前，已创作了近二十部剧作，还有小戏、小品、戏歌、微电影若干，其中《巡盐御史》《大清御史》《梁轨治水》《烽火翟家庄》《全家福》《贤相裴度》《淘金案》《红白喜事》《大爱无疆》先后被搬上了晋剧、蒲剧舞台；改编的《十五的月亮》《西厢记》也被山西省蒲剧艺术院演出二团排演。去年与女儿合著出版了剧作选《巡盐御史》(收录剧作 11 部)，现在又要出版第二部剧作选《忠义长歌》。如果说是成果的话，那么，这些成果的取得，离不开诸多专家、老师的厚爱与培养，各位领导、同事的理解与支持，更离不开家人、亲友的无私奉献与鼎力相助，在此表示真诚的谢忱！

我会不负众望，一路前行。

裴军强

2022 年中秋